庶女出頭天

1

風 文創 109

七星盟主 著

目錄

自序

從小在父親薰陶下，就喜歡看小說。那時候，總是對書裡那些英雄豪俠和美麗的愛情故事充滿了好奇。長大之後，越發喜歡看書，甚至買了不少名家的作品回來收藏。席絹和古靈，是我最喜歡的兩位作家，由於心嚮往之，於是開創屬於自己內心的故事，天馬行空地將滿腦子的念頭付諸筆端。

《庶女出頭天》原名《重生之千金庶女》，是重生文系列的其中一本。重生文的美好就在於，筆下主角的人生，可以有重新來過的機會，這是在現實生活中無法實現的。在前世受到的種種不公，重活一世之後，便可以依照自己的努力去改變。相信很多喜歡這類文的朋友，也是感嘆現實的殘酷，繼而與主角產生強烈的共鳴感吧？

封建社會中，女性的地位本來就低，更何況是一個庶出的卑微女孩。嫡庶有別的大家庭裡，庶女自然備受排擠，但我偏要讓筆下的女主角活出不一般的風采來，因此才誕生了這套書。

因為自己是有現代思想的女性，所以在書中塑造的女主角形象，除了具備古典女性的特質，還增加一些作者本人的思想。

女主角原本是一位個性單純、想要受到別人重視關懷的女孩子，但礙於現實，被殘酷犧牲而不得善終。老天爺（也就是我啦）讓她回到三年之前，看破世事的她，變得性情淡漠，心裡除了仇恨，活下去的唯一目的，便是確保自己和母親一生無憂。

這樣一個堅強又不失善良的聰慧女子，即使沒有絕世的容貌，也能夠受到大家喜愛吧？

讀者會喜歡這篇文的另一個原因，可能跟男主角有關。一篇文章的成功，離不開成功的角色，本文的男主角，便是一個令人著迷，專情而又厲害的美男子。雖然性格冷冰冰，但對女主角真的很好，不讓她受一丁點委屈。（大家是不是也想找一個這樣的男朋友呢？）

這是小七第一本出版的實體書，文筆方面還不夠完善，希望讀者們能夠用你們寬大的胸懷包容小七。

P.S.：關於筆名「七星盟主」的來歷，小七想要多嘮叨兩句。在我念高中的時候，身邊有七個關係很鐵的朋友，因為在他們之中，我年齡排名在前，因而有了「老大」這個稱呼，咳咳……然後，便有了這個筆名。

第一章　恨

乾景二十五年，六月初五，諸事不宜

皇城北門的行刑臺周圍人滿為患，不少百姓聚集在此，對於即將要發生的血腥一幕早已麻木。這些圍觀的人群，只不過是在此看熱鬧而已，並沒有人真正關心這個即將被斬殺的人到底犯了何罪。

「帶人犯！」身穿灰色朝服的監斬官一聲令下，一個頭戴枷鎖、手銬腳鐐，蓬頭垢面的女子被拖拽了出來。

身穿囚服的女子，似乎感受到了恐懼，一直不斷掙扎。可惜她被關了好些日子，滴水未進，自然無法與那些身強力壯的衙役相抗衡，只能朝刑臺方向走去。

「唔唔……」女子髮絲凌亂，嘴裡被一塊看不清顏色的布堵著，根本說不出話來。她的眼神驚慌而絕望，似乎有著莫大的委屈。而那樣明亮的一雙眸子，不禁讓人覺得有些納悶：擁有這樣一雙眼眸的女子，怎麼會被處以極刑呢？

「午時三刻已到，驗明正身，準備行刑！」坐在看臺上的官員似乎對行刑一事早已熟稔，一邊打著呵欠一邊下令。

被押上刑臺的女子一聽這話，掙扎得更激烈了。她不要死，她不要這麼不明不白的死去！她是冤枉的，是冤枉的呀！

想到那日在太子府的情景，她的心又是一陣劇痛。那些她在乎的人，全都眼睜睜的看著她被誣陷，沒有人相信她。

「不……爹！爹……太子……我沒有害太子妃，真的沒有，你們相信錦兒……」司徒錦被太子府的侍衛押著，嘴裡不斷嘶喊。

她那嚴肅的太師爹爹聽到她辯解，卻轉過臉去，連看都不看她一眼。

司徒錦蒼白著臉，又看向那個高高在上的男子。然而那個偉岸男子卻走上前來，一把掐住她的咽喉，怒道：「沒想到，妳竟是這般蛇蠍心腸……我竟然識人不清，引狼入室！來人，將這個謀害太子妃的凶手打入天牢，三日後問斬！」

她就這樣被定了罪。

畢竟人證、物證俱在，容不得她狡辯。然而，只有司徒錦自己知道，這一切都是被人栽贓的。

「二妹妹，這都是妳的命，怨不得任何人！反正都要找替死鬼，妳不過剛好是那個合適的人選罷了……等妳死後，太子重新納妃，到時候，姊姊不會忘記妳的功勞的！算起來，妳也是死得其所……」那個看來溫柔賢淑的嫡姊在她罪名落實之後，悄悄地附在她耳旁說道。

呵呵呵呵……這就是她最親的家人啊！

司徒錦忽然不掙扎了。

劊子手驗明了她的身分，朝監斬官微微點頭。

「行刑！」

一聲令下，劊子手提起手裡的大刀，灌了一大口酒，朝著那泛出冷光的刀刃噴了下去。正當他舉起大刀，準備了結女子的性命時，忽然從人群中衝出一個披頭散髮、個子嬌小的婦人來。她像發瘋似的跑上前來，一把抱住女子，仰天哀嚎道：「不要……不要殺我的女兒……她是無辜的，是無辜的呀……」

女子絕望地抬起頭，看著這個突然冒出來的婦人，嚎啕大哭起來。可惜她嘴被堵了，根本發不出別的聲音。「唔唔……唔……」

「哪兒來的瘋婆子，還不給本官拉下去?!耽誤了行刑，你們可擔當得起？」那監斬官一見有人阻礙，頓時惱了。

那些聽命行事的衙役立刻向那婦人圍了過去，拚命地將她往臺下拖去。也不知道是那婦人真的發瘋，還是衙役們顧及男女之別不敢使用蠻力，竟然讓那婦人一再掙脫。

「唔唔……」跪伏在地上的司徒錦看到疼愛自己的娘親，不顧官家小姐的身分這樣護著自己，心裡又是一陣劇痛。

她雖然貴為太師府的小姐，可到了此時此刻，來護她的居然只有自己那不甚得寵的母親。

「我的錦兒是被冤枉的，她是冤枉的……青天大老爺，您要明察秋毫，為我兒伸冤啊！」江氏語無倫次地叫喊著。

「唔唔……」司徒錦掙扎著，她不想看到母親因為自己而受到傷害。在這個世界上，只有這個生養她的女人是她唯一的牽掛了。

周圍的百姓頓時議論紛紛起來。

「這個即將被斬殺的女子，原來就是太師府的刁蠻千金啊？」

「據說她總是任性胡鬧，難怪會有如此下場……」

「毒害太子妃可是大罪，被殺也是活該！」

司徒錦聽著耳邊這些言論，怒極反笑。是啊，刁蠻千金！她怎麼會忘記了自己這個諢號呢？

為了得到爹爹那少得可憐的關注，她逼自己成為一個刁蠻任性的官家小姐，做出種種離經叛道之事。沒想到，一個渴望父女親情的女子，在百姓眼裡竟是如此不堪。

她好後悔自己愚蠢的行為。

明明是一個單純善良的孩子，卻為了那些不可能得到的奢望，將自己一步步逼到絕境。到頭來，就算是她名聲盡毀，也沒能得到一絲絲憐愛，反而讓爹爹更加厭惡她，甚至連累自己的娘親。

哈哈……

不知何時，司徒錦嘴裡的布已經掉了出來。她仰天長嘯，尖銳的嗓音劃破天際，成為淒厲的絕響。

那監斬官看到她如此瘋狂，生怕出什麼亂子，於是心一狠下令道：「趕快行刑！阻攔者格殺勿論！」

太子交代的事情如果辦砸了，那他可是吃不完兜著走。

江氏一聽這命令，頓時更加驚慌。「不……不要殺我的女兒！不要……」

「娘……女兒不孝……」司徒錦淚眼矇矓地喊道。

她以為自己不會再有眼淚了，但沒想到，在最在乎自己的人面前，她還是哭得像個孩子。

只可惜，一切都太晚了。

「不……不要……」江氏聽到女兒的話，頓時一口氣沒有緩過來，就那樣直挺挺地倒了下去。

「大人，這婦人沒氣了…」剛才還凶神惡煞的衙役，突然變得膽小了起來。

司徒錦聽到這句話，一時之間覺得天旋地轉。

現在，連她唯一的牽絆也離她而去了。

那監斬官看到這個好時機，大手一揮，喝道：「行刑！」

劊子手再一次將司徒錦按倒在地，舉起了手裡的大刀。

司徒錦雙眼充滿怨恨地仰望著天，她怎能甘心就這麼不明不白的死去？若一切重來，她一定不會繼續癡傻地奢望什麼狗屁親情！即便化為厲鬼，她也不會放過那些害她的人！

刀起刀落，鮮紅的血漿噴射開來，染紅了大半個刑臺。有些不忍心看的人全都轉過身去，而那顆一直盯著刑臺下某處的頭顱，則是死不瞑目……

「小姐……小姐？您醒醒……」

昏昏沈沈之間，司徒錦只覺得頭痛欲裂。等到清醒了一些之後，她忽然反應過來。她不是死了嗎？怎麼還會覺得頭痛呢？她還記得那刀刃割破皮膚時候的冰冷，以及血液噴灑出來的灼熱感。

耳邊不斷傳來的呼喚聲讓她無法思考，只能奮力睜開眼睛，想要看看是誰在她耳邊吵嚷，不讓她好過。

「啊……小姐，您醒了？」一個十四、五歲的丫頭面露驚喜之色，忽然朝外面跑去。

司徒錦打量了一下周圍的環境，心裡打了個突。這不是她在太師府的繡房嗎？這屋子裡的擺設是那麼熟悉，每件物品都是她的最愛。

難道她沒死？她有些納悶地坐起來，但是頭部傳來的劇痛，讓她差點兒又栽倒下去。

「錦兒……我的錦兒……妳總算是醒了，娘可擔心死了……」一個身穿深藍色薄衫的婦人見她清醒過來，頓時喜極而泣。她一邊拭淚一邊走上前來，將司徒錦擁入了懷裡。

這到底是怎麼回事？

司徒錦有些不解。但是看到娘親江氏安然無恙地站在自己的面前，她還是挺欣喜的。

「姨娘……小姐剛醒過來，肯定餓壞了。緞兒這就去弄點兒吃的來，您要留下來一起用膳嗎？」一小丫頭很恭敬地站在一旁問道。

江氏小心翼翼地看了女兒一眼，有些不自在地問道：「錦兒……想要娘親留下來嗎？」

司徒錦忽然想起來了，她似乎是回到了三年前的那個夏日。她親自跑去馬市，想要挑選一匹上好的寶馬送給爹爹當作生辰賀禮，但沒想到那烈馬難馴，將她從馬背上甩了下來，這才撞傷了頭。結果爹爹知道後，大罵她一頓，還罰她三個月不准踏出院子一步。

想到那些過去，司徒錦忽然笑了。「娘親……咱們母女倆好久沒有在一起用膳了，今兒個就留下來吧！」

司徒錦作夢也沒想到，老天竟然允了她，讓她死而復生，有機會向那些令人作嘔的「親人」報仇了！雖然不明白這一切是怎麼發生的，但既然能重來，這一世，她一定要好好對待母親，為自己的將來殺出一條血路！

聽到女兒的回答，江氏的眼眶又紅了。

不知從何時起，她們母女之間便生疏了。她也知道，自己的性子太過軟弱，不能為女兒帶來益處，所以女兒寧願巴結正室周氏，也不願意跟她多待在一起。如今女兒墜馬醒來，似乎轉了性，說出如此貼心的話語，她怎麼能不感動呢！

緞兒見她們母女之間有話要說，於是準備轉身離去。剛走到門口，卻看到一道白色的身影由遠而近，她趕緊上前拜見。「奴婢給大小姐請安！」

司徒錦聽到這個稱呼，右手忽然握緊。

第二章　虛情假意

一身無瑕的白色紗裙，如墨的長髮隨意披散在身後，就算是不怎麼裝扮都美得驚人的司徒芸一踏進門檻，便逕自朝著內室而來，滿嘴假惺惺的噓寒問暖。

「聽說二妹妹騎馬受傷了，可好些了？」

「妾身給大小姐請安！」江氏一見到來人，立刻起身規矩地行禮。

司徒錦看到母親那樣卑躬屈膝地給一個陷害她的仇人行禮，心裡很不好過，但是她臉上沒有露出任何異樣，低眉順眼地假裝就要下床，卻被司徒芸給攔住了。

「二妹妹重傷未癒，還是在床上躺著吧。」

司徒錦知道她最喜歡做表面工夫，於是打蛇隨棍上，說道：「多謝大姊姊！」

「自家姊妹，客氣什麼。」司徒芸大方地說道，但眼裡卻充滿了鄙視。若不是為了司徒錦收藏的那幅稀世珍品，她才懶得到這個地方來呢。

再過幾日就是爹爹的生辰了，她這個嫡長女的壽禮絕對要是最好的！

司徒錦自然知道她來幹什麼，畢竟重新活一遍，很多事情她都了然於胸。

「大姊姊是不是有什麼心事，看起來有些焦慮？」既然她不開口，那麼她就替她說好了。

司徒芸是太師府嫡女，一向高高在上，這等低頭求人的事情，怎麼說得出口。不過，既然司徒錦都問起來了，她就順勢而為了。「早就聽說二妹妹蕙質蘭心，最懂得察言觀色，果然名不虛傳。唉……是這麼回事，再過幾日就是爹爹的壽辰，我想自己親自動手，臨摹一幅畫送給爹爹。聽說二妹妹這裡有一幅稀世畫作，所以想借來臨摹幾天，不知道二妹妹可否捨得借？」

司徒錦微微抿了抿唇，心裡冷哼。這個虛偽的女人，還真是口蜜腹劍。為了達到自己的目的，什麼話都說得出來！什麼蕙質蘭心，不過是為了拿到那幅名畫而說得好聽罷了。如果她真的是蕙質蘭心，又怎麼會掉入她所設的陷阱當中，落得身首異處的下場呢？

司徒錦深吸一口氣，強迫自己擠出一絲笑容。「大姊姊說笑了，什麼捨不捨得的。總不過是一幅畫，大姊姊想要，妹妹我送給妳就是了。」

司徒錦故意表現慷慨，就是料定司徒芸面皮薄，不會真的當著別人的面索要東西。

果不其然，司徒芸一聽她這話，立刻解釋道：「二妹妹誤會了，真的是借。大姊姊不是貪心的人，那畫是妳的外祖父留給妳的，姊姊我怎麼能霸占呢？」

司徒錦嘴角勾起一抹笑意，忍著笑說道：「既然大姊姊這麼說……緞兒，去庫房將那幅『問鼎』取來交給大小姐。」

緞兒雖然有些不解自家小姐的大方，但還是乖乖的去取了畫來。

司徒芸看著那氣勢恢宏的畫作，頓時睜大了眼。雖然早就聽說過這幅名垂青史的畫作，但還是第一次親眼見到。那構圖和不凡的筆鋒，讓她這個見過不少世面的千金大小姐也驚嘆不已。

司徒錦冷笑著，暗中在那幅畫上做了個記號，以便將來好辨認。「爹爹的壽辰在即，我就不耽擱大姊姊了。咳咳……」

她假裝咳嗽了幾聲，很明顯是要送客了。

司徒芸本來也沒有打算多待，於是很配合的起身，說了幾句叮囑的話，便匆匆離開了。

等到司徒芸一走，江氏忽然用疑惑的眼神看著她，不解地問道：「錦兒平時不是最寶貝那幅畫嗎？今兒個又怎麼肯借給大小姐了？」

司徒錦嘴角含笑，沒有打算讓江氏知道其中的原委。畢竟有些事情，還是愈少人知道愈好。「娘親，東西是死的，人是活的。不過是一件死物，哪裡比得上姊妹親情！您也別多想了，我餓了，叫緞兒備膳吧！」

江氏見她如此懂事，心裡也寬慰不少。

母女倆一起用完膳，又說了好一會兒的話，直到掌燈時分，江氏這才起身離去。

臨走之前，江氏忽然想起另一件事情來。「妳母親最近身子不太好，妳這個做女兒的，也該過去問候一聲。」

江氏嘴裡的母親，便是太師司徒長風的正妻——周氏，司徒芸便是這府裡嫡出的兩位千金之一，另一個嫡女，便是排行第三的司徒雨。

司徒錦隨口應下，便又陷入了自個兒的思緒中。

經歷過了那樣痛苦的煉獄，她早已不是那個渴望關愛的天真少女。既然老天給她重來一次的機會，那麼她就要好好把握。她發誓，她再也不會為了那些虛無縹緲的親情而做出傻事，她要為了自己而活。膽敢阻擋她幸福的人，她都不會輕易放過！

正在思索之際，緞兒匆匆從門外走了進來。「小姐，六小姐來看您了。」

司徒巧？她來幹什麼？

對於這個最小的妹妹，司徒錦沒什麼印象。只知道她膽子很小，經常被其他幾個姊姊、哥哥欺負，而且還不敢吭聲。她怎麼會突然過來看她呢？

「二姊姊……」還不等司徒錦有所反應，一個嬌小的身影便閃了進來，一雙小鹿般的眼睛眨呀眨的，看起來十分惹人憐愛。

司徒錦臉色有些陰鬱，不敢隨意相信任何人，只淡淡問道：「六妹妹怎麼過來了？」

「聽說二姊姊受了傷，姨娘便叫我過來瞧瞧。見到二姊姊無恙，巧兒也就可以放心了。」司徒巧還是個十歲左右的小丫頭，說起話來仍然稚嫩得很，也沒什麼心機。

司徒錦見她衣衫破舊，頭上也沒什麼值錢的飾品，頓時有了幾分憐憫之心。這個最小的妹妹，雖然是個小主子，但是在府裡半點地位都沒有。由於其生母是嫡母的貼身丫鬟，是由通房丫頭抬上來的，地位卑微，所以連帶的她也跟著受欺負。

「緞兒，去首飾盒裡，將我那套紅寶石的頭面取來。」司徒錦忽然開口吩咐道。

緞兒雖然有些驚訝，但還是不敢違拗主子的吩咐。

當那套好看的寶石頭面送到自己的手裡，司徒巧驚愕得合不攏嘴。「二姊姊……妳這是……」

「妹妹不嫌棄就拿著吧，回去記得替我向姨娘問好，多謝她還記得我這個刁蠻的二丫頭。」司徒錦不緊不慢地說道。

司徒巧眼中帶淚，感動得不得了。這個一向頑劣的二姊姊，果真如娘親所說的，表面上看起來很不好相處，其實心地善良。

第三章　掉包計

六月十五，是龍國太師司徒長風的四十壽誕。

太師府裡外張燈結綵，熱鬧不已。

「小姐，外面好熱鬧啊，咱們也出去瞧瞧吧？」緞兒聽到鞭炮聲，忍不住有些嚮往。

司徒錦頭也不抬地說道：「妳家小姐現在正在受罰，難道妳忘了？」

緞兒吐了吐舌頭，然後乖乖走到司徒錦的書桌旁，認命地幫她磨墨。就在此時，門口傳來一陣喧譁聲。一個身穿綠衣的丫鬟走了進來，朝著司徒錦隨意地蹲了蹲，不待主子叫她起來，便自作主張地起身，說道：「稟二小姐，大小姐臨摹的畫作已經完成，不需要原畫了，讓您派丫頭過去取。」

司徒錦嗯了一聲，並沒有像以前那樣囂張地大吵大鬧。「妳先下去吧，我一會兒讓緞兒去取。」

那丫鬟微微一愣，沒有說什麼，便退了出去。

雖然緞兒也很訝異司徒錦的表現，但她更在意剛剛那個丫鬟的態度。等她一走，緞兒就忍不住抱怨道：「這個銀紅，真是愈來愈沒有規矩了，小姐沒問話，她居然自己就開口了！」

司徒錦倒沒有在意這些小事，她正琢磨著另一件事呢。說起司徒芸，她絕對不可能那麼好心，會將到手的真品給送回來，自己拿著臨摹的贗品送給爹爹當賀禮。叫她去取回真跡，不過是個幌子。她肯定是料準她分不出真偽，所以想私吞那真畫，將臨摹的假畫還回來。這樣既可以保住心愛之物，又不會污了她的名聲。

哼，這點兒小伎倆，早就被司徒錦看破了，所以她事先已做好了防範。要想唬哢她，司徒芸還嫩了點兒。

「緞兒，妳去把畫取回來。記住，一定要拿那幅有些許瑕疵的畫。明白嗎？」司徒錦吩咐道。

緞兒雖然有些不解，但也沒有追問。「是什麼樣的瑕疵呢？」

「真畫的空白處，有一些淺紅色的胭脂。那是我不小心沾上去的，妳只要認定這一點就行了。」司徒錦簡單說明。

緞兒應了一聲，便朝著大小姐的院落去了。

司徒錦依舊心平氣和地繼續在紙上寫著，她的字體娟秀而有力，並不是普通女子的筆法，倒像是男子的筆跡。

掉包計！三個大字赫然出現在那紙張上。司徒錦慢悠悠地放下毛筆，仔細地打量了那三個字，然後才將那紙張丟進廢紙簍裡。

想要坑她，門兒都沒有！

沒一會兒，緞兒興高采烈地回來了。剛踏進屋子，就得意洋洋地將剛才取畫的經過添油加醋地說了一遍。

「小姐，大小姐果然沒安好心，想要把那幅假畫給奴婢。奴婢謹記小姐的話，跟銀紅那丫頭瞎扯了一陣，然後乘機將放在大小姐桌上的畫碰到了地上。您猜怎麼著？奴婢趁此機會，將畫給調換回來了！」

綴兒說著，就把畫卷展了開來，遞到司徒錦面前。

司徒錦打量了那畫一眼，確認是真跡無誤之後，這才命她重新將畫收好，放入了庫房。

「就妳心眼兒多……沒有被她發現什麼吧？」

「奴婢與各個房裡的丫頭，交情還算不錯。那銀紅跟著大小姐，性子雖然有些傲氣，其實腦袋瓜子再單純不過。奴婢彎下身去撿畫時，就偷偷掉包了，然後再不動聲色把臨摹的畫塞給銀紅，她也沒仔細看，就把畫收起來了。」綴兒格格笑著，為自己的靈敏反應感到十分自豪。

司徒錦瞪了她一眼，卻感到很安慰。

那是外公最寶貝的一幅名畫，如果在她手裡弄丟了，那她以後還有何面目去見他老人家？

再說了，那樣的稀世名作，豈能落到司徒芸那個蛇蠍心腸的女人手裡？就算是毀了，也不能便宜了她！

「綴兒，紙簍滿了，去處理掉吧。」收拾好了書桌，司徒錦便隨意拿了本書籍看了起來，不管外面如何吵鬧，她似乎絲毫不受影響。

「是。」綴兒將那些廢紙都收進紙簍裡，然後拿去浣洗池旁，先是用火燒盡，才用水沖洗乾淨。

今日是太師的壽辰，前廳熱鬧非凡。司徒長風難得露出一絲笑容，在前面招呼客人。他的正室周氏臥病在床，沒能陪在他左右，在前廳裡幫忙的，便換成他的妾室王氏。這王氏也是出身官宦家族，為人傲慢。今日能夠以女主人的身分出門招呼賓客，自然是風光無限。

「少爺跟小姐們怎麼還沒有出來見客？妳們這些丫頭是做什麼用的！」未見其人，先聞其聲。王氏一個姨娘，卻如此囂張，實在是有些失禮。

司徒長風微微蹙了蹙眉，雖然覺得她的言行有些不妥，但礙於在外人面前，也不好大聲斥責。「去看看大小姐她們可到了？」

今日府裡有貴客，司徒長風幾個女兒又都生得花容月貌，自然是要讓她們出來見見客人。

話音剛落，一身華麗衣衫的身影便款款從門扉後走了出來。那高聳的雲鬢、精心裝飾的面龐，無不吸引每一個人的眼睛；一身水藍色的紗裙，拖曳在地上，旖旎而飄逸，彷佛雲中仙子下凡。

「爹爹，女兒來遲了，望爹爹恕罪。」嬌滴滴的美人，聲音也如天籟般悅耳。

司徒長風看著這個美貌傾城的長女，嘴角不自覺地翹了起來。「芸兒來晚了，不會是為了給爹爹準備壽禮而耽擱了吧？」

「爹爹果然英明。女兒的確是忙著準備賀禮，所以來晚了。這份禮物是女兒千辛萬苦替爹爹找來的，希望爹爹喜歡。」說著，在她的示意下，丫鬟銀紅滿臉驕傲地將畫卷展了開來。

不少賓客在這會兒圍觀了上來，見到那幅曠世名作時，全都震撼得說不出話來。

果然是名畫！

司徒長風起初也是驚訝，繼而眉頭微微緊了緊。

司徒芸有些洋洋得意，正等著爹爹的誇獎，誰知道司徒長風卻走上前去，一把將畫撕了。

「爹爹，您這是……」司徒芸驚呼一聲，想阻止已是來不及。

第四章　嫡女受委屈

司徒芸看到那幅畫瞬間變成了一堆廢棄的垃圾，臉上頓時失去了血色。這可是她精心為爹爹準備的賀禮，沒想到爹爹竟然會當著眾人的面撕毀了它，這教她情何以堪？

更加預料不到的還在後面。

「小女不才，這畫畫得實在難以入目，讓各位見笑了！」司徒長風臉上擠出一絲笑容，拱手對客人們說道。

司徒芸非常不服氣，那可不是她臨摹的假畫，而是貨真價實的真跡。爹爹不喜歡她送的賀禮也就罷了，居然還當著這麼多達官貴人的面，讓她下不了臺，實在是太讓人寒心了。

「爹爹，這好歹也是女兒的一番心意，您怎麼能……」

司徒長風喝道：「妳知道些什麼！還不退下！」

站在司徒芸身邊，長著一張瓜子臉，神態與她有幾分相似的女子有些看不下去了，於是站出來替她打抱不平。「爹爹，姊姊可是您最疼愛的嫡長女，您怎麼能這麼說話！再說了，這幅畫可是價值連城，您就這麼撕毀了，不覺得可惜嗎？」

「妳給我閉嘴！」司徒長風生怕別人看了笑話，於是大聲喝止。

女兒們的孝心，他不是不喜歡，只是那幅畫太特別，名氣太盛。稍有不慎，就會適得其反，給司徒家帶來毀滅性的災難。在這個節骨眼兒上，他也只好委屈女兒，等事後再作補償了。

司徒雨噘著嘴，一臉的不甘心。她不過是替姊姊說句公道話而已，怎麼就得罪爹爹了！母親病得厲害，又沒生出兒子，爹爹這是開始嫌棄她們母女了嗎？但是在爹爹面前，她也不敢太放肆。「姊姊，我看到薛小姐她們來了，咱們過去吧？」

司徒芸似乎沒有聽見妹妹的話，而是紅了眼眶，我見猶憐地望著一臉嚴肅的爹爹，心裡滿是委屈。

司徒長風一向極為疼愛正室所出的這兩個女兒，看到她受委屈的樣子，心裡也是難受至極。但為了整個司徒家著想，他還是狠下心來，一甩袖子，轉身離去，不再理會她們，而是帶賓客們入席。

「大小姐，妳也別太傷心了。老爺不過是反應過激了一些，待會兒哄兩句就好了。」王姨娘平日最嫉恨正室所出的兩個女兒，因為有她們，自己的女兒就變得不那麼受待見了，見到司徒芸姊妹倆吃了虧，自然要冷嘲熱諷一番。

司徒芸冷哼一聲，聽出她話裡的諷刺，於是轉過身去，和平日裡交好的幾位千金說起話來，對王氏視而不見。

王姨娘見她態度如此驕橫，頓時覺得失了面子，氣得一跺腳，哼道：「擺什麼大小姐架子！等到夫人一去，我看妳這個小賤人還如何囂張！」

一個身穿嫩綠色衣裳，看起來十三、四歲的小姑娘聽到王氏的話，笑著走過去挽住她的胳膊道：「娘親，誰又惹您不高興了？娘今日可是這府裡的女主人，應當開心才是。」

「哼，還不是妳那目中無人的大姊姊！」王氏念叨了一陣，這才轉移話題說道：「嬌兒，給妳爹爹的賀禮可送上了，他可喜歡？」

「這個是自然。」司徒嬌扭著身子，傲然地說道。「女兒這麼乖巧懂事，怎麼會讓娘親失望呢？」

「還是我的嬌兒聰明伶俐！」

這母女倆傲氣的神情如出一轍，就跟那開屏的孔雀一般。

特地裝扮過的司徒巧一直忸怩地待在一旁，不敢有所行動。因為司徒芸那樣的稀世珍寶都被爹爹毀了，她那份禮物就更拿不出手了。

「哈哈！這是妳送給爹爹的賀禮？」一道戲謔的男聲忽然出現在司徒巧身邊，伸手搶過她手裡的東西就跑。

司徒巧面上一紅，頓時急了。「四哥，快把東西還我！」

「憑什麼還給妳？」平時驕縱慣了的司徒青，自然是不把這個妹妹的話放在眼裡。雖然他也是庶出的，可卻是家裡唯一的男孩子，從小到大在其母吳姨娘的教導之下，一直以嫡子自居。加上甚得司徒長風的寵愛，更是嬌養任性，根本不把任何人放在眼裡。

「大家快來看啊，這就是六小姐送給爹爹的壽禮，哈哈！真是太可笑了！」他揚起手裡的一個荷包，大肆宣揚道。

「哈哈！這樣的東西也配拿來送禮？」

「太師府的小姐，居然窮到這等地步……」

不少與司徒青玩鬧在一起的年輕人全都笑了。

司徒巧面子薄，被這麼一戲弄，就忍不住哭了。「嗚嗚……快把它還給我……」

「今日是老爺的壽辰，妳鬼哭個什麼！也不怕招來晦氣！」王姨娘拿出當家主母的派頭，大聲嚷嚷著。

司徒巧臉上掛滿了淚水，貝齒微微顫抖地咬著下唇，不敢再哭出聲來，只得捂著臉，跑回了自個兒的院子。

相較於前院的熱鬧，這後院可是安靜得出奇。即使天氣有些炎熱，司徒錦卻耐得住性子，在院子裡尋了處陰涼的地方，安安靜靜翻著書，自得其樂。反正她這個庶女一向不被爹爹喜愛，是否出去賀壽都沒有差別。

「小姐，聽說大小姐送上了那假畫，被老爺訓斥了一頓，眼睛都急紅了呢……」緞兒在一旁打著扇子，一邊將聽來的八卦彙報給自己的主子。

司徒錦神情依舊漠然，沒有絲毫驚訝。「預料之中的事。」

「啊？小姐怎麼會知道？」緞兒有些不解地望著她。小姐自打從馬上摔下來之後，性情變了不少，她有些不太適應。

司徒錦放下書冊，邊整理書頁邊漫不經心地道來。「從她借畫開始，我就猜到會有這種結果了。

「那『問鼎』豈是能夠拿出來顯擺的？雖說只是一幅畫，可是寓意深重。問鼎……只有帝王才配擁有這兩個字。爹爹雖然貴為太師，但這大逆不道的事情，還是非常忌諱的。」她沒有說得特別清楚，但是光「帝王」二字，就已經很讓人震撼了。
緞兒瞪大了雙眼，有些不敢置信。「小姐早就知道那畫會有問題，可是大小姐來借畫的時候，您怎麼不提醒一下？」
司徒錦抬頭瞄了她一眼，淡笑道：「我為何要提醒她？」
「咦？」緞兒愣了一愣，繼而想開了。「說得也是。誰教大小姐打算唬弄小姐，要將那畫占為己有！」
司徒錦見她如此口沒遮攔，心裡直覺得好笑。
前世今生，她的身邊，也就這麼個貼心的丫頭了。所以，她也沒跟她計較，再次埋頭在書堆裡。

第五章　刺客驚擾

「來人啊，有刺客！」

半夜時分，不知道誰尖叫一聲，驚動了整個太師府。

司徒錦正睡得朦朦朧朧，被外面的動靜吵醒，正打算出去瞧瞧，卻忽然被一陣噁心的血腥味給嗆到。

這味道，她再熟悉不過。

前一世被砍頭，那記憶太過深刻，以至於終生難忘。

難道真的有刺客？她心裡一驚，汗毛頓時豎了起來。畢竟是一個女孩子，對於這些打打殺殺的事情，還是有幾分害怕的。

隨手將放在枕頭下的髮釵抓到了手裡，也顧不上點燈，司徒錦便朝著那股濃郁的味道慢慢地挪去。

「呼……」不規律的呼吸聲從屏風後傳來，氣息紊亂而虛弱。

司徒錦壯著膽子走上前去，小聲問道：「你……究竟是何人？為何夜闖太師府？」

聽到她說話的聲音，一個黑影忽然從地上一躍而起，一把將她牢牢地控制在了自己手裡。

「別說話，否則，我殺了妳！」

司徒錦感覺到一股殺氣撲面而來，頓時嚇得不敢出聲。

雖然看不清那人的面容，但那人人高馬大、身手敏捷，一看就是個高手，即使受了傷，氣勢依舊強大。司徒錦不敢激怒他，只得連連點頭。

「人到哪兒去了？明明看到進了這院子……」門外，火把照亮了夜空，追蹤而來的人群將司徒錦的院子圍了個水洩不通。

司徒錦感到脖子上的手掌寬大手指細長，在聽到外面的響動時，又加重了幾分力道。

「難道是進了二小姐的屋子？」有些人大膽猜測道。

司徒錦臉色有些不好，雖然他們說的是事實，但這可是關係到她閨譽的事情，他們這些奴才竟敢隨意將這種話說出口，真是該死！

感受到她隱隱的怒氣，掐著她咽喉的男子稍稍鬆了鬆手。

敏銳如豹的眸子隱藏在黑暗中，默默打量起眼前這個女子來。她看起來不過十三、四歲，面容乾淨而清秀，不算頂美，但卻有一雙非常漂亮的眼睛。從剛才的驚慌到眼下的鎮定，她似乎不像一般的大家閨秀那樣拘謹且嬌弱。在被挾持的情況下，她居然還有心思關心起別的事情來，還真是有些……有趣。

不久之後，門外忽然安靜了下來，一道熟悉的聲音再次響起。「確定到這裡來了？」

「是的，老爺！」護院恭敬地回答道。

司徒錦聽到那聲「老爺」，眼眸裡忽然生出一絲恨意來。

黑暗中的男子發現她的變化，微微感到好奇。聽到門外的那個聲音，就知道太師大人親自過來了，她應該高興才是，怎麼會面如死灰呢？

「這院子裡服侍的丫鬟呢？」那男人再次開口問道。

緞兒戰戰兢兢的聲音傳來。「老爺……奴婢在。」

「去，把二小姐叫起來！」司徒長風冷冷吩咐道。

緞兒應了一聲，就要推門進來。

司徒錦身子微微一顫，神經立刻繃緊。萬一外面的人看到自己被挾持，那她以後還有何面目活在這世上？

三更半夜，孤男寡女。雖然她也是受害者，但流言蜚語肯定是少不了的。

司徒錦只覺得脖子上忽然一鬆，等到她回過頭來時，那人早已不知道去了哪裡。

門「吱呀」一聲，開了。

「小姐，您……沒事吧？」緞兒率先走了進來，然後拿出火摺子將蠟燭點上。當看見司徒錦大腿根部的血污時，緞兒嚇得驚叫出聲。

司徒錦想要讓她閉嘴，已經是來不及了，只得快速走到床前，披上了外衣，背對著門外。「不知爹爹深夜來此，女兒未曾遠迎，失禮了。」

司徒長風大步走進屋子，環視了屋子一周，沒有發現刺客的蹤跡，便又把注意力集中到了司徒錦身上。

對於這個庶出的女兒，他沒有多大的印象。只知道她太過頑皮，經常闖禍，讓他頭疼不已。聽到她這樣安靜的說話，還真是有些不太適應。

司徒長風上前兩步，打算先辦完公事再說。他指著她中衣上沾染的血跡，厲聲問道：

「剛才可看見什麼人闖進來？妳這身上的血跡，又作何解釋？」

司徒錦心裡恨透了這個漠視她存在的爹爹，卻咬牙隱忍了下來。她低著頭，沒有直視他的眼睛，裝作很害羞的樣子，支支吾吾了半天，這才說道：「女兒……女兒癸水來了……未來得及換下衣物，爹爹就帶著人過來了……」

司徒長風一張老臉微微紅了一下，轉過身去。「妳真的沒見到有人進來？」

司徒錦淡然說道：「女兒在睡夢中被吵醒，打算去開門，接著緞兒就進來了。」

她話裡的意思已經很明確了，就是沒有見過。

司徒長風見問不出什麼話來，於是冷然說道：「既然身子不舒服，就早點兒歇著吧。」接著他也不管這個女兒是否受到驚嚇，便大步走了出去。

站在門外的一眾人見到太師大人出來了，一個個伸長腦袋往裡瞧，根本不知道發生了什麼事。

「都站在這兒幹麼，還不退下！」畢竟是自己女兒的閨房，他又愛面子，自然是不想壞了女兒的閨譽的。只是他忘了，剛才那樣肆無忌憚地闖進去，其實已經讓司徒錦難堪了。

緞兒見屋子外的人散去，這才拍著胸脯說道：「剛才老爺的神色，真是太嚇人了！」

司徒錦面色有些蒼白，手心裡全都是冷汗。剛才，司徒長風那樣逼問自己，如果不是她反應快，肯定會讓他起疑。到那時，她就算是有一百張嘴，也說不清了。

「緞兒，時辰不早了，妳也下去休息吧，這兒不用妳服侍了。」為了平復自己的心情，司徒錦只好先將緞兒打發出去。

緞兒見主子那般憔悴，以為她是驚嚇過度，也不好再多說什麼，便悄悄地退了出去。

等到屋子裡只剩她一人的時候，司徒錦眼前忽然一暗，一道身影從天而降，屹立在她面前。

「看不出來，妳挺機智的。」他的嗓音有些低沈，但是卻意外的好聽。

司徒錦愣了一下，苦笑道：「閣下還有心情在這兒說笑？既然他們都已經走了，你是不是也該離開了？」

「妳不怕我？」男人挑了挑俊眉，問道。

司徒錦哪還有心思跟他討論這個，於是揮了揮手，說道：「小女子很怕，怕得要死！所以，閣下還是儘早離去吧。」

第六章　主母周氏

儘管司徒錦昨晚睡得很不踏實，但還是在卯時醒了過來。喚了緞兒進來服侍，又將換下來的血衣交給了她，這才起身洗漱打扮。

「緞兒，上次吩咐妳買的上好山參，可買回來了？」司徒錦一邊梳著如墨的長髮，一邊問道。

「早買回來了。」緞兒笑著走過來，幫著她插上一根通體碧綠的簪子。

「一會兒去取來，我要去探望母親。」司徒錦雖然對那正室夫人沒什麼深厚的感情，但是周氏畢竟是當家主母，如今病倒了，她這個做庶女的，不去探望探望，怎麼都說不過去。

緞兒應了一聲，然後去取了山參來。

司徒錦仔細檢查了一下那盒子，這才起身，朝著主母的院子而去。

一路上，丫鬟小廝見到她，都有幾分詫異。畢竟禁足了一段時日，司徒錦很少在人前走動，此刻突然出現，下人們難免感到驚訝。

「二小姐來了。」主母院子裡的嬤嬤見到她，立刻迎了上來。

司徒錦淡淡笑了笑，問道：「母親可醒了？」

「夫人早上剛服了藥，這會兒正和大小姐三小姐說話呢。」那嬤嬤老實地回答道。

「煩勞嬤嬤進去稟報一聲，就說我來探望母親了。」司徒錦沒有像往常一樣，不通傳就往裡面直闖，而是規規矩矩站在門外，等候召見。

那嬤嬤愣了半晌，這才反應過來，拔腿就往裡屋而去。不一會兒，她又笑著出來了。

「二小姐，夫人讓您進去呢！」

司徒錦微微頷首，然後帶著緞兒進了屋。

周氏臉色蒼白的躺靠在軟墊上，沒有了昔日的光彩，看起來有些憂慮。而司徒芸、司徒雨兩姊妹則分坐在她兩旁，看起來母慈女孝。

司徒錦見到這位主母，立刻走上前去行禮。「錦兒給母親請安，母親身子可好些了？」

不等周氏回答，司徒雨倒是搶先吭聲了。「別在這兒假惺惺的，看著就噁心！要是真的關心母親的病情，豈會等到現在才來？哼！」

司徒錦倒也沒在意這個三妹的話，只是低眉順眼地說道：「是錦兒不孝。前些日子，摔傷了頭，在床上躺了好一陣子。如今，得到爹爹的寬恕，才可以踏出院子。沒能早日過來給母親請安，還望母親見諒！這是錦兒的一點心意，希望母親可以早日康復。」

周氏見她忽然變了個人似的，暗暗驚奇之餘，難免對她高看幾分。短短幾日，她便如此沈得住氣，越發有大家閨秀的氣質了，真是不簡單！

「說得好聽，還不是被爹爹罰了，呵呵……」司徒雨嗤笑道，根本沒有把司徒錦當作自己的姊姊。

司徒芸倒是沒說什麼，不過，她看向司徒錦的目光，也是十分不善。昨日她在壽宴上失了顏面，雖然後來爹爹賞了她好多寶貝，又詳細解釋了一遍那畫的來歷，她心裡還是非常不舒服。而造成這一切的，都是眼前這個人。

「錦兒有心了，坐下說話吧。」周氏沒有阻止兩個女兒，只是收回自己的目光，這才示意她起身。

司徒錦不卑不亢地道了謝，然後在下首的椅子裡落坐。

周氏喉頭一癢，咳嗽了幾聲，這才說道：「再過兩天，就是為太子選妃的日子。妳們爹爹也跟我提過了，這一次，妳們大姊姊也要去參選。作為姊妹，妳們也都幫襯著點兒。如果太師府能夠出一位太子妃，那也是整個家族的榮耀，咳咳……」

司徒芸聽到這個消息，臉色這才緩和了一些。

龍國太子龍炎，乃皇后所出的嫡長子，長得一表人才，又能文能武，在朝中也很有威望。這樣一個出色的男子，哪個女子不想嫁呢？更何況，他還是一人之下萬人之上的太子，地位尊貴。

司徒芸貴為太師府嫡長女，又是被嬌寵著長大的，自然心比天高，對那太子妃之位，也是志在必得。

「母親，女兒一定不會讓您失望的。」司徒芸才剛知道要去參選，就已經將自己放在了太子妃的位置上，可見其決心之強大。

司徒錦嘴角微微帶著笑容，但是內心卻在冷笑。她想要坐上太子妃的位置，簡直是癡心妄想。先不說那些強而有力的競爭者，就算是她被選上了，她司徒錦也一定會想盡辦法，讓她當不成太子妃！

司徒雨聽到只有姊姊才能參選太子妃，頓時有些不高興了。憑什麼好的事都要先禮讓姊姊，她同樣是太師府的嫡女，為什麼此次參選就沒有她的分兒呢？

「母親，我也符合條件啊，姊姊能去，為何我就不能？」司徒雨噘著嘴，表示不滿。

周氏看了小女兒一眼，沒有把話挑明。以她這樣的頭腦和性子，能選上才怪！不是她這個做母親的偏心，這兩個女兒雖然都是她的心肝寶貝，但是小女兒個性太過魯莽，萬一給司徒家招來是非，那就得不償失了。所以這一次太子選妃的消息一公布，司徒長風便只報了嫡長女的名字上去。

「妳二姊姊也符合條件，母親還不是沒讓她去？雨兒，妳的婚事，母親一定會做最好的安排。」周氏原本就出身高貴，乃當朝丞相嫡女，她的女兒，將來自然也是要配一個好人家的。

司徒雨還是不滿意這個答案，冷哼道：「二姊姊自然是上不了檯面的。不過是個庶女，哪能配得上太子?!我可是太師府堂堂嫡女，母親，您就是偏心！」

周氏有些失望地嘆了口氣，不再說什麼。

她的身體她自己知道，這一次能否熬得過去還很難說。在離開人世之前，她當然希望自己的女兒可以有個好的歸宿。周氏心裡清楚，不管哪個女人坐上這繼室的位置，誰能全心全意為她的女兒打算？所以在她死之前，一定要讓大女兒當上太子妃，到時候就沒有人敢欺負到她們兩姊妹頭上了。

只是，小女兒似乎完全不體諒她的心情啊！

第七章　互探心思

司徒錦不知道自己是怎麼走出這院子的，只知道周氏被三妹妹氣得吐了血，然後大夫趕到，所有人全都被轟了出來。

「小姐原來也是有機會去參加甄選的……」緞兒有些惋惜地說道。如果自己主子能夠被太子看上，即使做不了正妃，弄個側妃當當，也是極好的。

司徒錦嘴角扯出一些弧度，說道：「妳以為太子妃是好當的？都說一入侯門深似海，更何況是皇室。與其整日惶惶度日，還不如嫁得平民百姓家，只為柴米油鹽操心。」

「小姐真的不打算飛上枝頭變鳳凰？」緞兒有些好奇地問道。

「從未想過。」司徒錦坦率地回答。

緞兒咧了咧嘴，笑道：「這樣也好，緞兒就可以一直陪在小姐身邊。」

司徒錦沒料到她會這麼說，頓時心頭一暖。

「咦？這不是二姊姊嗎，今兒個怎麼有空出來走走？」司徒錦剛走到花園，便迎頭碰上一個粉色衣裙的少女。

「五妹妹也挺有閒情逸致的。」司徒錦對於這個司徒嬌仍舊印象深刻。不為別的，就因為前一世，她以一個庶女的身分得到爹爹的喜愛。

司徒嬌，人如其名，是個嬌俏可愛的美人胚子。漂亮的臉蛋兒、窈窕的身姿，雖然沒有大姊司徒芸那樣明豔照人，但也是個令人過目難忘的美女。不像她自個兒，除了一雙還算清透的眸子，沒什麼突出的亮點。

「二姊姊從母親那裡出來，可有聽到什麼消息？」司徒嬌人雖小，但是心眼兒卻不少。

司徒錦聽了這句話，也沒有隱瞞。

「母親說，大姊姊要去甄選太子妃，讓咱們姊妹多幫襯著點兒。這不，我正要回去，整理出一些詩詞來，以備大姊姊不時之需。」

參加太子妃甄選，自然要經過一番考核。這才藝，便是其中最重要的環節之一。未來的太子妃，無論是詩詞歌賦還是琴棋書畫，都要拿得上檯面才行。司徒芸一直以美貌聞名，才名倒是沒怎麼聽說。不過前一世，司徒芸能夠接近太子，就是源於一首詩。

想到「那個人」的名字，司徒錦又是一陣莫名的痛恨。那個人，她這一輩子都不想再見到。如今母親將她的名字抹去，不讓她去參選，如此甚好！

司徒嬌看著她那認真的模樣，一時無法判斷話中真假，於是擠出一絲笑容，說道：「是嗎？大姊姊是有福氣的，想必定能為家族爭光。」

這些虛偽的話，司徒錦聽得多了，所以也沒有在意，繞過她身旁，便回自己的院子去了。

緞兒好一會兒才跟上來，在司徒錦耳旁說道：「小姐，奴婢看見五小姐剛才在花園裡大發脾氣呢。」

司徒錦對於不必猜都知道的事情，自然沒有絲毫驚訝。「五妹妹一向得爹爹的寵愛，這次沒能讓她去，心裡自然是不舒服的。」

「五小姐也太異想天開了吧？夫人怎麼會讓她一個庶女去搶了大小姐的風采?!」

司徒錦只是笑了笑，是啊，她們做庶女的，哪能跟尊貴的嫡女相比！

「小姐，緞兒說錯話了，您別放在心上……」緞兒意識到自己將小姐也一併罵了進去，頓時紅了臉。

司徒錦倒也不在意她的話，畢竟她說的都是事實。「好了，別在這兒發呆了，去把庫房箱子裡的書都搬出來。趁著這麼好的天氣，將那些受潮的書曬一曬，免得白白毀了那些真跡。」

前世，她全部心思都用在了怎麼哄爹爹開心，去爭取那少得可憐的寵愛上了，沒能好好研究過外公留下來的這些東西。如今她也想通了，反而對書籍感興趣起來，甚至到了每日不讀書就睡不著的地步。

趁著緞兒去搬書的時候，司徒錦這才將事先準備好的雞血，悄悄地倒在褻褲上面，做出癸水來了的假象。

拿著那些血腥的東西，司徒錦又是一陣反胃。

都是那個男人害的！想到那個無緣無故闖進她閨房的男人，司徒錦再一次閉上了眼睛。深呼吸好幾次之後，她才重新調整好自己的情緒，平復心情。雖然看不清那人的面容，但隱約間也能感覺到他是個極為危險的人物。雖然他最後沒有傷害她，一聲不吭地就走了。可是那雙散發著寒冷氣息的眸子，卻深深印在了她心上。

司徒錦從回憶裡回過神來，連忙搖了搖頭。

「小姐，姨娘來了……」正出神之時，緞兒便帶了個熟悉的身影進來。

司徒錦起身迎了上去，親熱地拉起江氏的手。

「娘親怎麼過來了？」

本該稱呼一聲姨娘，但因為是私底下，又沒有外人，所以司徒錦就親暱地叫她的生母娘親。

見到女兒臉上的神采，江氏心裡一熱，眼眶就紅了。「妳身子剛好，我不放心，所以過來看看。」

「女兒都好了，您瞧！」司徒錦原地轉了幾個圈。也只有在親生母親的面前，司徒錦才表現得比較活潑，像個無憂無慮的孩子。

女兒的改變，江氏看在眼裡，心裡也很是高興。跟以前那個任性胡鬧的孩子相比，她更喜歡現在這個乖巧溫順的女兒。「現在這個樣子，極好。連妳爹爹最近也覺得妳變化甚大，說是讓人欣慰呢。」

司徒錦抿嘴一笑，並沒有反駁她的話。

「爹爹最近經常去娘親那裡？」她不著痕跡地問道。

江氏有些不好意思的紅了臉，畢竟是夫妻之間的事，不好對外人說。「妳母親最近身子不好，妳爹爹也很著急。如今大小姐又要進宮甄選，家裡的事情忙不過來。所以妳爹爹才來跟娘親商量，要我幫著主母打理家裡的事務。」

司徒錦聽到這個消息，心裡一喜。

看來，娘親並不像記憶中那般不受寵。如果能夠藉著這個機會，讓娘親在府裡站穩腳跟，也是極好。

第八章　江氏初掌權

「什麼，老爺讓江氏協助夫人打理府裡的事務？」一位長得極為妖豔的女人聽到丫鬟的稟報，便再也坐不住了。

「是的，姨娘……」那丫鬟小心翼翼地回道。

「真是豈有此理！」美豔婦人氣得咬牙切齒，恨不得衝到司徒長風面前去理論。

一個高大的身影踏進門檻，在丫鬟的臉上亂摸了一把，這才走到婦人面前。「娘，您這是怎麼了？莫生氣啊，生氣會老得快。」

聽到兒子的勸說，那婦人果然消了氣。可是心中的鬱結未解，她還是有些不甘心。「青兒，你說說，那江氏憑什麼得到你爹爹的信任，能夠協助夫人掌管中饋？我也是這府裡的姨娘，還給司徒家生了你這唯一的兒子，為何這管理中饋的事不落到我這個功臣身上，反而讓那個賤人得去了！」

看著她氣呼呼的模樣，司徒青忙走上前去，好一陣安撫。「爹爹是老糊塗了，娘又何必跟他計較！如果江姨娘真有本事，那咱們也樂得清閒。反正這家業總有一天是我的，她打理得再好，也是為他人做嫁衣，不是嗎？就怕她沒那個本事。若是爹爹知道下人們都不服她管，您想爹爹還會把這管家的大權交給她嗎？」

吳氏聽了這話，心裡頭舒服多了。

只不過那大權不掌握在自己手裡，她總覺得不踏實。夫人病重，眼看就不行了，這府裡的姨娘，她都沒放在眼裡。反正諒她們也生不出兒子來，所以不用擔心。可萬一哪天再弄一個繼室進府，生下兒子來，那她兒子的地位可就不保了！

「可是……」

她還要說什麼，卻被兒子給打斷了。「娘，您就少操心吧。只要把爹爹哄得服服貼貼，讓他再給我些銀子花花，兒子保證，過不了幾天，那江姨娘一準兒會被爹爹冷落，剝奪這管家的權力。」

「真的？」吳氏睜著一雙美目。

「您還信不過您兒子嗎？」司徒青諂媚道。

吳氏捏了捏兒子的臉，笑道：「好，就依你。但你得保證！」

「兒子發誓，一定不會讓她順利接手家裡的事務！」司徒青指天發誓。

「好好好，那娘這就去準備，晚上給你爹爹一個驚喜。」吳氏曖昧地笑著，一點兒也不忌諱。

司徒青得意洋洋地從吳氏的院子裡出來，就直奔府外去了。最近京城來了個紅牌，他可是垂涎了很久。如果能夠從爹爹那裡弄個幾萬兩銀子，那他就有豔福了。

想到那個絕色佳人，司徒青又是一陣興奮。

「太過分了！姨娘最近剛接手，本來就不甚熟悉府裡的事務，那些奴才膽子也真夠大的，居然敢當面頂撞姨娘，簡直沒有把老爺的話放在心裡！」緞兒見到江氏暗中抹淚，心裡就很替她抱不平。

司徒錦早預料到了這一點，所以並不驚慌。畢竟第，次管家，很多事務不熟悉，也是情理之中。再加上有些人刻意從中作梗，娘親的處境就更加艱難了。

「緞兒，妳先下去，我有話跟姨娘說。」

緞兒明白司徒錦的意思，乖巧地到門外把風去了。

「錦兒，娘是不是很沒用？連那些下人都不聽娘的話，更何況妳那些姨娘們……」江氏一邊抹淚，一邊哽咽地說著。

司徒錦親自幫她擦了擦淚痕，這才說道：「娘親多慮了。這太師府說大不大，說小也不小，家裡的事務本就繁多，應付不來也是常有的。那些不聽使喚的下人，娘親儘管將他們的名字記住，等爹爹回來，您再吩咐他們同樣的事情，看他們還敢不敢把您的話當耳旁風！」

「這樣做，真的有用嗎？」江氏緩緩抬起頭，茫然地問道。

她雖然也是官宦子女，但從小到大都沒有操心過家事，也沒有在這麼複雜的大家庭生活過，所以做起事來總是覺得綁手綁腳。

「聽女兒的，準沒錯。那些膽大妄為的奴才，就是算準了娘親不會在爹爹面前告狀，所以才這麼放肆。一旦爹爹肯定了娘親的作為，以後他們就不敢如此了。」司徒錦耐心地安慰道。

「那、那我聽妳的……」江氏擦乾眼淚，努力平復心情。

司徒錦露出一絲笑容，將江氏送了出去。

「小姐，姨娘真的可以嗎？」緞兒有些擔心地問道。

司徒錦其實也沒多少把握，畢竟江氏一直是個膽小懦弱的女人，遇到這樣的事情，退縮也是正常的。「先不管這些了，妳去門口盯著點兒，老爺回來後，立刻去通知姨娘。」

緞兒應了聲，便出去了。

司徒錦翻看了幾頁書，最終還是安靜不下來。

這府裡的女人，都不簡單。周氏乃當朝丞相的嫡女，與爹爹又是青梅竹馬，身分自然是尊貴無比；王氏出身雖然不及主母周氏，但也是朝廷重臣之女，性子高傲，手段更是強硬；吳氏出身最低，原先是某個官員家裡的舞姬，後來被前去作客的爹爹看上，帶回來做了小妾，又好命的生了爹爹唯一的兒子。更因為擅長狐媚手段，將爹爹哄得好，地位自然也不容小覷。

除了那通房抬上來的李姨娘，恐怕就數自己娘親的地位最低了。

司徒錦分析了一下這府裡的形勢，難免為自己和娘親的處境感到擔憂。如果自己不去爭取，那麼她們以後只有任人欺凌的分兒。

「娘親，女兒一定不會再讓任何人踐踏咱們母女倆的！」司徒錦握緊了拳頭。

七月初一，太子妃甄選終於拉開了帷幕。

作為司徒家的女兒，司徒錦被迫和其他幾位姊妹陪著司徒芸前往皇宮。雖然不是去參加甄選，而且連皇城的大門都進不去，但每位小姐都一身隆重的妝扮，在皇城門口等待好消息。

司徒芸一身粉藍色的衣衫，沒有刻意挑選豔麗的服飾，就是想突出自己絕世的容顏。只見她蛾眉淡掃，略施脂粉，明眸皓齒，無一處不透著仙人之姿。頭上的髮釵熠熠生輝，與那雲鬢相得益彰。

一路上，眾姊妹都很少開口說話。剛到皇城門口，就被迎面而來的一輛馬車給搶了先。那馬車看起來華麗異常，一看就知身分顯赫。司徒家的車伕也算有幾分見識，沒敢與對方計較。

「那是什麼人，居然如此囂張？」司徒雨好奇問道。

在皇城策馬狂奔，這可是大不敬之罪。

第九章　世子定終身

「沒看見那車廂上那麼大個沐字嗎？不用說，肯定是沐王府的人了。」司徒芸整理了一下衣襟，確保完美無缺之後，這才回過頭來說道。

司徒雨撇了撇嘴，不想承認自己的笨拙。「姊姊倒是好眼力！到了這個時候，居然還有心情注意這些個事情，難道就不怕耽誤了時辰？」

司徒芸知道妹妹一直因為甄選之事心裡不痛快，也沒有跟她計較，而是高傲地昂起頭顱，一副成竹在胸的模樣。「時辰自然是誤不了的。妳們幾個就在這兒等著，不可造次，聽到了嗎？」

司徒雨想要反駁，但終究還是抿了抿嘴，沒吭聲。

因為嫡庶之分，兩個嫡女說話，其他人自然是插不上話的。司徒錦也樂得清靜，反正只要在宮門口等幾個時辰，至於其他的，都與她無關。看著司徒芸遠去的背影，司徒錦率先下了馬車。在那狹小的空間裡待了那麼久，實在是憋屈得很。

「請問，哪一位是太師府的二小姐司徒錦？」一個太監打扮的公公拿著拂塵忽然朝著馬車走了過來。

眾人皆是一愣，然後都把注意力集中到了司徒錦這個主角身上。

「臣女司徒錦。不知公公有何賜教？」司徒錦雖然不知道這太監為何找她，但還是禮貌地福了福身，禮節周到。

那太監稍稍打量了她一眼，這才說道：「傳皇后娘娘懿旨，永和宮覲見！司徒小姐，跟咱家走一趟吧。」

聽聞皇后娘娘召見，司徒錦有些納悶。可是身為臣子之女，沒有資格開口詢問。

「同樣是太師府的小姐，為何皇后娘娘要單獨召見二姊姊？」司徒嬌雖然同樣是庶女，但因為頗受司徒長風的喜愛，所以根本沒有把其他人放在眼裡，語氣中頗有些不服。

司徒雨也是冷著一張臉，臉色難看。這太子妃的甄選沒有她的分兒也就算了，為何一個卑微的庶女居然能夠得到皇后娘娘的召見，而她這個嫡出的千金，卻只能在一旁等待。「就是。她憑什麼能夠進去，而我們只能在宮外等候，這究竟是何道理?!」

那太監輕蔑地看了她們幾眼，沒有解釋，只是對司徒錦說道：「司徒小姐，皇后娘娘在宮裡等著呢，耽誤了時辰，咱家可擔待不起！」

司徒錦收斂了心神，說道：「請公公在前面帶路。」

那公公瞥了司徒錦一眼，心想這太師府的二小姐倒是懂禮數，不像剛才那兩位，一看就是卑賤的庶出之女。只是他這個閱人無數的宮內總管也有看錯的時候，這司徒錦根本不是嫡出，那嫡出的正主兒正是剛才那位不懂規矩的。

永和宮乃皇后娘娘的寢宮，華麗而莊重。從未進過皇宮的司徒錦也被這皇家的氣勢給迷住了，暗自打量著這巍峨的宮宇。

隨著一聲「司徒錦覲見」的唱名，司徒錦這才收回好奇之心，謹慎地踏進大殿之內。

恍惚間瞧見高位上坐著兩、三個人，其中一位身穿紅色鳳凰圖樣的長袍，司徒錦趕緊跪拜。「臣女司徒錦，給皇后娘娘請安，皇后娘娘萬福金安！」

「抬起頭來。」一道溫柔卻帶著威嚴的聲音傳進耳中，讓司徒錦不得不抬起頭來，但眼睛卻不敢往上瞧，生怕衝撞了貴人。

「皇后娘娘，這司徒二小姐的性子倒是極好，看來外面的那些傳言也不能盡信。」一道清脆的女聲也加入，似乎對司徒錦早有耳聞。

皇后沒有回應，而是打量著仍舊跪拜在地的女子。當看清楚她的面容時，她似乎有些失望。那張臉龐還算清秀，卻並非絕色。白皙的皮膚，有著一絲不尋常的蒼白，像是久病初癒。唯一能算得上亮點的，就是那一雙淡然的眼睛。即使在她這個國母面前，她仍舊能保持鎮定，這份心性，也算是難得。

「起來吧。」皇后娘娘將視線從司徒錦身上移開，這才慢悠悠地開口。

司徒錦叩謝之後，緩緩起身，然後立在一旁，眼觀鼻鼻觀心，做個低眉順眼的隱形人。

「這太師府的千金，果然不一般。雖說是個庶女，但性情溫順、恪守本分，比起嫡出的也毫不遜色，倒也是不錯的。」另一個宮妃打扮的女人這時候適時地開口了。

皇后娘娘贊同地點了點頭，覺得她說得有些道理。

雖然不知道沐王府的隱世子為何非要這麼一個庶出的女子做他的世子妃，但既然他肯成親，那她這個做嬸娘的，自然是要好好幫著審查一番。

「司徒錦，妳跟隱世子是如何認識的？」皇后有些好奇地問道。

隱世子？司徒錦有些發怔。

看到她那副驚愕的模樣，皇后娘娘眉頭微蹙。難道他們根本不認識？那為何龍隱世子會主動指名道姓，非要這個女子不可呢？

司徒錦規規矩矩地蹲下身去，謹慎回答道：「臣女待字閨中，視聽閉塞，並不知隱世子為何人，還請娘娘明示。」

剛才那個被冷落的妃子格格笑了起來，說道：「這真是奇聞啊。隱世子居然會為了一個不認識的女子，來請娘娘指婚。這其中，難道有什麼誤會？」

龍隱乃沐王府的嫡出世子，雖說性情冷然暴虐，但身分尊貴，多少閨閣女子夢想著嫁入沐王府，偏偏被這麼一個不起眼的女子給搶了先，這怎能不教人憤恨？尤其是這莫妃娘娘，為了給自己的兒子找一個可以依靠的勢力，跟皇上提了好幾次，要將自己娘家的一個侄女嫁給龍隱世子，卻被皇上拒絕了。

一般皇室子弟的婚事，都是由皇上定奪，可是這龍隱世子卻偏偏是個例外，可以自己挑選喜愛的女子成婚。但究竟他是如何挑上這太師府的庶二小姐的，就有些讓人摸不著頭腦了。

司徒錦被一道冷冽的視線盯得有些毛骨悚然，不禁抬起頭來，朝著那道視線望去。

第十章　皇上賜婚

那是一個嬌滴滴的大美人。

司徒錦看到那張臉，頓時呆住了。剛才沒敢抬頭打量這屋子，所以她一直以為皇后身邊站著的，是一個宮女。可細看之下，才知道那是一個身穿著粉色衣衫的嬌俏美女。她的皮膚白皙如玉，瑩瑩充滿光澤；水晶般的一雙大眼，讓人見了都忍不住讚嘆，這世上竟然有這般靈動的眼眸；高挺的鼻梁、嫣紅的嘴唇，完美得猶如天仙。就算見慣了各家美女的司徒錦，也被這個女子深深吸引。

她的美，不同於司徒芸的豔麗，也不似司徒嬌的嬌嫩，而是透著一股子的靈動和純淨。只是那眼眸中偶爾閃過的一絲厭惡，讓她的美頓時減少了幾分。

這個絕色佳人，就是前一世她見過的，地位尊貴的太子妃娘娘——楚濛濛。

而此刻，她還沒有嫁給太子。

楚姓，乃皇后一族的大姓。這楚濛濛，正是皇后娘娘家兄弟的女兒。

司徒錦對她出現在這裡，並不感到奇怪。畢竟今日是太子妃甄選的日子，而楚家也已經出了兩個皇后、五個貴妃。恐怕這楚濛濛，也是楚家打算送進宮來成為太子妃，也就是未來皇后的。

只是她的眼神似乎有著極大的不善，像是司徒錦搶了她什麼寶貝似的。這龍隱世子為何人，她司徒錦都不甚了解，這位內定的太子妃，是不是有些怨懟錯了對象？

皇后娘娘審視了司徒錦一番，最終還是沒有說什麼，只是隨口說了句「妳跪安吧」，就把司徒錦給打發了出去。

司徒錦有些摸不著頭腦，只得跟隨太監出了宮。

「二姊姊，妳回來了？」司徒府的馬車旁邊站著好幾個打扮得花枝招展的女子，但見到她出來後迎上前的，卻只有那個膽小的六小姐司徒巧。

嘴角淡含笑意，拉了司徒巧的手回到馬車上，司徒錦一直沒有開口。

司徒雨、司徒嬌一直豎著耳朵，想要聽聽這皇后娘娘為何單獨召見這個刁蠻的二姊，可惜一個字都沒有聽到，頓時有些沈不住氣了。

「這麼會兒就出來了，想必也沒什麼重要的事。端著這個架子，給誰看呢！」司徒雨一直端著嫡女的身分，從未將其他庶女放在眼裡，更何況還是一個不受寵的庶女。

司徒錦知道她這是嫉妒，也沒像往常那樣頂回去，避免一些不必要的麻煩。

司徒嬌見司徒錦淡然處之的樣子，冷嘲熱諷了一番之後，也上了馬車。

司徒雨見無人搭理自己，憋了一肚子的氣，正準備發作，便瞧見參加甄選的秀女從宮門魚貫而出，而自己的姊姊也在其中。

欣喜地迎上去，司徒雨急切地問道：「怎麼樣，選上了嗎？正妃還是側妃？」

當著大庭廣眾這樣問話，這司徒雨還真是沒規矩。就算是選上了，也應當私下說這些事，這麼大剌剌地問出口，就算沒有炫耀的嫌疑，也有失大家閨秀的風範。

聽到司徒雨的聲音，司徒芸的臉色更加的暗沈了。

袖子中的手拽了又拽，只差沒當著眾人的面給這個愚笨的妹妹一巴掌。不過長年所受的教導，讓她時刻謹記自己的身分，忍住了。

「大姊，妳快說呀，真是急死人了！」司徒雨似乎還沒有意識到嚴重性，仍舊追著這個問題不放。

一旁看戲的女子中，忽然傳來一道譏諷的嗓音。「真是異想天開呢。就這樣的貨色，居然也敢妄想太子妃的位置，不自量力！」

「杜雨薇，妳嘴巴乾淨點兒！」司徒芸即使脾氣再好，也失去了耐心。

這杜家小姐算起來，只是個四品小官的千金，但因為是宮裡某位娘娘的親戚，所以比較囂張，沒有把一般的大家閨秀放在眼裡，這司徒芸也不例外。

只不過，剛才在甄選的時候，司徒芸竟然得到太子的讚賞，讓她們這些閨秀如何能不嫉妒？就算最後司徒芸沒有選上，也不代表以後沒有機會。

畢竟，在那些個閨秀堆裡，司徒芸算是容貌最出眾的一個。

司徒雨有些困惑。

難道姊姊沒有選上？這不太可能吧？論家世和容貌，她算是頂出眾的了，連她都沒有選上，那……後面的問題，她不敢想。

只是司徒雨並不知道，這大龍王朝，最不缺的就是身分顯赫之人。一個小小的太師之女算什麼？這次甄選的秀女中，不乏王侯世家之女，她們的身分比起司徒芸來不曉得高貴多少。她一個井底之蛙，還自以為司徒家在京城是多麼了不得的人家呢。

司徒錦聽到她們的對話，嘴角微翹。

這個結局，早在她的意料當中，她絲毫不感到意外。自己的爹爹雖是貴為三公之一的太師，但是在這個朝代，三公只是個稱謂，早已沒有實權，不過是叫起來好聽而已。

這兩姊妹還真把自己當回事了，真是鼠目寸光。

那些秀女想必也是知道最終結果的，一個個都鄙視地笑了起來。司徒芸忍受不了這樣的凌遲，索性衣袖一甩，怒氣沖沖地上了馬車。

「回府！」大小姐一上馬車，便吩咐道。

車伕不敢有失，駕著馬車就往回趕。

司徒芸落選的消息不消一會兒就傳遍了整個太師府，不少人在背地裡笑得歡快。

司徒錦卻不以為意，只是付之一笑。

但沒想到的是，翌日一道聖旨，再一次在太師府掀起了滔天巨浪。而這一次，主角卻由司徒大小姐，變為那曾經以刁蠻聞名的二小姐——司徒錦。

「奉天承運，皇帝詔曰：太師府二小姐司徒錦，性情溫順，知書達禮，秀外慧中，乃大家閨秀之典範。朕見之甚喜，特賜婚於沐王府隱世子，待及笄後擇吉日完婚，欽此！」

此道聖旨一下，不僅是司徒錦，整個太師府的人都不敢置信地張大了嘴，半天都合不攏。

回想著昨日皇后娘娘的召見，司徒錦實在想不通，自己何時見過那隱世子。而當時皇后娘娘的態度，似乎也並不滿意自己，畢竟她不過是個小小的庶女。

庶女的身分，是如何都配不上這世子妃的稱謂的！

第十一章　江氏成平妻

「憑什麼！她一個庶女能成為世子妃，而我堂堂一個嫡女，卻什麼都不是，嗚嗚……娘親，您一定要為女兒作主啊……」司徒芸聽到這個賜婚的消息，無非是雪上加霜。

太子妃甄選一事，她已經失去了顏面，如今再被一個庶妹搶了風頭，哪裡會甘心！

周氏看著女兒傷心流淚，心疼得不得了。只是她現在纏綿病榻，將不久於人世，就算想為自己的女兒盤算，也是心有餘而力不足。這聖旨，可不是什麼人都能更改的。雖然她乃丞相府的嫡女，又是太師府的一品誥命夫人，但在皇權之下，不過是個臣子。

「芸兒，妳的心亂了……」周氏咳嗽了幾聲，氣息有些不穩。她也不甘心，但是這已經成為了事實，她又能怎樣？

「娘，女兒實在是不甘心！為何……為何太子稱讚了女兒，卻又沒有任何表示，還是選了別的女子為妃……這也罷了，可是司徒錦那個賤人，為何她的命就那麼好，居然得到皇上親自賜婚，還嫁了個世子，為什麼！為什麼……」司徒芸想到近日來的不順，心裡就一百個不平衡。

「芸兒，皇后家族的勢力，不是我們能夠動搖的……咳咳……至於司徒錦那個小賤人，妳不用擔心，娘會為妳作主的，咳咳……」周氏苦口婆心地勸導，生怕女兒氣壞了身子。

司徒芸看著母親的焦慮，心裡忽然湧出一股厭煩。這府裡她畢竟還是當家主母，竟然讓一個庶女爬到自己頭上去了，這又算怎麼回事？

看到女兒那樣的眼神，周氏忽然呼吸一窒，心裡更加的難受。女兒這是在埋怨她呢。想到自己這些年來的辛苦維持，周氏忽然覺得好累。她哪一次不是把最好的東西留給她們，處處打壓那些妾室所生的子女，落得個容不下庶子女的壞名聲，可是到頭來，居然被自己的女兒給嫌棄了！呵呵，她這是造了什麼孽啊！

咳咳咳咳咳……周氏一口氣換不過來，竟然暈死過去。

司徒芸沒料到母親就這麼倒下去了，頓時嚇得慌了手腳。「娘！娘妳醒醒啊……快來人啊！」

守在門外的丫鬟婆子立刻衝進來，又是掐人中，又是捶背的，好一會兒才把周氏從鬼門關給拉了回來。

「我想休息了，都出去吧……」周氏心寒了，將所有的人都趕了出去，誰也不見。

司徒芸本想說些什麼，嘴皮子動了動，卻沒有發出任何聲音來。

周氏病重已經不是一、兩日的事情了，如今又被女兒給氣了一回，身子就更加不好了，咳血的日子也愈來愈多，到最後甚至整日昏迷不醒，司徒家頓時陷入了波譎雲詭之中。

「那個女人，終於要不行了。」一隻纖纖玉手撫摸著杯緣，一雙眼睛中滿是幸災樂禍。

「娘親，那個女人如果死了，您是不是就有機會……」嬌滴滴的聲音雖然刻意壓低了，但話語中明顯帶著期許。

「哪有那麼容易。別忘了，這府裡的女人，可不止我一個。而且，這主母的位置，可不是隨便就能坐上去的。」婦人此時倒是沈得住氣了，沒有像往常那樣衝動。

「論出身地位，那位置怎麼都該是娘親您的。」嬌俏的女孩在婦人的懷裡撒著嬌。

「我的嬌兒這張嘴真是甜……不過，娘親擔心的是，那個女人死前會做好一切安排，毀了娘這半生的心血。」王氏眼中掠過一絲狠戾，有著強烈的不甘。

「她都那樣了，還能有什麼後招？」司徒嬌不屑地撇了撇嘴。

王氏沒有說話，只是臉上的笑意更加深了。她不會就這麼輕易地認輸的，絕不！

相對於這院子裡的安靜，另一個院子可真算得上是門庭若市了。

司徒錦看著那些吵吵嚷嚷的人群，不勝其煩。就因為她得到皇上的賜婚，所以那些平時不怎麼來往的人，全都湧了過來。他們還真是會趨炎附勢呢！

「錦兒可是咱們司徒家的榮耀，以後想必是吃香的喝辣的，榮華富貴一生了！」

「就是，這庶出的又怎麼樣，同樣可以光耀門楣！」

「錦兒啊，皇上賜婚，這是多麼大的恩典！妳可是未來的世子妃了，一言一行都要多加注意。切不可再任性妄為，讓人拿捏住把柄，給司徒家丟了顏面……」就連一向不踏足她這裡的爹爹，居然也帶著滿意的神態，在這裡說一些暗示性的話語。

司徒錦一邊應著，一邊鄙視。

那些人見她沒有回應，也覺得無趣，三三兩兩地離去了，最後只剩下自己的生母江氏和那個嚴肅的爹爹司徒長風。

「妳母親眼看著就要……妳放心，爹爹斷不會讓妳們母女倆受委屈的！我今兒個就作主，將妳娘抬為平妻。妳安心待嫁，以後就算是嫁去沐王府，也不會被人瞧不起。」司徒長風沈默了一陣子，最後總算是把這番話說了出來。

司徒錦有些意外，但看到娘親臉上那激動的神色，忽然明白了。爹爹這是要穩住她，想要她將來幫襯著司徒府，好讓爹爹在朝廷中的地位更加穩固呢！

有個世子女婿，的確是不錯的靠山。

司徒錦笑了笑，沒有揭穿他的用心。畢竟一步步讓娘親坐上主母的位置，也是她計劃中的事。既然他主動提出來了，那她還客氣什麼。

「多謝爹爹！」她佯裝歡喜，敷衍著司徒長風。

司徒長風仔細地端詳了一番這個不甚起眼的女兒，但沒有多作停留，藉口還有公事要忙就走了。

等到他一離開，江氏就忍不住喜極而泣。「女兒，咱們娘兒倆算是熬出頭了！」

司徒錦聽了這話，吐出一絲不屑的冷哼。「娘，您想得太簡單了！爹爹也說了，是平妻，而不是主母。就算母親有個什麼，這正室的位置，想必也不會落到這個院子裡任何一個女人身上！」

江氏聽了這話，頓時語塞。

第十二章　納繼室

八月初五，周氏最終沒熬過這一關，緊緊地閉上了眼。就在後院那幾個野心勃勃的女人慶幸的同時，一個消息也從太師府當家司徒長風口裡，得到了證實。

太師府不能一日無主母，他答應了亡妻的要求，準備迎娶周氏家族另一個嫡女為繼室。後院的那些女人，豈能嚥得下這口氣？將江氏抬為平妻也就罷了，總不過還是半個妾。為了司徒錦指婚沐王府世子，給她的生母抬一抬位分，也是理所應當的。但突然冒出一個陌生的女人來搶這主母的位置，那可就有些說不過去了。

「老爺……姊姊真的是這麼說的？」吳姨娘還有些不敢相信，如果真的是這樣，那她要怎麼辦？萬一那個女人再生了兒子，那她的兒子又算什麼？

司徒長風狠狠地瞪了她一眼，覺得她今日實在是失態。「難道我會欺騙妳們不成！」

被他的眼神掃到，吳氏立刻閉了嘴，不敢再有異議。

「新婦下個月十六就過門了。眼下，就是先將夫人好好地安葬！江氏妳是平妻，這件事就交給妳去辦。」司徒長風留下這句話，轉身就走。

屋子裡的人，每個人各懷心事，當然，更多的是不服之聲。

「一個低賤的妾，居然也能被抬上平妻之位，哼！」最先開口的，是府裡的嫡出大小姐，一身素白孝服的司徒芸。即使是這樣平常的衣服，穿在這嫡長女的身上，也是活色生香，掩蓋不住其豔色。

司徒錦一邊諷刺一邊冷笑。「大姊姊這是在懷疑爹爹的眼光？覺得爹爹的決策是錯的？」

給她扣上了這麼一大頂帽子，司徒芸真是有苦說不出。如果她承認，那麼她就是對父親不敬。這不孝之名壓下來，那她辛辛苦苦建立起來的好名聲就毀了！看著司徒錦嘴角那抹笑容，司徒芸就恨不得撕碎她那張臉。

不過，她能隱忍，司徒雨卻完全不把這些規矩放在眼裡。「司徒錦，妳居然敢這麼跟嫡姊說話，也不想想自己是個什麼身分！別忘了，妳不過是個地位卑微的庶女，是低賤的妾所生的女兒。」

口口聲聲，都是嫡庶尊卑，每一個字眼兒都是那麼的刺耳。

司徒錦深深地呼了一口氣。她是庶女怎麼了？難道庶女就不是爹爹的骨肉，就可以任憑她這所謂的高貴嫡女辱罵了？

「司徒雨，妳也別忘了，我娘親如今是平妻，我的名字也是上了族譜的！」她的聲音很冷，卻直刺對方的心臟。

司徒雨最恨的就是這個！

那些族裡的長老不知道怎麼想的，居然同意讓一個庶出的女兒進了族譜，轉身一變，成為和她們姊妹倆同樣的嫡女身分。雖說這個嫡女並不是那麼純正，但在外人看來，她的身分已經不容置疑。想到這個討人厭的女人以後要跟她平起平坐，司徒雨就心有不甘。

的！」

「司徒錦，妳少在這兒耍威風！我告訴妳，別人承認妳這嫡女身分，我司徒雨是不會認

「妳以為，我需要妳的承認嗎？」司徒錦不緊不慢地說道。

司徒雨氣得半死，恨不得上前去掌摑她，但卻被司徒芸攔住了。

「姊姊，妳幹麼攔著我，看我不撕爛了她的嘴……」司徒雨大言不慚地叫囂著。

司徒芸狠狠地瞪了司徒錦一眼，這才拉著妹妹在母親的靈堂前跪下。「今天是什麼日子，妳就不能安分一些？」

看著那華麗的棺木，司徒雨眼睛一紅，頓時忍不住哭了出來。「娘！您怎麼就這麼走了？您教女兒以後怎麼過啊……沒有了您的庇護，女兒還不被別人欺負死？嗚嗚……」

司徒錦冷眼看著這一幕，然後安靜地跪在一旁，開始燒起了冥紙。

其他人見到司徒芸姊妹倆都乖乖守在靈前，也不敢造次，一個個安分地在一旁跪著，或假裝哭泣，或一言不發，靈堂算是安靜下來了。

日子過得很快，轉眼間就到了新婦進門的日了。婚禮雖然沒有像娶正室那般盛大，但顧及到丞相府和太師府的面子，司徒長風還是大擺筵席，邀請了不少人前來觀禮。

司徒錦這一次想要躲在後院不問世事已經是不可能。作為未來的世子妃，這個尊貴的稱號，就足以讓司徒長風將她拉出去炫耀了。

「果真是不同凡響，模樣也生得極好！」

「不愧是隱世子自己挑的人兒，一看就是聰慧的……」
「皇上親自賜婚，是多麼的榮耀啊！」
司徒長風厚顏無恥地接受著別人的讚美，而司徒錦卻在心裡冷哼：聰慧個鬼！她一聲不吭地站在那裡，哪裡看得出來聰慧了？
「妳就是司徒錦？」忽然一道戲謔的嗓音傳來，將她的神思給拉了回來。
那是一個長得極為妖孽的男子！一雙桃花眼略帶笑意，臉上洋溢著燦爛的笑容。五官精緻、皮膚白皙，一頭如墨的長髮隨意用髮繩綁在身後，勾勒出一身慵懶氣息。這樣的相貌，比起司徒芸來，還要更勝幾分。
司徒錦打量著這個比女人還漂亮的男子，有些失神。
「怎麼，是不是被我的美色迷倒了？」男子傾身上前，在她耳邊小聲地說著，故意引起別人的注意。
果然，司徒錦感受到周圍不少嫉妒的眼神逼過來。頓時收斂心神，一本正經地問道：
「不知閣下是哪位府上的公子？」
「妳居然不認識我？」男子似乎受到了極大的打擊，臉上露出傷心的神情。

第十三章　風流國舅爺

司徒錦看著他那副樣子，嘴角微沈。「我該認識你嗎？」這個男人實在自戀得可以！天下之大，難道她就一定要認識他這個看起來像隻花蝴蝶的人嗎？

男子見她一副理所當然的模樣，臉上的神情更加悲戚。

「司徒小姐還真是目中無人，居然連咱們鼎鼎大名的國舅爺都不認識。」一道女聲插進話來，臉上滿是輕蔑。好像不認識眼前這個男人，就是眼高於頂，故意擺架子似的。

司徒錦知道這種場合不能失禮，於是淡淡笑道：「小女子養在深閨，沒有見過世面，比不上這位小姐見識淵博。不過像國舅爺如此丰神俊朗的人物，讓人過目不忘，也是情理之中的。」

司徒錦的回答恰到好處，既沒有得罪人，也撇清了自己。

那個替國舅爺打抱不平的女子聽了這話，先是得意洋洋，待想清楚了其中的深意時，頓時火冒三丈，恨不得將司徒錦痛罵一頓。

「司徒小姐果然是伶牙俐齒，讓人印象深刻。」楚羽宸擺了個很風騷的姿勢，引得眾女賓心神蕩漾。

司徒錦沒有多說什麼，微微一笑之後，便退回司徒長風的身邊，不再開口說話。

楚羽宸自討沒趣之後，忍不住摸了摸鼻子，有些挫敗地自言自語。「難道久未練習，我的魅力退步了？」

他自嘲地笑了笑，然後又精神抖擻地去跟別家的千金們調笑去了。

好不容易熬到宴席結束，司徒錦拖著疲憊的身軀回到自己的院落，吩咐緞兒準備好了洗澡水，便將自己置身溫熱的浴桶中，享受著這寧靜的一刻。

重新活一遍，很多事情早在預料之中，唯一的偏差就是，自己居然早早就訂了親，嫁的還是一個世子，這是她始料未及的。

想到那個未曾謀面的夫君，司徒錦又是一陣煩躁。

這一世，她除了要報仇，根本沒有想過未來，更沒想過要嫁入高門。而這從天而降的婚事，到底是好是壞？

明日一早，還要去拜見新的主母。司徒錦想到這裡，不得不打起精神，為這場碰面做好準備。

那位新的嫡母，前世她是領教過的。那個表面看起來非常溫柔的女人，其實手段最是高明。在人前，她同等對待所有的子女，沒有嫡庶之分，在外界樹立起賢慧的好名聲，但實際上，她永遠只會為她自己著想。

哼，好一個嫡母！

比起這位嫡母，司徒錦更加欣賞原先那位正室夫人。起碼，她還是比較直率，有什麼心思都不藏著掖著。

「小姐，水都涼了，要奴婢再添些熱水嗎？」見她久未出來，緞兒有些擔心地問道。

司徒錦整理好自己的情緒，慢慢地從浴桶中站了起來，順手拉下擱在屏風上的單衣披上，這才回到內室。

「緞兒，去將上回爹爹賞賜的蜂蜜拿出來。」司徒錦坐在梳妝鏡前，從朱唇中吐出這麼一句話。

那蜂蜜雖比不上珠寶玉器珍貴，但也是朝廷的貢品。所謂物以稀為貴，這頂級蜂蜜在普通人家吃還吃不上呢！而司徒錦這邊，也只有一小罐而已。這個時候拿出來，司徒錦的用意，緞兒實在是有些猜不透。

司徒錦將頭髮上的水滴擦乾，不動聲色地拿起一本醫理方面的書籍，湊在燭光下，慢慢地研讀。

「小姐最近怎麼變成書蟲了，整日除了看書，都不怎麼出去走動了。」緞兒在一旁服侍著，主子沒有吩咐去休息，她不能自作主張離開。

司徒錦沒有回話，而是仔細研究著書上的內容。

不是她小心，而是帶著那麼一段記憶重生，她背負的那筆債，只能自己去索討。緞兒是個心地單純的女孩子，整日無憂無慮的，她不想把她也牽扯進來。所以無論做什麼事，她都沒讓這個小丫頭知道。

「時辰不早了，妳下去歇著吧。明早記得早點叫醒我，拜見嫡母可不能遲了。」她說著話的時候，眼皮子都沒抬一下。

緞兒噘了噘嘴，只得退了出去。

司徒錦等到緞兒一離開，這才握緊了手裡的醫書。「周燕秀，妳可千萬別讓我失望啊！」

翌日寅時，司徒錦早早就醒來了。梳洗過後，便拎著那一罐子蜂蜜去了主母的宅院。

「二小姐真早，夫人還沒有起呢！」那院子中的丫鬟嬤嬤見到她，臉上多了那麼一絲恭敬。

「無妨，我就在外面等等。」司徒錦淡淡笑著，端莊而優雅。

下人們看著這二小姐的轉變，都覺得有些不可思議。雖然背地裡不知道議論了多少，但當著她的面，卻是不敢造次，全都做著自己分內的事情，直到主屋的門打開，裡面服侍的丫鬟出來。

「夫人請二小姐進去呢。」一個穿紅戴綠的丫鬟落落大方地走出來，對著司徒錦施了一禮。

司徒錦知道這個丫鬟是這位新嫡母從娘家帶過來的，也不敢怠慢，微微頷首之後，這才跟隨她進了主屋。

「外面天氣涼，二姑娘怎麼穿得這麼單薄就出來了？」這位新夫人倒是有眼力勁兒，司徒錦剛進屋，就認出了她來。

司徒錦嘴角含笑，乖巧地跪拜下去。「錦兒給母親請安，母親昨晚睡得可好？」

「二姑娘有心了。聽說前段日子妳不小心失足墜馬，身子可大好了？」周氏一身深色的衣衫，顯得成熟而端莊。完美的瓜子臉上，一雙柔情似水的眸子，怎麼看都是個良善之輩。

司徒錦嘴角微翹，恭順地答道：「多謝母親關懷，已經無大礙了。」

二人正閒話家常著，門外傳來丫鬟的稟報聲。司徒錦的那幾個姊妹和弟弟，總算是趕過來了。

第十四章　新婦小周氏

「姨母！」一道響亮的聲音從門外傳來，語氣中略帶歡快。

司徒錦朝著門口望去，只見司徒雨邁著小步子，一路小跑著過來，與前幾日的悲傷神情大有不同。

周氏微微蹙了蹙眉，畢竟已經嫁到了司徒家，就算是再親近的親屬，也得改口了，但礙於是姊姊的女兒，她沒有馬上糾正司徒雨的口誤。

「芸兒給母親請安。」

「嬌兒給母親請安。」

「青兒見過母親。」

「巧兒給母親請安。」

一行四、五人湧了進來，原本寬敞的屋子忽然變得擁擠。除了司徒雨撒嬌似地撲倒在周氏的懷裡，其餘的人都規規矩矩地跪在地上，嫡母不叫起身，他們沒敢自作主張。

周氏嬌嗔地數落了司徒雨幾句，這才含笑讓幾個子女起身。「都快起來吧，地上涼。」幾個庶子女才跟在司徒芸身後站了起來。

司徒芸依舊美麗高貴，看向司徒錦的目光仍舊冷淡。自從在婚事上輸了這個庶妹一頭之後，她就越發不屑跟這些庶弟妹們打交道了。

「這是夫人給少爺小姐們的禮物，瞧瞧這些東西，那可是夫人平時都捨不得拿出來的！」一個上了年歲的嬤嬤端著一個盤子出來，見人已到齊，便按照原先準備好的一番話說了出來。

原本是想彰顯一下夫人的大方和賢慧的，但這話聽在別人的耳朵裡，卻成了另一種意思。果然，這話一出口，司徒青就輕蔑地一哼。

他當是什麼好東西呢！不過是些普通的貨色。雖然也是一些不錯的精緻之物，但作為這個家裡唯一的男孩子，他見過的好東西還會少嗎？光是他生母吳氏的房裡，就有好幾箱子，他才不稀罕呢。

周氏狠狠地瞪了那嬤嬤一眼，覺得她太多嘴了。但她隨即換上另一副表情，笑著跟每一個子女都閒話了幾句，這才將他們打發走，單獨留下司徒芸姊妹倆說話。

「姨母，您幹麼對他們那麼客氣！沒瞧見他們那態度嗎？分明就是沒將您這個主母放在眼裡！」等到眾人一散，司徒雨便又開始撒起嬌來。

「雨兒，怎麼能如此無狀！好歹都是一家人，都是妳們爹爹的子女。」周氏一本正經地說道。

「姨母……」司徒雨還想說什麼，就被周氏打斷了。

「我雖然是妳們的姨母，但也是這個府裡的嫡母。以後這樣的話，還是不要再提起。還有，妳的稱呼也得改改了，要跟著他們一樣，叫我母親。否則教外人聽到了，像什麼話？」周氏諄諄教導著。

司徒雨噘著嘴，有些不快。

好在司徒芸反應快，將妹妹安撫了下來。「母親，以後咱們姊妹倆，就靠您照拂了。」

周氏給了司徒芸一個讚賞的眼神，面色漸漸和悅。「還是芸兒懂事，不愧是太師府的嫡長女。」

司徒雨見姨母只表揚姊姊，而將她說得一無是處，心裡實在是窩火。但這新婦進門的第一天，她也不想惹出什麼事端來。只得找了個藉口，匆匆離開了。

「母親，外公身體可還好？很久沒有回去了，也不知道他老人家是否還跟以前那樣喜歡書法？芸兒送去的字帖，他老人家可喜歡？」等到屋子裡沒有了外人，司徒芸這才親暱地拉著周氏的手，問東問西。

周氏看著這個美貌傾城的姨甥女，心裡莫名的歡喜。

這個姊姊留下來的女兒，果然聰慧。至於那個小女兒，頭腦愚鈍，心思單純，一看就成不了大器。所以對於司徒芸，周氏還真是上了心的。「芸兒如果真的想念他老人家，何不抽個空回去看看？妳外祖母也想妳想得緊呢。」

聽到她這句話，司徒芸的心又活躍了起來。

都好些年沒去丞相府，就怕生疏了。聽周氏這麼一說，她的一顆心也就可以放下了。「早就想回去的，只是前些日子因為一些事耽誤了。對了，母親剛進府，還有很多事情不甚明瞭。我一會兒讓管家和管事娘子們過來一趟，也好讓您早日熟悉這府裡的事務。」

看著司徒芸眼裡冒出的那一抹光芒，周氏淡淡一笑，說道：「不急。我剛進府，還需要一段時間適應。妳先回去用膳吧，一會兒府裡的幾位姨娘還要過來拜見，我就不留妳了。」

司徒芸也是個明白人，聽到她如此說，也不便多停留，順著她的意思，微微福了福身就離開了。

周氏揉了揉額頭，才二十歲不到的她，卻顯得有幾分滄桑。為了能夠在家族裡立足，她從小就接受各種訓練，才能從眾多子女中脫穎而出。然而，作為周家的一分子，特別是一個嫡女，她卻有逃脫不了的命運。

如今，太師府出了一個世子妃，聲望更加顯赫。她這個有著大好青春年華的嫡女，為了所謂的家族責任嫁了過來，給一個足以當她父親的男人做填房，這是多麼的可悲！況且這府裡還有好幾房妾室，以及六個比自己小不了多少的子女。都說後母難為，她現在總算是體會到這其中的艱辛了。

應付完這幫夫君的子女，又要面對那些個姨娘，她不頭疼才怪呢。

「夫人，姨娘們過來給您請安了。」貼身丫鬟荊香小聲地在耳旁提醒她道。

周氏不想被人看到她這副疲憊的模樣，只好強打起精神來，讓幾個居心叵測的女人進門來。

「婢妾王氏給夫人請安！」

「婢妾吳氏給夫人請安！」

「婢妾李氏給夫人請安！」

「江氏給姊姊請安！」

周氏掃了一眼下面跪著的幾個女人，果然一個個都打扮得花枝招展，生怕被人搶了風頭。但有一個不太起眼的女人，卻引起了她的特別關注。那就是一直很樸素的江氏，她依舊和往常一樣，沒有帶著示威的企圖，而是規規矩矩的，似乎對自己的身分地位看得很是清楚。

「真是難為大家了，這麼大清早的就過來，有些不習慣吧？」她語氣平淡地說著，彷彿在談論天氣一樣，看不出任何表情。

第十五章　下馬威

「婢妾不敢……」

「這是婢妾的福分……」

見到新夫人如此說，剛才還氣焰囂張的妾室們，一個個都低下頭去，不敢造次。

吳氏最會看人臉色，但這位新夫人卻讓她有些看不透。她那樣不喜不悲的樣子，很難讓人猜測到她的心意。如此一來，她反而有些忌憚。

一向囂張的王氏也有些忐忑，她以為這個新進門的女人年紀小，應該是個涉世未深的閨閣千金，哪裡知道這第一次見面就給她們幾個下馬威，這以後還不知道會怎麼折騰她們呢。

李氏本就膽小，也沒那麼多的心思，只求新夫人不為難她就好了，畢竟這全府上下，最沒有威脅的，就是她了。

最理智最冷靜的，就要數那一聲不吭，連頭都沒有抬起來的江氏了。早些時候，司徒錦就跟她打過招呼了，叫她以靜制動，不可亂了手腳。加上她現在身分與以往不同，好歹是個平妻。在這小周氏面前，也不必表現得太過殷勤或者是畏懼。

周氏有些驚訝江氏的反應，不免高看了一眼。見那些妾室們跪了有些時辰了，這才慢悠悠地開口道：「起來吧。」

幾個姨娘如獲大赦，這才揉著膝蓋，有些狼狽地站了起來。

「不管以前這規矩是如何，從今往後，這晨昏定省還是要照舊的。幾位姨娘都比我虛長幾歲，肯定都是明白人，有些話我也就不說破了。如果沒什麼事，就回去吧。」

周氏一番話說下來，幾個姨娘全都不由得抖了抖。

江氏極力忍著，才沒有像往日一樣動不動就暈倒。好不容易出了夫人的院子，整個人便虛脫地倒下了。

「二夫人……」丫鬟嚇得趕緊去攙扶。

「扶、扶我去二小姐那裡……」江氏虛軟著身子說道。

司徒錦得知自己的娘親過來了，立刻迎了上去。看到她那虛弱的模樣，她有些心疼。

「娘，您這是怎麼了？是不是母親……」

江氏讓丫鬟們全都退下之後，這才緩緩開口道：「錦兒，這個小周氏真真是太可怕了……比起那大周氏來，她更加不顯山露水。可正因為這樣，娘親才感到後怕……以後這府裡，看來是沒有咱們娘兒倆的立足之地了！」

江氏一想到前路充滿了荊棘，就又開始膽怯了。

司徒錦倒不以為意，這小周氏再厲害，那也不過是個人。既然是人，就有她的弱點。只要抓住了她的弱點，她就不相信找不到辦法對付她。

「娘，瞧您嚇的！難道她還會吃人不成？」司徒錦安慰著她。

待江氏蒼白的臉色總算恢復正常之後，母女倆又說了一些體己話，司徒錦這才吩咐奴婢將早膳端上來。

「娘，爹爹最近大多都是宿在您屋子裡，怎麼就沒點兒動靜？」司徒錦盯著江氏的肚子看了看，這才開口問道。

江氏面色有些潮紅，害羞地答道：「哪有那麼容易懷上？這府裡十幾年沒有新生嬰兒的啼哭聲了，娘怎麼會那麼好運……」

司徒錦聽了這話，細想之下，也感到十分可疑。按理說，府裡這麼多女人，不應該是這樣的。就算是一個人有問題，那其他人也是可以生養的，為何這十幾年來這些個女人沒一個懷上呢？這也太匪夷所思了！

「娘沒找府醫過來瞧瞧？」司徒錦還是有些不死心。

「看、看過了……府醫說，我的身子沒什麼大礙，可能……可能是時機未到吧……」江氏吶吶地說道。

司徒錦對這個結論，有些懷疑。「再過不久就是祖父的忌日了，娘親何不請示了母親，到寺廟為先輩祈福幾日，聊表孝心？」

江氏聽了這個建議，忽然明白了女兒的用意。「也好……」

司徒錦見她將自己的話聽進去了，臉上的笑容更盛。

聽說二夫人要去寺廟祈福，宅子裡的不少女人都嗤之以鼻。

「裝模作樣假惺惺，做給誰看吶！還真當自己是這府裡的半個主子了，哼！」吳氏扭著小蠻腰，不屑地冷哼。

「可不是嘛？瞧她那副軟弱的樣子，哪裡像個夫人！」不知道何時，王氏已經跟吳氏前嫌盡釋，走到了一起。

「我說姊姊，難道妳就忍得下這口氣？那周氏是丞相府嫡女也就罷了，這江氏不過是個外放小官的女兒，妳可是出身名門望族，怎麼能任由她爬到妳的頭上去？」吳氏一邊嗑著瓜子，一邊替她打抱不平。

這句話，正中了王氏的心窩子。

她平生最驕傲的，就是自己的出身。一門三進士，還出過好幾個狀元，她的爹爹也是進士出身，曾經中過探花。書香門第，何等的榮耀！可是最後，偏偏卻淪落到給人家做小，這教她如何嚥得下這口氣。

只不過，她就算身分再尊貴，也比不過丞相府的嫡女。這她也就認了，可是那江氏憑什麼？小門小戶出身，同樣也生女兒，為何老爺偏偏要抬這個什麼都不如她的女人上去做平妻，她真的很不服氣！

「不過，這也不能怪老爺，誰教那二小姐命好，被王府世子看上了呢？」吳氏見她眼中燃起了火焰，便在一旁火上澆油。

王氏也不愚笨，自然知道吳氏的用意。只不過此時，她早已被憤怒淹沒了理智，一門心思就在如何對付江氏母女身上了。

「此次去白馬寺，路程遙遠，萬一二夫人和二小姐有個什麼閃失，那可就……」吳氏話說了一半，剩下的就讓王氏自己揣摩去了。

果然，王氏眼中閃過一絲狠戾，心中一個歹毒的計劃已經成形。

江氏這個賤人，她一定不會讓她好過！

第十六章　祈福遇險

要去白馬寺，必會經過一些杳無人煙的地段。司徒錦為了以防不測，也親自陪同江氏一同前往。

「錦兒，其實妳沒必要陪著我一起出來的。」江氏深知自己女兒，現在她再喜歡安靜不過了。

司徒錦放下手裡的醫書，側過身子往江氏的懷裡靠去。「娘親說的什麼話，難道女兒陪著您不好嗎？」

江氏笑著將女兒摟緊，有她陪著她心裡自然是高興的。只是為了她這個沒用的娘，女兒什麼事都要親力親為，實在是苦了她了。

「娘親，到白馬寺還要好幾個時辰呢，您何不先休息一會兒？」司徒錦扯了扯她身上的披風，生怕她著了涼。

江氏見女兒如此體貼，心裡倍感溫暖。

馬車搖搖晃晃出了城，道路變得顛簸了起來。伴著這樣的節奏，娘兒倆很快便沈入了夢鄉。

「駕！」

伴隨著一陣噠噠噠的馬蹄聲，馬車後忽然衝出一紅一黑兩匹馬來。

司徒錦淺眠，很容易被周圍的環境影響。那馬兒從馬車旁邊掠過的時候，她就已經被吵醒了。

「緞兒，外面怎麼這麼吵？」她咕噥了一聲，從軟榻上支起身子。

緞兒挑開車簾子，往外面打量了一番，這才回稟道：「小姐，剛才有兩位年輕的公子騎馬路過。他們已經遠去，看不到影了，小姐接著睡吧，到了緞兒再叫醒您。」

司徒錦唔了一聲，然後慢慢地靠向了軟枕。

途經一片樹林的時候，馬車忽然一晃，將車上迷迷糊糊的人全都驚醒。

「出了什麼事？」司徒錦忽然變得謹慎起來。

「嗖」的一聲，一枝箭羽朝著馬車前方的兩匹馬射來。

司徒錦只覺得馬車搖晃得更加厲害，然後就是馬匹發瘋似的嗚叫聲。

「小姐，不好了，馬匹受驚了！」緞兒看到馬車前方的景物，心驚膽戰地稟報道。「小姐，有人朝著咱們的馬射箭……」

司徒錦的心猛地揪起。

那些人果然不安分，想要置她們母女於死地了。只是不知道，這一次是誰動的手呢？是那個新進門的嫡母，還是不甘人下的姨娘？

「錦兒……怎麼回事……」江氏從夢中驚醒，眼神還有些矇矓。

「娘，抓緊車架，咱們被暗算了！」司徒錦臉上的笑容驟然消失，剩下的只有讓人敬畏的冷厲。

這樣的神情，就算是江氏，也覺得十分恐怖。

「緞兒，車伕呢？」司徒錦冷靜下來，詢問道。

「車伕……車伕摔下馬車了……」緞兒怕得不行，說話都有些不清楚了。

司徒錦眉頭緊皺，接著不顧自身安危，慢慢地朝著車門爬去。

「小姐……您這是要做什麼，危險！」緞兒想要阻止，但已經來不及。

司徒錦忍著被撞擊的疼痛，拚命爬到馬車的前頭，費了好大的勁才把韁繩拽到自己手裡。

她絕對不會認命，也不想就這樣枉死。她的大仇還沒報，怎麼能就這麼死去！她不可以死，一定不可以！

抱著這樣的信念，司徒錦奮不顧身死死地拽著那韁繩，想要將那發瘋的馬匹給控制住。然而一個女人的力氣有限，很快的司徒錦就有些支撐不住了，只能看著那馬兒朝著前面一個山坡奔去。

那山坡本來沒有多高，但失控的馬匹橫衝直撞，馬車肯定不能維持平衡。到時候，她們幾個全都會被翻滾的馬車給折騰得去掉半條命。萬一下坡下方再來一條河或者是懸崖，那麼她們活下來的機率就等於零。

想到這裡，司徒錦眼中露出了從未有過的狠絕。

她不能就這麼坐以待斃！要想保命，這兩匹馬，必須死！只有牠們死了，這馬車才能停下來。

主意一定，司徒錦沒有絲毫猶豫，拔下頭上的髮簪，就朝前面的馬兒撲了過去。憑著那股狠勁兒，還有活下去的決心，司徒錦使出吃奶的力氣，出手又狠又準。

那簪子雖然比不上刀刃，但也是鋒利無比。

一陣猛扎之下，馬兒再也吃不消。一陣悲痛的哀鳴之後，馬兒再也不跑了，一頭栽倒在地。

馬車劇烈的搖晃了一下，總算是停下了。

江氏驚魂甫定，過了半晌才回過神來。「錦兒……錦兒……」

司徒錦被驟停的馬兒甩到了地上，痛得齜牙咧嘴。但她連哼都沒哼一聲，極力隱忍著。她不想讓那些暗地裡動手腳的人看低，也不想讓自己的娘親擔心。

「娘，我……沒事……」她掙扎著想從地上爬起來，但始終沒有成功。

緞兒哭著從馬車上下來，一把將自己的主子摟在懷裡。「小姐……嗚嗚……是奴婢無用……」

司徒錦勉強支撐起來，嘴角掛著淡笑。「看到妳們平安無事……咳咳……我就心滿意足了……」

「小姐……」

「錦兒……」

江氏含著眼淚望著自己的女兒，心裡無比酸楚。都是她無用，才會連累這個孩子！如果她能堅強一些，那些人也不至於這麼明目張膽的欺負到她們母女頭上來。

不遠處的山坡上，一紅一黑兩匹馬停駐了良久，這才掉頭離去。

「你那未過門的娘子，真是夠狠的！」騎著紅色馬匹的男子戲謔地說道，眼中卻帶著一絲激賞。

另一匹馬上的男子卻不見絲毫笑意，臉上仍舊是冷如寒冰。「那些人膽子不小，連本世子的人也敢動！」

「你打算怎麼做？」一身誇張服飾的男子滿是興趣地問道。

他有著一張好看的容顏，渾身上下都散發著風騷的味道。花花綠綠的衣衫，是他的特有標誌。不論走到哪裡，都不忘炫耀他那不俗的姿容，招惹眾人的目光。即使去寺廟，也是如此打扮，還真是……如他自己所說的——天生麗質難自棄！

冷著臉的男子嘴角向上挑了挑，吐出一個冰冷至極的字眼兒。「死！」

風騷男子忍不住打了個寒戰，騎著馬兒離他三丈遠之後，這才開口應道：「你真是愈來愈冷了……」

男子白了他一眼，一夾馬腹，飛奔而去。

風騷男子見他離開，也驅趕著馬兒追了上去。兩道人影，很快就消失在漫無盡頭的小樹林裡。

第十七章　再次相遇

「施主遠道而來，老衲有失遠迎！」白馬寺的方丈親自前來相迎，看到這主僕三人時，也難免感到驚愕。

司徒錦主僕三人看起來非常糟糕，衣衫破了好幾處，身上還掛了彩。但是一身華麗的衣飾，也不是平常人家能穿戴得起的，所以他們也不敢怠慢，找了間上好的廂房給她們住下。在得知是太師府的家眷時，更是服侍周到。

「緞兒，妳去向住持大師討些藥來。」剛剛住下，江氏就為司徒錦忙活了起來。

緞兒領了命下去，剛走到院子門口，就被兩個人堵住了去路。

「這個，給妳家小姐敷上！」一個冷冰冰，看起來十分駭人的男人丟給她一個白瓷瓶，沒說多餘的話，就離開了。

緞兒沒反應過來，愣了好半天，這才回過神來。可惜那個公子已經走遠，不知去向，讓她連道謝的機會都沒有。

聞了聞那瓶子，一股淡淡的清香飄了出來。緞兒不敢隨意給小姐用藥，於是找了寺廟裡的和尚，確認是上好的傷癒藥之後，這才歡天喜地地拿去給司徒錦用。

「這藥哪裡來的？」司徒錦瞧了瞧那個瓶子，就覺得不是普通的東西。

緞兒將剛才的遭遇說了一遍，並沒有注意到自家小姐神色的變化。

「緞兒，無功不受祿。妳怎麼能隨便要別人的東西？」司徒錦雖然不知道是誰贈藥，但這份人情，她目前還不起。

緞兒嘟著嘴，說道：「奴婢也不想占別人便宜，可是那人丟下這瓶子，就離開了，根本連拒絕的機會都沒有……」

司徒錦知道這不是緞兒的錯，但心裡還是挺過意不去的。

那白瓷瓶她在藝品店見過，做工精良，價值不菲。雖然只是小小的一個瓶子，但也價值千金。能用得起這樣的東西，而且隨意贈人的，絕對不是普通人。

愈是身分高貴的人，愈是惹不起。

「錦兒，妳也別怪緞兒，她一個小丫頭，哪裡懂那些！」江氏見女兒眉頭微蹙，好心開導著。

「嗯，女兒明白。今天趕路辛苦了，娘親也早點兒歇著去吧。」對於今天發生的事情，司徒錦需要好好地思索一番。

那些害她的人，她絕對不會就這麼放過她們。

江氏見她並無大礙，這才退了出去。

睡到半夜，司徒錦忽然發起燒來，喉嚨也乾燥得快要燃燒起來。喊了幾聲緞兒，也不見人應，她掙扎著想要起來倒些茶水，卻是無能為力。

「水……水……」

忽然眼前一個黑影閃過，然後是一陣細碎的腳步聲。

司徒錦心裡頓時一緊，勉強睜開眼眸，想要將來人看清楚。但是身子的不適，讓她迷迷糊糊的，什麼都看不清。

一個溫熱的器皿觸碰到她的唇，接著是一道冷淡的命令。「喝水！」

司徒錦努力睜著眼，想要看清楚他的面容，卻被他灌了一杯茶水進嘴裡，然後就是一陣不適的咳嗽。

「咳咳咳咳咳……」

黑暗中，那人自由地行走在屋子裡，轉眼間又端了一杯茶水過來。一隻手將她的身子扶起，另一隻手則捏著茶杯。他的身體冰涼，幾乎不帶任何一絲體溫。正因為這樣，司徒錦滾燙的身軀頓時覺得涼爽，她不禁舒服地哼了兩聲。

看著懷裡這個女人毫無防備的表現，男子忍不住皺了皺眉頭。

司徒錦發現這個人對她沒有惡意之後，慢慢卸下防備。也許是白天受傷太重，身子太疲憊，所以她喝完水又昏昏沈沈地睡了過去。

男子捏著杯子的手遲疑了一下，這才拉過被子，替她蓋好。然後輕輕地挪動著身子，小心翼翼讓她平躺下去。

做完這一切，他忽然覺得自己的行為有些太過了，頓時懊惱不已。放下手裡的杯子，他一聲不響躥出了屋子，彷彿根本就不曾出現過。

等到那人一走，剛才還閉著眼的司徒錦忽然睜開了眼睛。

她的睡眠一向很淺，更何況在這種危機四伏的時刻，她哪裡睡得著？在這個男人一連串古怪的舉動之後，她就完全清醒了。即便身體不能動，但是腦子卻清醒得很。屋子裡雖然沒有光線，但她卻覺得這個男人有些熟悉，尤其是他身上那股似有似無的清香。

仔細地回想了一遍，司徒錦幾乎可以確認，這個男人，就是上次無緣無故出現在她閨房裡的那個男人。

他到底是誰？又為何會出現在這裡？這一次的事情，是否與他有關？腦子裡湧現出無數個問題，令司徒錦感到煩不勝煩。

他剛才無意中扶著她的時候，手搭到了脈門上好一會兒，想必是在確認她的傷勢。司徒錦從來不認為，一個人會毫無目的的幫助一個人，這樣一個武功高深莫測、性情不定的男子，到底要從她身上得到什麼呢？

輾轉反側良久，司徒錦仍舊毫無睡意。

突然，一個念頭閃過她的腦海。莫非……那人是隱世子？想到方才綴兒從他人手中得來的高貴瓷瓶，加上她印象中並未與世子見過面，卻莫名被皇上指婚，這似乎是唯一合理的解釋了！

只是，解開這謎團沒有讓司徒錦好過一些，反而更加心慌意亂了……

翌日，江氏即使做做樣子，也還是去大殿之中擺上了司徒錦祖父的牌位，在那裡誦了半天經。而司徒錦則仍舊在廂房裡養傷，半步也離不開床榻。

「小姐，昨兒個奴婢睡得太沈……真是該死！」緞兒想到自己的失職，頓時紅了臉。
司徒錦倒沒在意這些，只是訓誡道：「什麼死不死的，別老把這個字掛在嘴邊，多不吉利！」
「是，小姐。」見小姐心情不錯，緞兒也放心了。
「方丈可替二夫人把過脈了？他怎麼說？」關於娘親的身體，仍舊是司徒錦最關心的事情。
緞兒回想了一下，這才稟報道：「方丈說，二夫人之所以不孕，是因為曾經服用過絕育的藥物。不過好在那藥物沒能完全斷了二夫人的生育能力，只要調理好，還是有機會懷上的。」
絕育藥？娘親怎麼會服用那種東西！
難道府裡的女人不孕，都是因為這個緣故？

第十八章　司徒長風親迎

「錦兒，妳放心，方才方丈已經派人去送信了，妳爹爹過幾天就會派人來接咱們娘兒倆回去了。」看到女兒最近都不怎麼愛笑了，江氏還以為女兒還沈浸在那次墜馬的事件中，於是好生安撫。

司徒錦扯了扯嘴角，回道：「娘親，有個問題，女兒不知道該不該問？」

「錦兒有什麼話，但說無妨。」江氏對這個女兒，一直都是深信不疑。

「娘親當初怎麼會喝了絕育藥呢？是大夫人逼的嗎？」正室一向容不得妾室，這麼做也是情理之中的。

但江氏搖了搖頭，否認道：「如果夫人要這麼做，早在我們幾個姨娘進門的時候，就灌了那藥了，怎麼還會容得你們幾個庶子女生下來？」

「那會是誰下的藥？」司徒錦急著想要確認。

江氏搖了搖頭，這個問題也困擾著她。「這府裡的女人，都不簡單。但生不了孩子的，也不止我一個，所以……娘親也不知道是誰在暗地裡搞鬼。」

司徒錦想了想，也是。

這府裡除了吳氏生了個兒子，其他人都沒有兒子，表面上她看起來最可疑。而且她的出身卑微，根本不可能有機會坐上主母的位置，為了將來自己的兒子能繼承家業，用些手段絕對在意料之中；再有那王氏，也是不甘心屈居人下，她平日也是囂張跋扈，做出這樣的事情也是有可能的；至於那個膽小的李氏，通房丫頭出身，又是夫人身邊的人，幫著夫人做事也未可知。

看起來個個都可疑，但也就更加難以確認到底誰才是那幕後黑手。

「娘親，等您身子調理得差不多了，再給錦兒生個弟弟吧？」司徒錦撒嬌地說道。

江氏微微一愣，繼而臉紅了。

「這哪裡是我說了算的！妳爹爹……」提起那個男人，江氏總會羞得滿面通紅。

司徒錦看著母親依舊戀著那個男人，心裡不知道是何滋味。那個人上人的爹爹從未將她

這個女兒放在眼裡，一直漠視她。可即使他如此對待自己的親生女兒，江氏這個傳統的女人心裡還是裝著這個無情無義的男人。

看著女兒微怔的神情，江氏隱隱有些擔心。「錦兒，為了娘親，妳吃了太多的苦。如果……如果我生不了兒子，妳是不是會怪我？」

司徒錦微微一笑，淡然道：「娘親，相信女兒，妳一定能生下健健康康的兒子的！」

看著她如此堅定的眼神，江氏似乎也看到了希望。「好，娘親一定為妳爭口氣！」

司徒錦露出一個燦爛的笑容，撲進江氏的懷裡。

屋外，無意間看到那一抹笑容的男子，嘴角也隨之有了弧度。

「喂喂喂……你這是什麼表情？似笑非笑的，太難看了！」依舊是花俏打扮的男子實在看不下去了。

冷冽男子掃了他一眼，沒有說話，逕自從樹上飛下，朝寺廟屋頂飄去。

「喂喂喂，我們還要在這個鳥不拉屎的地方待多久啊？」風騷男子追了上去，輕功絲毫不在那男子之下。

「閉嘴！」冷冽男子哼道。

「唉呀，還嫌棄我了！是誰非要揪著我一同前來的？又是誰欠我一罈竹葉青的？」這男子囉嗦起來，比婦道人家還要難纏。

冷冽男子似乎有些受不了他的糾纏，飄離他好幾丈遠之後才停下來。「有完沒完！」

「終於開口了，啊？」男子追上去，一把勾住對方的脖子，親暱地靠在一起。

「放手！」男子不耐地低吼。

兩個大男人，抱成一團像什麼話！

「唉呀，讓我抱一抱怎麼了？陪著你在這個沒有美酒沒有美女的地方，你不知道有多難熬……」說著，他摟得更緊了。

冷冽男子實在受不了了，一個反擒拿，將他給推開。「無聊！」

「喂，說真的……你那天半夜去哪兒了，是不是去看你那未過門的娘子去了？」男子挑了挑眉，曖昧地擠眼。

冷酷如冰的男子轉過頭去，不再理會這個麻煩。

「唉呀，還害羞了！真是難得一見啊。」

「滾一邊兒去！」

「哈哈！我一定要回去好好宣傳宣傳，哈哈……」

「花弄影！」一聲暴喝，冷酷男子頓時由冰山演變成火山。

花弄影聽到他直呼他的名字，知道他是真的生氣了，早就飛得沒有人影了。

冷酷男子收回心神，直到恢復冷然的神情之後，才從屋頂飄然而下。剛剛想要清靜一會兒，一個身影忽然出現在他眼前，並且單膝跪下。「主子，京裡來消息了。」

男子將那字條展開，瀏覽了一遍，便吩咐道：「回去告訴王爺，我明日便回。」

「可是……」那人猶豫了一下，始終沒敢把話說出口。

「還有何事？」見那人猶跪不起，男子的眉頭挑了挑，似乎有些不耐煩。

「沒有。屬下告退！」話音剛落，人就不見了。

手裡還捏著的字條，轉瞬間就化作了碎紙。男子轉身，朝著方丈的住所走去。

數日後，天氣晴好。

緞兒一大早就起來收拾行李，心想著總算是可以回府了。這寺廟裡雖然清靜，但太過於冷清，離開了太師府這麼些日子，她也開始想念府裡的好姊妹們了。

「緞兒，都收拾妥當了？」江氏踏進門檻，臉上洋溢著笑容。

司徒錦知道娘親為何這般高興，因為她那個爹爹，居然百忙之中抽出空來，親自來接她們回去了。

這對一個女人來說，是多麼大的榮耀！

派去送信的小和尚可沒有說，他會親自過來。至於司徒長風為何會改變主意親自前來，司徒錦就有些想不通了。

「二夫人，小姐，老爺來了！」緞兒欣喜的聲音傳來，打斷了她的思緒。

第十九章　嫡母來訪

回府後某天。

「小姐，夫人過來了……」緞兒慌慌張張跑進來稟報。

司徒錦微微發怔，那嫡母可是身分尊貴，怎麼親自到她這個庶女的屋子裡來了呢？這還真是稀奇！

「快，去泡茶！」司徒錦放下手裡的書，起身迎了上去。

「錦兒，聽說前些日子妳們娘兒倆去寺裡上香出了事，可好些了？」嫡母周氏一踏進院子就忙著問候司徒錦，臉上滿是擔憂之色，讓人覺得有些不真實。

跟隨而來的司徒芸姊妹倆也露出不解的神色。周氏乃堂堂嫡母，怎麼如此低聲下氣地去問候一個庶出的女兒，實在是有失身分！

「不就是摔了一下，母親不必擔心。上次二姊姊從馬上摔下來，不也沒事嗎？何必大費周章的弄這些東西送來，還不知道二姊姊能不能消受得起呢。」司徒雨說話一向都是尖酸刻薄，開口就沒有一句好話。

周氏狠狠地瞪了她一眼，卻沒有責罵，而是笑著對司徒錦說道：「也不知道那車伕怎麼做事的，居然讓馬受了驚。錦兒妳放心，母親一定會重重責罰他，斷不會讓妳們娘兒倆受委屈的。」

司徒錦假裝感激了一番，將周氏迎進了門。「煩勞母親掛念，是錦兒的不是。緞兒，上茶！」

周氏也不客氣，逕自在主位上坐下了。

司徒錦屋子裡簡陋得很，又長年背陰，光線不足，隱隱散發著一股黴味兒。司徒芸姊妹站在門外，都沒有進來的意思。

「這屋子裡什麼味兒，真難聞！」司徒雨嘟囔著。

周氏也沒有理會那姊妹倆，一味的跟司徒錦說話，倒真像是把她當成自己生養的孩子，關切不斷。「錦兒也喜歡看書？」

司徒錦頓了頓，恭順地答道：「回母親的話，這些都是錦兒沒事用來打發時間的。」

「妳倒是能靜下心來。」周氏沒有繼續這個話題，又問了一些生活上的用度，這才吩咐丫鬟、婆子道：「二小姐這屋子裡的家具有些舊了，去挑一些新的來。還有，這屋子光線不好、潮氣大，將東廂的梅園收拾出來，明兒個二小姐就搬過去。」

那些丫鬟、婆子先是一愣，然後才井然有序地退了出去。

「母親費心了，錦兒覺得這屋子挺好的，不用那麼麻煩吧？」司徒錦心知周氏並非真心實意對她，不過想給她樹立幾個敵人，好轉移某些人的視線而已，她自然不會輕易上當。

「妳的身分可比不得其他人，將來的世子妃怎麼能住在這麼陰暗的屋子裡！放心吧，這點兒小事，母親還是能辦到的。」周氏一語雙關地說道。

是啊，這世子妃的身分，的確是個很好的藉口。

司徒錦微微頷首，不再反對。「多謝母親費心了。」

「都是一家人，客氣什麼。沒什麼事的話，多去其他姊妹屋子裡走動走動。以後這太師府，還得靠妳們姊妹幫襯著。」周氏沒有把話說明，但她知道司徒錦一定能懂這話裡的意思。

說完，她也起身打算離開了。

司徒錦也趕緊站起來，假裝誠惶誠恐地送周氏到門口。「母親的大恩大德，錦兒一定會謹記在心。」

「好孩子。」周氏放下這麼一句話，便帶著司徒芸姊妹倆走了。

「小姐，夫人這是什麼意思？」緞兒也是好半天才回過神來，見到小姐沒有發話，忍不住開口道。

「緞兒，妳覺得……小姐我要是出了事，誰的好處最大？」直到她們的背影消失在院子的一角，司徒錦這才收回自己的視線，轉身進了屋子。

緞兒摸了摸髮辮，說道：「這個問題太難了！奴婢一時想不出來。」

司徒錦嘆了口氣，道：「也是……妳一個小丫頭，怎麼會知道呢？」

從剛才周氏的一番話來看，她是知道有人在白馬寺的路上襲擊她們這件事的，有沒有參與就難說了。與沐王府的聯姻，對太師府只有好處，沒有壞處。如果她出了事，沐王府勢必不會善罷甘休。到時候雙方關係破裂，太師府將失去一個強而有力的靠山，這是何等不划算！所以，周氏斷不會為了爭寵，而讓太師府陷入危機。

看來王氏和吳氏的嫌疑最大！吳氏本來就手段高明，吃了這麼大一個虧，肯定心有怨懟。但她也不是個傻子，不會親自動手。王氏就不一樣了！她自命不凡、性子孤傲，手段強硬卻沒什麼腦子。這件事，八成是她從中搞的鬼。只要她們母女出了事，那平妻和沐王府世子妃的位置也就空出來了。王氏一直不想屈居人下，自然是想要她們母女倆頂替司徒錦母女倆的位置了！

司徒錦一邊分析，一邊想著怎麼證實。

「小姐，翠蘭最近老是跟奴婢抱怨，說五小姐在那個什麼小郡主的跟前受了氣，回來就拿她出氣……您說，這事會不會跟上次的遇襲有關？」緞兒忽然想到了些什麼，於是老實地交代。

「哪個小郡主？」司徒錦睜開明眸問道。

「好像是叫什麼景陽郡主？奴婢替小姐去打聽打聽。」緞兒一時想不起來，打算找個機會，去找翠蘭問個清楚。

「回來。」司徒錦叫住她，說道：「此時不宜打草驚蛇。」

緞兒將信將疑地轉過身，沒敢再吭聲。

司徒錦思索了一會兒，這才吩咐道：「這件事暫時放一放，妳先去幫我打聽一下沐王府的情況。」

「沐王府？就是小姐要嫁的那個？」緞兒好奇地問道。

「費那麼多話幹麼，還不去做事？」司徒錦有些害羞的紅了臉，將緞兒趕了出去。

緞兒哦了一聲，匆匆往外面走。剛剛跨過那門檻，她忽然停了下來。「小姐，那個景陽郡主，好像就是沐王府的……」

第二十章　幕後黑手

翌日一大清早，司徒錦便被外面的吵嚷聲給吵醒了。喚來緞兒一問，才知道是夫人派人過來幫她搬家的。她在這間屋子住了十幾個年頭，突然要換一個地方，還真是有些不習慣呢。

「緞兒，去打水進來。」司徒錦頂著一雙熊貓眼起身，迅速穿好了衣裳之後，坐在梳妝鏡前打量著鏡子裡的影像。

那張白皙的小臉，看起來一點兒也不像個十幾歲的孩子，充滿了滄桑感。略帶病容的臉上，不見絲毫血色。唯有那雙眼眸，彷彿看透了世事，波瀾不驚。

長長地嘆了口氣，司徒錦又陷入了自己的思緒中。這樣平凡的一張臉，怎麼會得到沐王府世子的青睞呢？

「小姐，這裡有您一封信。」緞兒打水進來的同時，也帶來了一個散發著墨香的信封。

司徒錦小心拆開那信封，將上面的內容掃了一眼，臉色漸漸沈了下來。緞兒不知道那信上寫了些什麼，但是看到她臉色不好，就知道準沒什麼好事。

「緞兒，一會兒去請管家過來一趟，我有事問他。」司徒錦一邊梳妝一邊下令。

緞兒乖巧地出去了，不一會兒一個微胖的中年男子走了進來。「二小姐找我？」

司徒錦聽到那個「我」字，心裡很不舒服，卻沒有急著發作。「管家，那門房的李二，可是你的外甥？」

許管家有些驚訝，他沒料到司徒錦會提出這個問題。「回二小姐的話，李二的確是我的外甥。二小姐怎麼忽然想起這件事了，是不是他不小心得罪了二小姐？」

司徒錦帶著淡淡的笑容，不緊不慢地說道：「我聽說他在外面欠了不少的賭債，最近忽然手頭寬裕了，竟然把欠了好幾年的債都還了？」

管家一聽這話，就有些沈不住氣了。「二小姐打哪兒聽來的閒話，絕對沒有這樣的事。」

「哦？難道是我記錯了？」司徒錦不經意地瞥了他一眼，繼續說道：「想必是我記性不好。要不這樣吧，咱們去把那些債主找來問問，這樣就一清二楚了。」

那管家見司徒錦態度如此強硬，感到十分震驚。這二小姐一向不過問府裡的事情，這一次怎麼忽然關心起這些無關緊要的小事來了？難道說，那件事她有所察覺了？想到這裡，他的態度頓時謙恭了不少。「二小姐明鑒。李二的確是喜歡賭，但最近手氣不錯，贏了不少錢，所以才還了那些賭債。二小姐若是不信，可以去賭坊問問。」

司徒錦眼簾低垂，沒有看他。「如此說來，就是我冤枉他了？」

那管家額頭冒出細小的汗珠，他一個勁兒地說道：「想必……想必是誤傳！誤傳……」

「好吧，沒你的事了，下去吧。」司徒錦倒也沒有繼續與他糾纏，而是將他打發了出去。接著又吩咐緞兒道：「跟著他，看他去見了什麼人。記得，小心一些，千萬別讓人發現了。」

緞兒點了點頭，悄悄地跟了上去。

雖說司徒錦屋子裡原本沒什麼東西，但是這搬家也不是一件簡單的事情。等到梅園的屋子收拾好，已經是晌午了。

「二小姐，夫人說了，您院子裡的丫頭太少了，這兩個丫頭是夫人送過來服侍您的。春妮、夏草，還不過來見過二小姐？」一個富態的婆子揮了揮手，兩個清秀的丫頭便齊齊在司徒錦面前跪了下來。

「奴婢春妮，給二小姐請安！」

「奴婢夏草，給二小姐請安！」

司徒錦仔細打量了那兩個丫頭一番，沒有說話，而是與那婆子閒聊了起來。「崔嬤嬤辛苦了。母親那邊，錦兒定會親自去拜謝。嬤嬤一看就是會辦事的，這兩個丫頭，看著就是懂規矩的。」

「二小姐說笑了。時辰不早了，夫人還有其他事要老身去辦，就不多留了。」說完，又轉過身去對那兩個丫頭說道：「妳們兩個要好好服侍二小姐，如果讓我知道妳們偷懶，仔細妳們的皮！」

司徒錦沒有插話，心裡卻覺得這婆子實在是不懂禮數。這兩個丫頭既然送到了她屋子裡，就是她的人了。就算是要訓誡，也是她這個主子的事情，哪輪得到她這個夫人身邊的嬤嬤？分明不把她放在眼裡！

不過，這些小事，司徒錦也就懶得計較了。她的行為倒是提醒了自己，這兩個丫頭，她得防著點兒了。

「都起來吧。」見時辰差不多了，司徒錦這才發話，要她們起身。

春妮和夏草都是十四、五歲的模樣，長相不俗，細看之下倒也有幾分姿色。只是這樣的丫頭，豈是心甘情願服侍別人的？

司徒錦現在總算知道周氏的打算了。

這兩個丫頭，恐怕以後也是要作為陪嫁，帶到沐王府去的吧？一方面，是為了監視她的一舉一動，另一方面，恐怕也是為了充當通房的。

哼，還真是打的好主意。

「小姐，是不是奴婢做錯了什麼？」春妮見主子半天沒有吭聲，於是壯著膽子問了一句。

司徒錦眉頭微蹙，冷聲喝道：「主子都沒有發話，哪有妳說話的分兒！既然進了梅園，就要知道，誰才是妳們的主子。醜話先說在前頭，如果有人膽敢背棄自己的主子，朝秦暮楚，認不清楚自己的身分，那可別怪我不客氣！」

聽了她這樣一番話，兩個丫頭全都低下頭去，不敢正視她。

訓誡了一番之後，司徒錦便打發她們二人出去做事了。雖說她們都是下人，但好歹是嫡母送過來的，所謂打狗也得看主人，要想處置她們，也不能急於一時。

不一會兒，緞兒回來了，見到那兩個新來的丫頭，立刻收斂了一些，等到四下無人之後，這才在司徒錦耳邊將自己的所見彙報了一遍。

「居然是她？」司徒錦聽到那人的名字，不禁皺起了眉頭。

第二十一章　籌謀

「小姐，他們也太囂張了，居然敢這麼明目張膽的害人！」緞兒氣鼓鼓地說道。

原來緞兒尾隨管家，看到他神色不安地朝吳氏的屋子走去。吳氏在接獲通報後出來和管家見面，他們倆交頭接耳了一番，然後吳氏從袖子裡拿出一大疊銀票，示意管家別再開口，便回屋去了。至於那管家，拿了銀票後便喜孜孜離去了。

司徒錦還沒有回過神來。想不到信裡暗示的線索是真的！

那書信並沒有署名，只是告訴她一些細微的線索。根據這些看似雜亂的訊息，她才能一步步將幕後主使揪出來。

她們在白馬寺路上遇襲一事，表面上是王氏差人做的，實則透過吳氏牽線。司徒嬌以為此事必成，竟在一次官家千金聚會中向景陽郡主表明自己能代替司徒錦成為世子妃，卻反遭恥笑，這才回府拿奴才出氣。「緞兒，四少爺最近是不是還流連青樓妓館？」那個不成器的弟弟，司徒錦一直沒將他放在眼裡，此刻想起來，也是為了她的報復計劃。

「四少爺最近迷上了一個京城名妓，幾乎天天泡在那裡。老爺還以為他在勤奮刻苦，準備明年的秋試呢！」這些不好的傳聞，吳氏自然是幫著隱瞞，不敢告訴太師大人。

司徒錦嘴角微微掀起，露出一抹高深難測的笑容。「果真是有其父必有其子。」

當初那吳氏也不過是個舞姬，爹卻排除眾議硬是將她迎回府。

緞兒很贊同這個觀念。

這府裡之所以不太平，就因為老爺納的女人太多了。雖說三妻四妾是每個男人的特權，但女人多是非就多。為了家宅的安寧，應該節制一些。

「緞兒，我記得妳有個兄長在莊子裡做事吧？」

聽到小姐忽然提到這個問題，緞兒有些納悶。「是的，小姐怎麼會想到這個？」

「妳信得過我嗎？」司徒錦忽然很認真地問道。

緞兒毫不猶豫地回道：「緞兒自然是信得過小姐的。小姐有什麼吩咐，緞兒一定出生入死在所不辭！」

當年，要不是小姐好心幫她說話，她早就被夫人打死了。這份恩情，她一直銘記在心，這一輩子都不會忘記。

「沒那麼嚴重。」司徒錦知道她是信得過的心腹，所以才會讓她幫自己做事。「四少爺平時交往的都是些什麼人，想必妳也清楚。那妓子的入幕之賓何其多，想要一親芳澤的也不在少數，萬一爭執起來，傷了四少爺……」

她的話只說了一半，但她相信緞兒已經領悟了其中的涵義。

緞兒先是微微一愣，繼而開懷地笑了。「小姐放心，這件事包在奴婢的兄長身上。」

緞兒的哥哥是莊子裡的一名小廝，為人做事謹慎。雖然沒有見過他本人，但司徒錦就是莫名的信任他。

「儘量做得隱密一些，以免……」

「小姐放心，奴婢絕對不會讓意外發生的。」緞兒認真地保證。

司徒錦點了點頭，然後拿起手裡的書繼續翻看，沒有再吭聲。

吳氏，妳費盡心思，挑撥離間，想要置我們母女於死地，就要承擔起後果！還有那幫凶王氏，她也不會輕易放過！

沐王府

「信送到了？」龍隱安穩地坐在椅子裡，臉上依舊冷如寒冰。

一身黑色緊身衣的男子恭敬地站在一旁，神色跟他的主子一般冷漠。「回主子，屬下確實送到了。」

「她有何反應？」他忽然好奇地問道。

侍衛默默無聲。

主子這是怎麼了？讓他這個貼身侍衛去送信也就罷了，居然還關心起別人的反應來了？

「你送完信就走了？」冷峻的眉頭一挑，似乎對他的無語很不滿意。

謝堯眉頭都沒有皺一下，很自覺地跪下。「是屬下的疏忽。」

龍隱揮了揮手，謝堯便識趣地退了出去。

等到屋子裡只剩下他一人，龍隱這才皺起眉頭，流露出真實的情緒。乾淨修長的手指輕輕地撫摸著大拇指上的玉扳指，龍隱從未有過這樣的愁緒。自出生以來，他都是一副冷情的性子，沒把任何人放在心上。就算是嫡親的爹娘，他也沒有強烈的感情存在。可不知道為什麼，那個嬌小女子的身影，一直在他腦海裡揮之不去。

他是中邪了還是被下蠱了？

「世子，王妃叫您過去一趟，說是有事商量。」門外，一個經過刻意打扮的丫鬟福了福身，想要引起他的注意。

龍隱依舊保持著原先的姿勢，彷彿沒有聽到她的話。直到那丫鬟忍不住，想要再開口之時，他才冷冷吐出兩個字：「下去！」

那丫鬟身子忍不住顫抖，繼而逃命似地離開了。

「謝堯！」一聲令下，隱身在暗處的男子立刻出現在他面前。

「主子有何吩咐？」

「給你個新任務，好好保護司徒錦。如果她再出什麼岔子，唯你是問！」冷冰冰的語氣，不帶任何色彩。

「屬下遵命！」雖然這個任務對他來說太過大材小用，但主子的吩咐，他不敢不從。

交代完了這項任務，龍隱這才起身朝院子另一端走去。即使再不願意，他這個做兒子的，還是不能太過忤逆長輩。

「王妃，世子來了。」見到那高大的身影跨進院子大門，丫鬟們全都低下頭去，生怕惹怒了這位脾氣暴躁的爺。

沐王妃此刻正與一個十六、七歲的姑娘說話，聽到丫鬟稟報，臉上的笑容微微頓了頓。

「呀，是隱師兄來了！」那少女略帶羞澀地站起身來，剛才的端莊得體全都成了幻影。
沐王妃嘴角帶著淺笑，帶著些許寵溺地說了句「瞧妳這丫頭」，便不再吭聲。
龍隱剛踏進門檻，一道嬌俏的嗓音便傳入了他的耳朵。「隱師兄……」
聽到這個稱呼，龍隱的表情沒有任何波動，依舊冷如寒霜。他的視線輕輕地掃過那少女的臉，然後就沒再看她，而是對著王妃頷首道：「母妃找我？」
「你這孩子……」沐王妃對兒子的態度非常不滿，但又無可奈何。只得轉移話題，好讓兒子多關注一下那一臉失望的少女。「自從你師父仙逝，你師妹就一直待在山上守孝。如今守孝期滿，她下山來投靠你這個師兄，你就要好好照顧她，莫讓她受了委屈。」
王妃的話說得很隱晦，但還是惹來了龍隱的不悅。

第二十二章　冷情世子

「她有手有腳，難道還會餓死不成？」冷冷的話語從那張涼薄的嘴裡說出來，真真是傷人。

秦師師彷彿從頭到腳被潑了一身的冷水，原本雀躍的心，瞬間變得蒼涼起來，一張精緻的小臉，頓時也蒼白得毫無血色。

「隱兒，你怎麼說話的呢！師師是你師妹，你怎能這般傷害她？要是你師父泉下有知，知道你如此對待他的女兒，該有多傷心？」王妃一身華麗的衣飾，說話的時候，頭上的珠翠還會隨著動作款款搖擺。

龍隱沒有狡辯，神色依舊。「若是沒什麼事，孩兒告退。」

「你……」王妃見兒子如此冷漠，氣得又坐回了軟榻。

「王妃娘娘，您千萬別跟師兄置氣，他……師兄一直是這個樣子，師師已經習慣了。」秦師師見到他們母子之間勢同水火，生怕鬧出什麼事來，忍不住上前相勸。

一張楚楚可憐的小臉，看起來不知道有多麼迷人。

如果是個普通男人，肯定早就忍不住上前好言安慰了。只是龍隱並非憐香惜玉之人，即使有人在他面前自殺，他都不會正眼瞧上一眼，更何況只是雙眼含淚。

嫌惡地瞥了她一眼，龍隱再也沒耐心繼續逗留在這屋子裡，轉身就走。

「你……你給我回來！」王妃氣得快要吐血，但龍隱依舊我行我素。不理會身後的呼喊聲，龍隱大步踏出了王妃的宅院，打算回自個兒的樓閣去，卻沒承想到會在院子裡遇到另外一幫人。

「二哥！」一個嬌俏的身影見到他，立刻像蜜蜂見了花蜜一樣撲了過去。

龍隱本不喜歡與人接觸，下意識地閃了閃身。

龍敏撲了個空，心裡有些不悅，但臉上還是擠出一絲笑容，諂媚地道：「二哥，你什麼時候回來的？前些日子，你那個侍衛不是說你出門去了嗎？」

面對這樣聒噪的聲音，龍隱隱隱有些不耐煩。

「有事？」他冷著臉問道。

「沒、沒事……」對於這個冷情的二哥，龍敏還是有幾分忌憚。特別是看到他那張萬年不變的冰山臉之後，她說話都有些結結巴巴了。

既然沒什麼事，龍隱自然不會繼續留在這兒跟她耗，頭也不回地就走了。

等到他的背影消失在轉角，剛才與龍敏玩在一起的幾個閨閣千金這才走上前來，圍著她問東問西。

「他就是龍隱世子？」

「果真是冷得嚇人……」

「雖然冷了點兒，但長得還真是謫仙一般！」

龍敏聽到這些讚美，心裡自然是驕傲的。雖然這個二哥跟她不是同一個母親，但是威名遠在自己的親大哥之上，而且還是將來王位的繼承人，她這個王府的郡主，也是與有榮焉。

「那是，我二哥可是這世上鮮有的美男子！」

那群大家閨秀捏著手帕，臉上浮現出可疑的紅暈，想著龍隱世子那絕世的容貌，一個個都變得心不在焉起來。

「聽說隱世子已經有世子妃了，是不是真的？」

「對啊，到底是哪一家的小姐？」

好半晌，回過神來的千金小姐們，追在景陽郡主身後，一邊諂媚地說著奉承話，一邊打聽著關於龍隱世子的一切。

龍敏的頭顱昂得高高的，驕傲的神情不可一世。「哼，別跟我提起那個女人！憑她也配嫁給我二哥？也不瞧瞧自己是什麼身分，一個妾室生的女兒，竟然妄想嫁到咱們王府來當世子妃，真是癡人說夢！」

龍敏說著，又想起那天司徒嬌妄想當上世子妃的醜態，忍不住冷哼。太師府的千金就這點水準，怎麼配進沐王府？

「可皇上不是下了聖旨，還親自賜了婚？」有些大家閨秀消息靈通，對於這賜婚一事有所耳聞。

「皇上賜婚又怎麼樣？只要她進了府，我就有辦法讓她乖乖地滾蛋！」龍敏倨傲地說道，好像這王府是她說了算似的。

不少大家閨秀聽到這話，心裡舒服多了，巴結起龍敏來就更加的殷勤了。

就在一群女子嘰嘰喳喳對那未來的世子妃品頭論足的時候，一個拿著摺扇、自以為瀟灑不羈的男子晃了進來。當看到一群美女聚集在院子裡時，他的腳就再也移不開了。

「小妹！」他故意喚了一聲，想要引起大家的注意。

幾位大家閨秀見到一個陌生的男子進了後院，頓時都低下頭去避嫌。

龍敏聽到那熟悉的嗓音，便站起身來迎了上去。「哥，你這是去哪兒了？」

龍翔搖了搖手中的摺扇，擺出一副翩翩公子的模樣，說道：「我自然是有要事要辦了。敏兒，妳不跟哥哥介紹介紹？」

他挑了挑眉，示意妹妹將那些美人帶到自己跟前。

那群閨秀聽到郡主稱呼他為兄長，便得知了他的身分，於是紛紛上前見禮。

龍翔乃莫側妃所生，是沐王的長子，長得還不錯，與他的母親莫側妃有幾分相似。只是名聲不太好，是個喜歡流連煙花之地的風流種。

「各位小姐免禮。今日天氣不錯，不知道本公子是否有幸，邀請妳們一同前去花園賞花？」龍翔自命風流慣了，總是以自己的意願為主。

那些閨閣女子都有些躊躇，畢竟男女有別，若是傳出去，定會對閨譽有影響。她們都是雲英未嫁的姑娘家，跟男子同遊花園，實在是有失體統。

「怎麼，還怕我吃了妳們不成？」龍翔見她們一個個都站在原地不動，心裡就有些不快。

他堂堂沐王長子，難道就這麼沒有魅力？

就在這個尷尬的時刻，一個身穿寶藍色錦衣華服的女子在丫鬟簇擁下走了過來。見到那一群打扮得花枝招展的閨秀，她的臉就沈了下去。「公子真是好興致！」

發話的正是龍翔的正室陳氏，一見到她，龍翔便知道自己的好日子暫時結束了。

第二十三章　江氏懷子

眼看就要過冬了，太師府更加忙碌了起來。該採買的木炭和冬衣，也紛紛送到幾位小姐少爺的房裡。司徒錦一邊心不在焉地聽著管事嬤嬤在那兒浪費口水，一個勁兒地稱讚夫人如何如何賢慧，一邊拉緊了身上的披風。

「緞兒，打賞些碎銀子給嬤嬤。大冷天的，嬤嬤忙裡忙外，實在辛苦。」司徒錦的臉蛋雖然看起來稚嫩，但是做事卻頗有當家主母的風範。

緞兒將那嬤嬤打發走了，這才進屋來奉茶。「小姐何必浪費那些個銀子，都是一群養不熟的白眼兒狼！」

緞兒說這話是有原因的。

自從春妮、夏草進了梅園，小姐的性子就更加沈穩了，連帶的她也處處小心謹慎起來，生怕被夫人拿捏住把柄。這種夾著尾巴做人的日子，實在是有得受。小姐還以德報怨，對那兩個丫頭萬般縱容，她真的想不通。

「錢財乃身外之物，捨了就捨了，總能賺回來。」司徒錦倒不在意那點兒錢。如果能用銀子解決問題，那也算得上是物盡其用了。

那管事嬤嬤總是要回去覆命的，捨棄一些銀子，讓她嘴巴鬆一點兒，如果能夠降低夫人一些戒心，也是不錯。

這太師府裡，最近不太平啊！

先是四少爺在青樓與人爭風吃醋，被打斷了腿；接著，五小姐又得罪了沐王府的小郡主，害太師府顏面無光。太師爹爹一怒之下，將他們二人罰了禁足，最近兩個月是見不到他們的身影了。

說起這五小姐，那還真的是自家小姐的功勞呢。

「小姐，五小姐恐怕到現在都想不明白，自個兒怎麼會得罪了那景陽郡主吧？」緞兒捂著嘴笑道。

前段日子，司徒錦已經對沐王府的情況有了大致的了解。那個不可一世的小郡主，處處都是壓人一頭，如果有人敢爬到她的頭上去，搶了她的風采，她自然不會讓人好過。在得知郡主最近裁了件新衣裳後，司徒錦便有了計劃。

她故意放出風聲，將小郡主的行蹤透露給了那個野心勃勃的五妹，順便在她面前展示了一番自己的新衣服。誰知道那嫉妒得眼紅的五妹仿照衣服款式做了件一模一樣的，還炫耀地穿了出去想讓郡主瞧瞧，卻不料小郡主當日竟穿著同款式的衣服！

這樣一個小小的「巧合」，就輕鬆地達到了整治司徒嬌的效果。回想起那天司徒嬌回府後的那副尊容，緞兒便又忍不住笑出了聲。

「什麼事情如此好笑，說出來聽聽？」司徒錦放下書本，將手伸進袖子裡取暖。

緞兒憋著笑，搖了搖頭。

「再過不久就是丞相府老太君的六十大壽了，讓妳準備的賀禮，可都準備妥當了？」前不久收到丞相府的請帖時，司徒錦還吃了一驚呢。

畢竟，她不過是個庶女，沒有資格參加那樣的宴會。

緞兒這才正經起來，回道：「小姐放心，緞兒早就準備好了！」

「甚好。」司徒錦稍稍安心，又重新坐回了自己的椅子裡。

剛落坐不久，門外傳來一陣腳步聲，長得眉清目秀的春妮領著一身錦緞衣裳的江氏走了進來。「小姐，二夫人來了！」

司徒錦看到母親進來，立刻起身相迎。「這麼冷的天，娘親怎麼來了？」

「來看看妳。住在梅園，還習慣嗎？」知女莫如母，江氏知道她懂事，雖然嘴上沒說什麼，但其實是不想她這個做母親的擔心。

「娘親快坐。緞兒，去煮茶。」

春妮在門口徘徊了一會兒，見小姐無意吩咐她做事，便悻悻地退下了。

江氏看了那個長相不俗的丫鬟一眼，臉上笑容漸漸隱去。「錦兒啊，夫人派這兩個丫頭到妳身邊用意如何，想必妳也清楚。以後做事切莫魯莽，知道嗎？」

司徒錦嗯了一聲，沒有多在意。

江氏停頓了一下，接著說道：「娘親這次過來，還有件事想跟妳說。」

「娘親請講。」司徒錦睜大雙眸，認真地說道。

江氏主動過來找她，一般都是有事發生。

江氏臉色微微泛紅，壓低聲音在女兒的耳邊說道：「娘親的小日子好久沒有來了，好像……好像是有了。」

「真的？」司徒錦眼中滿是驚喜。

看來，上一次出去寺裡祈福是對的。雖然還沒弄清之前是誰在作梗，讓太師府無法開枝散葉，但江氏有了身孕，確實讓司徒錦開心不已。

「可是，還沒有請府醫確認過，我……我不敢聲張，萬一……」江氏心裡雖然開心，但還是忍不住忐忑。

這府裡十幾年沒有嬰兒誕生了，就算是那新進門的周氏，也沒有傳出懷身子的消息。娘親在這個時候懷上了，的確該更加小心謹慎。

「娘親莫慌，這件事還是先保密，等到胎象穩定了再告訴爹爹不遲。」

「我也這麼想。」江氏一臉幸福地撫摸著還未隆起的肚子。

司徒錦拉著江氏的手，說了好些話又叮囑了一些忌諱之事，這才把她送走。等到江氏踏出門檻，司徒錦馬上就叫來了緞兒，開始部署。

這府裡到處都是眼線，要想平安誕下麟兒，就必須找個安全的地方。司徒錦在心裡盤算著。

「緞兒，眼看就要過年了，族裡的祭祀也快要開始了吧？」

「小姐怎麼關心起這些事來了？」每年的這個時候，族裡就會挑選一些人去打理祭祀方面的事情。

祭祀是非常神聖的事情，被派去的人選，首先要有一定的地位，而且還必須是女性。祭祀前兩個月，就要開始準備，而且還要住在祠堂裡，每日齋戒，直到祭祀完畢。往年祭祀都是由王氏處理，這本該是周氏職責所在，但作為當家主母，不便離府太久，所以就一直讓王氏頂替。王氏雖然老大不願意，但她不接受也不行。

算算日子，娘親的肚子也才一個月左右。如果能去祠堂暫避兩個月，也是好的。

想到這裡，司徒錦便打起了那祭祀的主意。

「緞兒，去二夫人那裡，就說……」她貼在緞兒耳邊吩咐了一些事情，沒打算讓外人知道。

春妮和夏草在梅園待的時日也不少了，但是卻任何消息都沒有打聽到，私底下見了周氏，免不得又要被狠狠地訓一頓。

「春妮，小姐防咱們防那麼緊，妳說咱們要怎麼跟大人交差？」夏草也是個漂亮丫頭，但頭腦卻明顯沒有春妮精明。

「哼。」春妮冷哼一聲，不甘地說道：「妳還真是個木頭腦子！既然沒有把柄，那咱們製造一些不就好了！」

夏草聽了這話，眼睛都直了。

第二十四章 構陷

「二小姐，夫人有請！」一個冷著臉的嬤嬤來到梅園傳話。

司徒錦微微一愣，感到一絲意外。「嬤嬤稍候，容我梳洗一番就過去拜見母親。」

「二小姐還是快點兒過去吧，夫人看起來很嚴肅的樣子，想必是有什麼重要的事情要問二小姐。」那嬤嬤依舊我行我素，看向司徒錦的目光十分不屑。

司徒錦雖然不解，但心裡早有所準備。

帶著夏草去了主母的院子，還沒有進門，便聽到無數的閒話。

「二姊姊平時看起來挺規矩的，不會做出這樣有辱門風的事情吧？」帶著幸災樂禍意味的話語，從司徒雨那小巧的菱唇裡說出來，顯得格外刺耳。

「這就很難說了……愈是會作表面文章的，就愈是欲蓋彌彰。」一派優雅，連罵人都不帶髒字兒的，除了司徒芸還有誰。

「這其中會不會有什麼誤會？」一些丫鬟還是有些不相信二小姐會做出那樣出格的事情來。

司徒錦屏氣凝神，整理好情緒之後，這才挑起厚重的布簾，進了屋。

「錦兒給母親請安，母親安康！」

周氏坐在軟榻上，臉色非常不好。這還是司徒錦第一次看到周氏發脾氣。就算是司徒青和司徒嬌讓太師府顏面無存，也不見她有多大的情緒變化。到底發生了何事，竟然讓一向沈穩的周氏也忍不住發火了呢？

「二姊姊總算是過來了，我還以為妳羞憤得沒臉見人了呢！」司徒雨說話還真是狗嘴裡吐不出象牙，句句帶刺。

司徒錦沒有理會她，反而抬起頭來正視周氏的眼睛。「不知道母親傳喚女兒過來，可有什麼事？」

只有每日的晨昏定省，司徒錦才會到主母的屋子裡來。昨天過來請安的時候還好好的，怎麼才過了一個晚上，她的態度就變了呢？她可不記得自己有闖什麼禍。

「妳看看，這是什麼？」一封信扔到她的跟前。

司徒錦撿起那信件，然後一字一句讀了起來。那不過是一首平常男女之間互相表白的情詩，倒也不算什麼。可怪就怪在，那紙上的字跡，簡直就跟司徒錦的字跡一模一樣。

就連她本人，也分辨不出字跡真假。

可她不記得最近有寫過詩，而且還是這麼纏綿的情詩！

「一首不錯的詩。」她淡淡地開口。

「啪」的一聲，周氏氣得從軟榻上站了起來，指著司徒錦的鼻子便大罵了起來。「平日我是怎麼教妳的？妳的身分不同往日，是未來的世子妃，一言一行都要小心謹慎。可妳看看，妳都幹了些什麼？妳……妳是個訂了親的人了，怎麼還不知羞恥的與外男來往！這事要是讓沐王府知道了，妳要我們的臉往哪兒擱?!」

「外男？」司徒錦這會兒總算是明白了。「敢問母親，這信是哪裡來的？」

「妳還敢問我？若不是妳不知檢點，讓丫鬟偷偷出去送信，又豈會鬼鬼祟祟地引起別人的注意？妳這是自作孽不可活！這樣的德行，豈能嫁入王室？明日一早，我便命人去請官媒來，重新確立世子妃的人選！」周氏表現得痛心疾首，似乎是真的被司徒錦給氣壞了。

但司徒錦卻在這一刻笑了。

「妳居然還笑得出來？」司徒芸冷冷地嘲諷道。

「欲加之罪何患無辭！司徒錦沒有做過的事，誰都別想栽贓給我！」她義正辭嚴地辯解道。

「人證物證俱在，妳還敢狡辯？」周氏氣急了，恨不得上前給她一巴掌。但是良好的教養，讓她忍了下來，她倒要看看她如何解釋。

「人證物證？」司徒錦笑了。「不知道這人證是誰？我又是派誰去替我送信的？」

「夏草！」周氏喚了一聲，一個丫頭戰戰兢兢地走了進來。

「夫人饒命啊，奴婢也只是聽命行事。」夏草低垂著頭，根本看不清任何的表情。

司徒錦冷哼一聲，說道：「別人糊塗，難道母親也是不明事理嗎？若我真是要派人送信，也會選個貼心的丫頭。一個跟了我不到兩個月的三等灑掃丫頭，母親認為我會傻到派她去送這麼絕密的信？」

她故意將「絕密」兩個字咬得很重。

周氏冷靜下來，知道自己心太急，沒有考慮周到，只好拿那信件說事。「就算妳說得有理，但這信又是怎麼回事？」

「母親何不問問夏草，這信她是從何而來的？」司徒錦不動聲色地反問道。

夏草聽到自己被點名，立刻磕起頭來。「小姐，這信不是妳要我拿給劉公子的嗎？」

「劉公子？哪個劉公子？」司徒錦蹙了蹙眉。

在她的記憶裡，從來沒有一個姓劉的公子出現過。這丫鬟要捏造事實，好歹也得找個她認識的人啊！

被司徒錦的眼光打量得渾身雞皮疙瘩的夏草，垂下頭去不敢再看她的雙眼。這二小姐實在太厲害了，光是那雙洞悉一切的眼神，就夠讓人害怕。

「夫人，奴婢所說句句屬實，不敢有半句欺瞞！」

「好一個句句屬實！」司徒錦冷喝道。「我倒要看看妳說的事實到底是什麼。妳說說，本小姐要妳送過幾次信？他家在何處，每次在哪裡接頭？又是用什麼手段，讓我這個未來世子妃甘願放棄那唾手可得的尊貴身分，與他兩情相悅？」

一連串的問題拋出，夏草頓時啞然了。

這些問題她從來都沒想過，她以為只要把那封偽造的信交到夫人的手裡，再一口咬定那是小姐讓她去送的，就可以給二小姐定罪了。可惜那個平日不怎麼說話的二小姐，居然會當著主母的面辯駁，還將她問得啞口無言。

「奴婢……奴婢記不清了……」

「記不清了？這麼重要的事情，怎麼可能記不清？是不是要動用大刑，妳才想得起來？」司徒錦的話很冷，讓人不寒而慄。

周氏見大勢已去，早已想好退路。

「大膽奴婢，居然誣陷妳家小姐，真真是可惡！來人啊，拖下去重打四十大板，讓牙婆子領走！」

看著夏草被拖出去，司徒錦的臉色依舊難看。

這些雕蟲小技，難道周氏會看不出來？還是說，這場戲本就是她授意夏草做的？從她剛才的話語中，司徒錦已經知道她這麼做，無非是想換掉嫁去沐王府的人選。是為了司徒芸，還是司徒雨？

第二十五章　撕破臉

「母親，還有事嗎？如果沒什麼事，女兒要回去繡嫁妝了。」虛驚一場之後，司徒錦也沒心情再面對這個面慈心毒的主母了。

「司徒錦，妳這是什麼態度？怎麼這樣對母親說話呢！」司徒雨一見到事情沒有成，心有不甘。

「妳又怎麼說話呢？我好歹也是妳的姊姊！」司徒錦毫不服軟地回敬道。

司徒雨沒想到她會這麼肆無忌憚地跟她嗆聲，一時沒有反應過來。舉著手指著對方的鼻子，半天都說不出一句話來。

「二妹妹果然出息了。這還沒有嫁去王府呢，就先在自個兒府上擺上世子妃的架子了！」司徒芸看著她輕鬆幾句話就化解了危機，就嫉妒得發狂。

「大姊姊說笑了。母親不是常教導我們，無論何時都要注意自己的身分，不要給司徒家丟了臉嗎？既然是這樣，那錦兒這也是想先熟悉熟悉，免得到了外人面前就忘記自己的身分了，不是嗎？」司徒錦說得頭頭是道，讓人無從拿捏。

「妳……」司徒芸就算是再能裝，但遇到司徒錦，也只有破功的分兒。

「都給我閉嘴！」周氏見她們姊妹爭得不可開交，不得不出面阻止。「妳們眼裡還有我這個母親嗎？在這兒吵吵嚷嚷，成何體統！若是教外人聽見，還不笑話我們司徒府沒有教養？都給我回去待著，好好反省！」

周氏這一頓訓斥，總算是讓司徒芸姊妹倆閉了嘴，乖乖走了。

司徒錦正要離開，卻被周氏叫住了。「錦兒是不是覺得，母親今兒個讓妳受了委屈？這也怪我，不該聽信那個丫頭的片面之詞。可是妳要知道，母親訓斥妳幾句，也是為了妳好。畢竟嫁進王府那樣的高門，時時刻刻都得警惕。妳……不會怪母親吧？」

司徒錦一改往日的迎合，依舊冷著一張臉。「女兒不敢。如果母親沒什麼事，女兒告退！」

說完，也不等周氏回話，便大步離開了這令人厭惡的地方。

「夫人，這二小姐實在不懂禮數，怎麼就……」跟隨周氏多年的嬤嬤有些氣不過，張口說道。

周氏打斷她的話，嘆息道：「罷了罷了，這件事是我考慮不周。沒想到她還真是深藏不露，反應如此敏捷。倒是小看了她了……」

「夫人打算就這麼饒了她？」

周氏笑得詭異，沒有再吭聲。

要對付一個人，她有得是辦法。既然撕破了臉，這一次不行，那麼還會有下一次。她相信，憑藉自己的手段，她一定能收拾掉這個眼中釘、肉中刺。

回到梅園，司徒錦臉上的冷氣還未散盡。

「小姐怎麼一個人回來，夏草呢？」緞兒望了望她身後，發現少了一個人。

「死了！」司徒錦冷冷回道，不帶一絲感情。

緞兒有些驚愕得睜大了眼睛，一時半會兒沒有回過神來。看到小姐面色不豫，緞兒便收斂了性子，不再追問。

「緞兒，我冷。」司徒錦裹緊了身上的披風，但仍舊不斷打擺子。

緞兒看到她這副模樣，嚇得不行。「小姐，您沒事吧？快來人啊！」

司徒錦被安置在軟榻上之後，府醫這才提著藥箱子趕了過來。經過一番診斷，那府醫久久沒有回音。

「大夫，小姐到底是怎麼了，要不要緊啊？」緞兒在一旁急得頭髮都要白了。

府醫搖了搖頭，嘆氣道：「二小姐這是心病。」

「能看好嗎？」緞兒急著追問。

「這個很難說。如果二小姐能夠放開胸懷，不再壓抑自己的情緒，這病或許好治。但若是……」接下去的話，府醫只說了一半。「我先開個藥方，一會兒妳出去抓藥，煎了給二小姐服下。」

緞兒當然明白他話裡的意思，她也是伴著小姐長大的，怎麼會不知道小姐的心思？小姐這次去夫人的院子，肯定發生了什麼事，否則以小姐的脾氣，又怎麼會憋出內傷來？

緞兒應聲，然後將大夫送出了門。

司徒錦躺在床上，不言不語，只是一雙清明的眼睛，直睜著。

「小姐，妳好歹跟綴兒說說話呀！」綴兒眼眶泛紅，都不知道怎麼勸才好。

司徒錦彷彿沒有聽到她的話，依舊木然地望著某一處出神。她也不是不想理會這個貼心的小丫頭，只是她現在想要靜一靜。

今日發生的事情，絕非偶然。

一個丫鬟都敢明目張膽地欺負到她的頭上來！她一再隱忍居然換來這樣的栽贓，教她如何能嚥得下這口氣？那丫鬟膽子雖大，但如果沒有人給她撐腰，她又如何敢對主子不敬？這府裡果真沒一個省心的！

然而，明明知道夏草只是一顆棋子，明明知道她陷害了自己，可是在經過庭院時看到她渾身是血的冰冷屍體，司徒錦還是忍不住揪心。

那慘烈的模樣，讓她想起自己前世的遭遇。

她何曾不是某些人的棋子？

只等目的達到之後，就會被無情地捨棄，成為一顆棄子！

握緊了纖細的手指，任由那刺痛從掌心傳來，司徒錦眼中的仇恨洶湧而至。

周氏，我一定不會再容忍妳繼續欺凌！

深夜時分，本是夜深人靜。司徒錦的梅園也是一片寧靜，燭火熄滅，爐子裡的炭火漸漸失去了溫度。

一陣清風過後，一道黑色的人影從屋頂上落下，悄悄地潛進了司徒二小姐的屋子。

看著床上那個嬌小的身影蜷縮著身子，小手緊緊地拽著被子，神色不安的模樣，男子眉頭微皺，不自覺地走到她的繡榻前，想要撫平她臉上的憂慮。

睡夢中的司徒錦正在痛苦中掙扎，她夢見自己被押上刑臺，聽到母親無助的哭喊，但她卻無法自救。

「不要……我不要死……」她囈語著。

作惡夢了？

男子小心翼翼地在她床榻前坐下，遲疑了好半晌才伸出手去，在她的背上輕輕地拍打起來。

第二十六章 心動

聽到她夢中的囈語，龍隱的嘴角抿得更緊了。

自從白天收到謝堯的消息之後，他就一直無心做事，呆坐在樓閣裡。天剛暗下來，他便幾乎馬不停蹄地趕到這裡。

這失常的舉動，讓他覺得很不可理解。這個言語不善的小女子，怎麼就忽然闖進他的心了呢？看著懷裡這個漸漸平息了情緒，睡得香甜的嬌小女人，龍隱的眉頭始終無法鬆懈下來。

「主子！」一道黑影站在距離五尺之外，恭敬地單膝下跪。

輕輕地將懷裡的人兒放到被褥之上，確定她沒有被吵醒之後，龍隱這才揮了揮手，示意那人跟著他一起退出了屋子，一同來到院子當中。

「你怎麼做事的，居然讓她受到這麼大的驚嚇?!」龍隱寒冷如冰的臉上散發著強烈的冷氣，讓人不敢靠近。

謝堯自知保護不力，不等主子發難，就自行重罰，對著自己的胸口就是一掌。

那股疼痛沒有傳來，謝堯不解地看著主子那冷冽的眼眸，以及抓住自己的那隻手。

「你受傷了，誰來保護她？沒有下一次，明白嗎？」龍隱收回自己的手。

「屬下謹記主子的恩惠！」謝堯低下頭去，有些羞愧。

「白天到底發生了何事？」龍隱本不在乎這些小事的，可是此時此刻，他就是想知道到底是什麼原因，會讓那個小女人嚇成那樣。

謝堯將自己聽到的部分內容如實稟報給主子，不敢有絲毫隱瞞。

「哼，好一個太師夫人！」龍隱滿含怒氣，恨不得現在就衝到她面前將她正法。居然打起了沐王府的主意，她以為她是誰？皇上的恩賜，豈是她一個小小的臣婦可以改變的？想換人，簡直是癡心妄想！

他自己選的媳婦兒，哪裡容得下別人來指手畫腳！

「明日，將朱雀召回京城。」

主子一句話，讓謝堯愣住了。

為了這個未過門的世子妃，主子竟然動用了影衛四大護法之一的朱雀。看來，主子這次是真的對這個司徒二小姐上心了。

一般皇室為了做事方便，通常會設置暗衛，像是皇家暗衛、王府暗衛等，甚至有些成員會有私人暗衛，例如龍隱的影衛。這些人經過他精心挑選及培養，比起一般暗衛更為優秀。

「是，屬下這就去辦！」謝堯適時地退下，飛鴿傳書去了。

龍隱看了一眼那虛掩的房門，就是移不開腳步。

他知道自己不該留在這裡，這樣會對她的閨譽有損，可是卻還是情不自禁地朝著她的床榻走去，非要看著她的睡顏才能安心。

聽著她均勻的呼吸，龍隱的嘴角向上揚了揚。

翌日，司徒錦睜開雙眼，發現天已大亮，早錯過了給夫人請安的時辰。

「小姐，您終於睡醒啦！」緞兒鬆了口氣，順便將洗漱的器具拿了進來。

司徒錦摸了摸身旁溫熱的被褥，有些奇怪地問道：「緞兒，妳昨晚一直守在這裡？」

緞兒覺得莫名其妙，不好意思地搖了搖頭道：「緞兒等小姐睡著後就離開了……」

司徒錦眉頭微蹙，卻沒有將那絲懷疑問出口。

不是緞兒，那會是誰呢？莫非她在作夢？

「小姐，現在要去給夫人請安嗎？」緞兒一邊服侍她穿衣一邊問道。

司徒錦想起昨天發生的事情，便沒了好心情。「不去。妳把春妮給我送回去，就說這比主子更嬌貴的丫頭，本小姐使喚不了！」

要送走春妮，緞兒自然是沒意見的。反正那個整天只會塗脂抹粉的丫頭，她也看不順眼。只是小姐不去給夫人請安，怕是說不過去吧？

「怎麼了，幹麼還愣在這裡？」司徒錦見她沒有動身，忍不住催促道。

「小姐，那夫人那邊……」她有些擔心。

小姐的處境本就艱難，萬一夫人再以此拿捏小姐的不是，那小姐豈會有好日子過？

「去吧，夫人不會介意這些的。」司徒錦一邊漱口，一邊將緞兒打發出去。

緞兒半信半疑地帶著春妮去了主母的院子，半個時辰之後，總算是回來了。只不過她不是一個人回來的，她的身後還跟了一個看起來很是彆扭的丫鬟。

「緞兒，她……」司徒錦第一眼見到這丫鬟，就莫名喜歡。

雖然知道這是周氏派給她的新丫頭，但她還是有抑制不住的好感。

這丫鬟長得很普通，典型的大眾臉，進了人群就找不著。可是她渾身上下散發出來的那股子「生人勿近」的氣息，和「某個人」有七、八成像。

與春妮那丫頭的嬌氣不同，她身上的傲氣讓人很難接近。

不過也正因為這一點，司徒錦才喜歡她。

這樣性格的人，不是那麼容易被人收買。

「小姐，這是新來的丫頭，叫朱雀。」緞兒幫她解惑道。「這是牙婆子剛送進府的，還沒有經過夫人那一手。奴婢覺得她看起來挺老實的，所以就挑了她來。免得夫人得知小姐沒有人服侍，又送進一些心懷不軌的人。」

司徒錦仔細地打量了那叫朱雀的丫頭一眼，甚是滿意。「就留下吧，正好我還缺一個打理庫房的丫頭。」

朱雀嘴角忍不住抽搐了一下。

主人讓她堂堂護法保護未來的夫人也就罷了，還要她在這兒當一個打雜的丫頭，這實在是大材小用了吧?!

想起昨日被緊急召回京城，從謝堯嘴裡得知主人對這個女子的上心，她還不屑地暗諷了他幾句呢！可是更悲催的是，翌日一早她就被主子打發到這裡來了，還要她充當丫鬟混在太師府裡！

她朱雀可是統領影衛的護法，不是任人使喚的奴婢啊！

「朱雀，妳愣在那兒幹麼？還不過來跪謝小姐的恩德？」緞兒叫了她好幾遍，發現這個丫頭還真是有些木訥。

朱雀極不情願地來到司徒錦面前，單膝下跪。「朱雀給小姐請安。」

看著她那彆扭的模樣，司徒錦倒也沒有多責難。只是說了些自己這院子裡的規矩，然後就讓緞兒帶著她下去熟悉環境了。

朱雀一邊走一邊握著拳頭咬牙切齒，在緞兒看不到的情況下，咒天罵地，恨不得衝到主子面前大聲要求他收回成命。

第二十七章 大牌丫鬟

「喂，那個誰？過來一下。」

一個小丫頭聽到這嗓音，身子忍不住抖了一抖。「原來是梅園的朱雀姊姊，有什麼事情嗎？」

只見朱雀一身簡單的打扮，頭髮隨便綁了個髻，大剌剌地伸了個懶腰，才慢悠悠地說道：「二小姐一會兒就要起了，去廚房把早膳端過來！記得，要雙份兒的！」

聽了她的話，那丫鬟就有些糊塗了。她是三小姐院子裡的丫頭，憑什麼給二小姐送早膳去啊？

「朱雀姊姊，妳搞錯了吧？我是服侍三小姐的，二小姐那邊的事情一向都是緞兒姊姊打理的。」

「廢什麼話！」朱雀扠著腰喝道：「妳去還是不去？不去的話，我可就跟三小姐說，妳私下偷了她的絹花拿出去賣！」

那丫鬟一聽這話，頓時嚇得白了臉。

她偷主子的絹花出去賣這件事極為隱密，只有極少數人知道，這個新來的朱雀是怎麼曉得？

「怎麼，去還是不去？」朱雀一臉神氣地問道。

那丫鬟咬了咬牙，心想三小姐還沒有醒，於是飛快奔著去了廚房。不一會兒，兩份早膳已經在朱雀的手上。

「不錯嘛，速度挺快的！」朱雀一邊享用著美食一邊讚嘆道。

那丫鬟無語了，盯著她的眼神都要冒出火來。「妳不是說這是給二小姐的膳食嗎？怎麼自個兒吃起來了，妳不怕妳家主子知道？」

「所以說才讓妳端了兩份啊。」朱雀一邊吃著一邊說。「妳有膽子去跟二小姐打小報告啊，看她是信妳還是信我。別忘了，妳可有把柄在我手裡。」

朱雀警告地瞪了她一眼，那丫鬟頓時閉了嘴。

看著她遠去的背影，朱雀還不忘在後面喊話。「別忘了以後定時將早膳送過來啊！」

那丫鬟聽了這話，腳下一軟，差點兒跌入身旁的荷花池。

朱雀眉飛色舞地吃完了早膳，這才將那吃完的盤子往假山後面的洞裡一丟，然後朝著梅園走去。

「唉，那丫頭什麼來頭，居然敢使喚別人為她做事？」

「就是……看她模樣也一般，怎麼就那麼受歡迎呢？」

這是很多人想不通的地方，也是朱雀進府後引起的新一輪話題。

司徒錦很好奇，也暗中觀察了她許久。這個朱雀在她面前還算恭敬，但是對其他主子可就沒那麼好的脾氣了。但是更令人驚訝的是，居然沒有人來找她的麻煩。

按照司徒芸、司徒雨那兩姊妹的性子，有人得罪了她們，定把那人折磨得死去活來，哪裡還會讓朱雀這丫頭活得這麼逍遙自在？

每天早上有人給她送早膳，衣服也有專門的人洗，不時地還有人孝敬一些銀兩，這丫鬟大牌得簡直可以跟主子媲美了。

「小姐，這是門房阿牛孝敬的栗子，吃不吃？」司徒錦正想著呢，朱雀就哼著歌兒捧著一袋子熱呼呼的板栗進來了。

司徒錦有些無語了。

這還是個丫鬟嗎？

見她不發話，朱雀總算意識到自己太過隨意了，這才按照樣子行了禮，然後再把那冒著熱氣的板栗送到了她的面前。「小姐，味道不錯，您嚐嚐？」

司徒錦有些哭笑不得的接過那板栗，聞了聞，的確是挺香的。

「朱雀，妳庫房整理好了嗎？怎麼還有閒工夫到處跑！」緞兒忙完了手上的事情，看到朱雀嚼著零嘴一派悠閒的模樣，有些氣惱。

她忙進忙出的，恨不得長出第三隻手來，她倒好，居然跑出去逍遙快活。

「庫房就那麼點兒東西，早收拾好了！」朱雀將懷裡的一本冊子遞到她的面前，高傲地揚起了頭顱。

緞兒將那本冊子遞到司徒錦的手裡，有些不敢置信地看著朱雀。

她也太有能耐了吧？雖然那庫房是不大，但是雜七雜八的東西堆了滿滿一屋子，這才幾天她就清點完了？

司徒錦一邊翻看著手裡的冊子，一邊忍不住重新審視這個新來的丫頭。她真的是來當丫鬟的嗎？

寫得一手好字，處理事務還井井有條，每一筆帳都記得條理清晰，這樣的人才，哪裡像是清苦人家出身的孩子？可如果不是窮人家的孩子，她又怎麼會甘願賣身到府裡來當下人呢？

司徒錦的懷疑過沒多久就得到了證實。

「小姐，這個朱雀沒有簽賣身契，她是自己找上門來，指明要服侍小姐您的。」

「哦？」司徒錦覺得更奇怪了。「可知道是何原因？」

「她說她是報恩。」

「報恩？」她更加不解。

她不記得自己什麼時候施恩於她了。

「唉呀小姐，您就別糾結這個問題了。反正她也沒有做出什麼出格的事情來，就讓她留下吧。」緞兒最近發現了朱雀的好，便一個勁兒地為她說好話。

「妳什麼時候也站在她那一邊了？」司徒錦佯怒道。

緞兒有些不好意思地摸了摸頭，道：「奴婢發現她挺能幹的。小姐身邊有這樣一個聰明的丫頭，也是好事。」

司徒錦沒有多說什麼，但是卻已經聯想到了一些事情。這個朱雀不簡單！她絕對不是為了報什麼恩才留在太師府、待在她的身邊。朱雀的身分雖然還不能確定，但司徒錦已想到了一個人。

說不定，這朱雀就是他安排到她身邊來的。

至於那個人……司徒錦想到那個冷冽的男子，心情莫名慌亂起來。

司徒長風下朝回來，便來到司徒錦的屋子。對於他的忽然造訪，司徒錦還是有些不太習慣。

畢竟他們之間不算親厚，他是有事才會過來看她。

「錦兒最近身體不舒服就不要去主母那邊請安了，好好養身子吧。明年就要嫁人了，這三天兩頭的病，也不是好事。」

他居然關心起她的身體來了？司徒錦嘴角掀起一抹嘲諷的笑容，但嘴裡還是感恩戴德了一番。也只有如此，這位父親大人才會滿意地離開她的房間。

「爹爹整日忙於政務，也要注意身體。」在羽翼未豐之前，她還是得裝出孝順的模樣。

司徒長風聽了她的話，依舊端著那副嚴肅表情，卻點了點頭。

第二十八章　楚家敗類

「小姐，聽說有位楚公子來府上了。」朱雀一邊啃著蘋果一邊彙報外邊的動靜。

司徒錦連頭都沒有抬起來，淡淡問道：「哪個楚公子？」

「小姐連這個敗類公子的大名都沒有聽過？」朱雀驚訝得都忘了繼續往嘴裡塞東西。

那楚朝陽楚公子是京城裡有名的紈袴子弟！皇后娘娘的親侄子，亮晶晶的皇親國戚啊！小姐就算養在深閨，但對如此有名的人物，也該有耳聞的。

「關我何事？」她依舊毫無波瀾。

「可是，我聽說這個楚公子很可能成為小姐您的……姦夫。」朱雀不怕死地說道。

司徒錦皺了皺眉，對這「姦夫」一詞，顯然是極為討厭。

總算是有反應了！朱雀感到雀躍不已。瞧她本事多大，居然能讓安之若素的小姐產生情緒波動。

「到底是哪個楚公子，妳給我說清楚！」司徒錦終於放下手中的筆，認真了起來。

朱雀見她對自己的話題有了興趣，便口若懸河地將這位風流大少的事蹟全都彙報了一遍。直到天空燒起了晚霞，她才說完最後一個字。

「總之，這位楚朝陽楚公子，就是一個下流胚子！小姐，您要當心。」這是朱雀最後的結語。

司徒錦聽她講了半天，總算是知道了京城中這一號人物。

楚朝陽經常夜探女子閨房，就算是有夫之婦，只要稍微有點兒姿色，他都不會放過。事後，那些被毀了清白的閨女不是上吊自盡，就是被迫進了楚府，做了那不知道排名第幾的小妾。而那些有婦之夫，礙於他的身分，也只能忍氣吞聲，不敢拿他怎麼樣；稍微有點兒骨氣，敢上衙門告狀的，最後也落得個被冤殺的下場。

對於他這樣的行為，楚家人居然放任不管，大有縱容之勢。正因為這樣，京城中不少女人都不敢出門了。

為此，京城中的人送了一個外號給這位楚公子。那名號很是響亮，叫做「摧花辣手」。

「他來府裡幹麼？」太師府再不濟也是一品大員的府邸，就算他膽子再大，也不敢如此明目張膽地到太師府撒野吧？

「哦，他是來找大小姐的。楚公子似乎看上了大小姐，想要娶她當正室。」朱雀隨口答道。

「哦……」司徒錦似乎對這個話題沒什麼興趣。

朱雀見她反應冷淡，忽然又插起話來。「可是我偷聽到他們說，大小姐想藉這個楚公子讓小姐出醜呢！」

司徒錦皺了皺眉，看著朱雀的眼神忽然變得幽深起來。「妳的消息從何而來？」

說起這個，朱雀臉上就免不了得意。「那是，我以前就是專門幹這個的……」

這話一出口，朱雀就後悔了。

不待司徒錦發飆，朱雀就撲倒在她的膝前，苦苦哀求。「小姐饒命！我一時胡說，小姐千萬不要趕我出府啊……」

「那妳倒是給我一個不趕妳出府的理由。」司徒錦不緊不慢地抽回自己的手，她可不喜歡與人有肢體接觸。

朱雀看到她冷漠地別過頭去，這才往後退了退，語出驚人地坦白。「我是世子派過來保護世子妃的！所以，您不能趕我回去。」

這麼厚臉皮的理由她竟然說得如此自然，司徒錦實在沒話說了。

龍隱世子為何會派一個人到她身邊來已經不重要了，重要的是，她到底要不要承他那份情。

雖說他們有婚約在身，他是她未來的夫君，但畢竟還是相對陌生的兩個人。這份大禮她沒辦法收下，也回報不了。

「妳回去吧。」嘆了口氣，司徒錦還是將這句話說了出來。

朱雀連連搖頭，不肯走。「我不走。除非，小姐親自去找世子說明情況。只要世子讓我離開，我一定唯命是從。」

聽了她的要求，司徒錦就鬱悶了。

這個丫頭還真是固執呢！

不過，要她去找龍隱世子，讓他收回成命，似乎更難吧？

想到這裡，司徒錦嘴角抽動了一下，無奈道：「知道了，妳就留下來吧。」

司徒錦的回答讓朱雀開心地笑了，她就知道世子這張牌好用！

看著朱雀喜不自勝的模樣，司徒錦也微微被逗笑了。也好，既然她這麼善於蒐集消息，就讓她在身邊幫著吧，如此一來，對付那群仇敵就更得心應手了。

夜已深，司徒錦在沐浴更衣後，躲進被窩裡去了。今晚上值夜的是朱雀，她在外間打了個地鋪，無聲地盯著窗子，毫無睡意。

一炷香的時間過後，一個身影悄悄地來到梅園。那人一隻手輕輕推開窗子，又將一桿管子伸了進來，打算用迷煙迷倒屋子裡的人時，卻被一隻纖纖玉手率先按住管子一端，將迷煙逼回另一頭。

「咳咳……」那人被煙嗆得咳嗽不止。

等窗子外沒了動靜，朱雀才推開窗子，縱身跳了出去。

翌日清晨，太師府上上下下還沈浸在睡夢之中，忽然一道清亮的聲音在後院裡響起，驚醒了所有人。

「快來人啊，有賊！」

「什麼？有賊？在哪裡？」就連太師大人都親自起身，朝著聲音的源頭跑去。

「賊人在哪裡？」跟隨司徒長風而來的管家還揉著迷濛的眼睛，一副沒有睡醒的樣子。

除了之前疑似闖進一個刺客，府裡一向太平，怎麼會遭了賊呢？

司徒錦很早就醒了，聽到外面的呼喊聲，有些不明所以。「外面怎麼那麼吵，發生了什麼事？」

綴兒端著洗臉水進來，嘟囔道：「聽說是遭了賊！誰膽子這麼大，偷到太師府來了？」

朱雀強忍著笑，快要憋出內傷。

「小姐，咱們也去看看熱鬧吧？」

蘭園

「你是誰？怎麼會在我的床上？」一聲高過一聲的尖叫，讓原本安靜的院落忽然變得熱鬧了起來。

聞聲而來的司徒長風聽到愛女的尖叫，心中暗道不好。這女孩兒家的閨譽最為貴重，萬一那賊子……後果不堪設想！尾隨而來的王氏一聽到女兒的聲音，頓時傻眼了。

第二十九章　司徒嬌落難

昏昏沈沈的男人被女人的尖叫聲吵醒，很是不快。他大少爺哪天不是睡到日上三竿才會起床？到底是哪個不懂事的小妾，居然敢打擾他的睡眠，真是該死！

「吵死了，閉嘴！」

「這是怎麼了？嬌兒怎麼了？」穿好衣服匆匆趕來的主母周氏一邊走一邊詢問道。

司徒長風氣得臉都綠了，哪裡還會顧忌這是女兒的閨房，提起腳就將門「哐啷」一聲給踹開了。

司徒嬌被那聲響驚得喘了口大氣，這才清醒過來。

她顫顫巍巍地從床上爬下來，找了件衣服裹著自己裸露的身子，哭著跪倒在司徒長風腳下。「爹爹……嗚嗚……爹爹救我！這個登徒子企圖侵犯女兒……嗚嗚……」

一提到這個，司徒長風就更火大。

他堂堂太師的女兒，居然被人欺負了！這事要是傳出去，不僅女兒的閨譽毀了，他的老臉也沒地方擺了！

「還不將這個賊人給我抓起來！」

剛才還在門口徘徊的家丁這才一擁而入，打算將那個膽大的賊了給揪下床。

王氏見女兒衣衫不整，而司徒長風又急著想要抓住那賊人，頓時急了。「老爺，嬌兒這副模樣，您怎麼能讓這些下人隨隨便便闖進她的閨房！嬌兒是您的寶貝女兒，難道您連她的閨譽都不顧了嗎？」

說起這閨譽，門外的某些女人同時不苟同地冷哼。都已經跟男人同床共枕了，還有何閨譽好談？看著王氏在那裡聲淚俱下地演戲，後院中的女人們都感到可笑至極。

果然，司徒長風聽到「閨譽」兩個字，便一腳將王氏踹開。「這就是妳教的好女兒！看看她做了什麼好事！我司徒長風沒有這麼不知羞恥的女兒！」

王氏一聽這話，頓時晴天霹靂。

一向視女兒如珍寶的老爺，居然當這麼多人的面說他沒有這個女兒，這是何等殘忍！

司徒雨打了個呵欠，嘴角泛著幸災樂禍的笑容。「就是……自己做下這醜事，居然還喊人捉賊！」

王氏被司徒雨的態度徹底激怒了。

她平日裡可沒少被這個三小姐冷嘲熱諷過，但礙於她是嫡女，所以就算再不甘心，她還是忍了。可如今自己的女兒被人陷害了，她這個做姊姊的還在這裡說風涼話，這口氣她如何能嚥得下？

「司徒雨，嬌兒可是妳的妹妹，妳怎麼能這麼詆毀她！」

「妳叫我什麼？竟敢直呼我的名字！妳這個低下的女人，一個小小的賤妾，居然敢對我這個嫡女大呼小叫，妳不想在這個家待下去了是吧？」司徒雨本就不是個省油的燈，又好面子，受了氣自然要不遺餘力地反擊了。

「爹爹！姊姊怎麼可以這麼罵姨娘？姨娘好歹是長輩，做晚輩的怎麼可以這麼沒規矩！」司徒嬌似乎還沒有認清形勢，仍以為自個兒是從前那個最受爹爹寵愛的女兒，看到生母被嫡姊辱罵，就想要替她出頭。

「啪」的一聲，司徒長風揮出一掌，將司徒嬌打倒在地。「妳這個不肖女！做了見不得人的事，居然還敢在這兒大放厥詞！」

這一巴掌下去，不僅司徒嬌愣住了，就連門外那些看戲的人也都張大了嘴，不敢置信。司徒長風感到手掌心火辣辣的疼，這巴掌揮出去之後，過了許久他才回過神來。

他竟然打了自己疼惜的女兒！平時，他極疼司徒嬌，有什麼好的東西，他都先想到她。就算是庶女，他也沒有虧待過她。

看著女兒那泛紅的臉龐，司徒長風忽然感到很無力。

從小捧在手心長大的女兒，居然做出如此出格的事情，真是太令他失望了！司徒長風搖搖欲墜，似乎在這一瞬間蒼老了許多。

「老爺，您沒事吧？」最會察言觀色的吳氏正要上前，卻被正室周氏搶了先。「還不快扶老爺回房！」

出了這樣的家醜，本不該大肆宣揚，可是經過司徒嬌那嗓子一喊，搞得全府上下人盡皆知，想要瞞也瞞不住了。

周氏冷眼看著哭得一臉絕望的司徒嬌母女，臉上不帶半點兒同情。

「夫人，那賊人要如何處置？」管家看了一眼那個仍舊有些神志不清的男子，吶吶地向主母稟報。

周氏看了那男子一眼，又開始頭疼。

這個男人，她自然知曉他的身分。皇后一族本家的大少爺，皇后娘娘的親侄子！他的「輝煌」事蹟，她也有所耳聞。以前她可以將他的風流韻事當作一樁笑談，聽過就忘，可如今這樣的事情發生在太師府，她這個主母有推脫不了的責任。

想到這裡，她的額頭又開始隱隱作痛。「去，先讓楚公子清醒過來。」

「夫人……」見周氏如此的虛弱，貼身服侍的丫鬟嬤嬤全都一臉擔心地望著她，生怕她有個什麼好歹。

「把五小姐帶進去，沒有我的命令，誰都不准放她出來。至於王氏，教女不嚴，罰月銀半年，以儆效尤！其他人一律都給我把嘴巴閉緊了，若是讓我聽到什麼風聲，定饒不了你們！」臉色愈來愈蒼白的周氏，說起話來還是非常有分量。

司徒錦和其他姊妹隨口應了一聲，便都回自個兒的院落去了。

在回去的路上，她總覺得有一道狠毒的目光一直盯著自己不放，似乎想將她殺死。嘴角輕揚，司徒錦隱約知道是怎麼回事了。想必是那幕後指使者沒有達到目的，把氣全都出到自己身上來了。

還真是不可理喻！想害人沒害到，反而給自己惹了麻煩，真是可笑！

「我怎麼會在這兒？你們幹麼綁著我！」一炷香過去了，原本還迷迷糊糊的楚朝陽總算完全清醒了。

司徒長風滿臉怒氣地瞪著這個風流公子，心裡有氣但又不敢爆發出來。女兒的清白讓他給毀了，但礙於皇后一族的勢力，他也不想因此跟楚家結下梁子。如今最好的解決辦法，就是讓這個花花公子娶自己的女兒，這樣既可以保全司徒家的面子，又可以攀上楚家這棵大樹！

「楚公子，昨晚的事情，本太師可以當作沒發生過。只不過你既然已經跟小女有了肌膚之親，是不是該負起責任？」司徒長風儘量說得委婉。

楚朝陽還有些搞不清楚狀況。他只記得昨晚按照司徒芸給的路線圖，摸黑到了梅園，正準備把迷煙給吹進去，就忽然被嗆到，接著就什麼都不知道了。「太師大人，不知道小侄何處得罪了您，竟然要這麼對待我？」

司徒長風見他死不承認占了自己閨女的便宜，心裡頭那個氣呀！要不是周氏極力阻攔，恐怕他真的會因為一時氣憤而誤了事。

「楚公子，昨晚的事情你不記得了？」周氏安撫好了家主，這才提醒他。

「昨晚？哦，我想起來了。昨晚……我一個人悶得慌，就到處走走，結果不知道怎麼的，就稀裡糊塗地睡著了，醒過來就已經在這兒了。到底出了什麼事？你們為什麼要綁著我？」至於夜闖閨秀房間的事情，打死他都不會承認的。

這太師府雖然沒什麼實權，但好歹也是一品大員，不像往日那些小門小戶好對付。再加上他對司徒芸的那點兒心思，自然是不想把關係搞僵了。

聽到他這麼說，司徒長風的眉頭就緊緊皺了起來。

這個男人還真是個潑皮！他疼愛的女兒讓這個傢伙給玷污了，他居然沒有膽子承認，實在太過分了！

「楚公子，你可知你早上是在哪裡被發現的？」周氏也冷下臉來，不想給他任何否認的機會。

「這個……小侄真的不記得了。」楚朝陽乾脆來個裝傻。

「你……」司徒長風簡直要被一口怨氣憋得內傷了。

「那我告訴你，楚公子之所以會被當作賊子抓起來，是因為你私自闖進五小姐的閨房！雖說情到深處難自禁，可嬌兒畢竟還是待字閨中，公子這樣做，對她的閨譽可是有損。嬌兒雖然不是我親生的，但好歹也是老爺的心頭肉，既然公子與小女兩情相悅，那就請公子回家派人過來提親，也好成就一段美好的姻緣。」周氏說得極為含蓄，既給足了面子，又提出了自己的要求，手段可謂高明。

司徒長風深深地望了一眼這個年紀整整小他二十多歲的妻子，忽然對她看重了起來。

第三十章　逼婚楚朝陽

「什麼？司徒嬌？怎麼會是她，我不……」楚朝陽聽到這個陌生的名字，心裡很是驚訝，剛要拒絕，便被司徒長風的話打斷了。

「楚公子這是想賴帳了？」司徒長風黑著一張臉，厲聲喝道。他已經忍得夠久了，這個楚家大少居然還不負責任，真是豈有此理！

楚朝陽看到司徒太師動了怒氣，這才安靜下來，琢磨著該怎麼脫困。「此事容小侄回府後稟明家母，然後再來太師府提親，您看如何？」

楚朝陽雖然是個風流公子，但卻不蠢笨。

「那世侄打算給嬌兒一個什麼名分？」周氏為人精明，自然要為太師府爭取到最大的利益。

楚朝陽打量了一眼這太師的繼室，暗暗驚訝。

好一個芙蓉出水、頭腦敏捷的女人！看她的模樣跟自己差不多大，居然如此能幹，他以前怎麼沒發現這號人物呢？

周氏被一個外男打量得極為不自在，輕咳了一聲，提醒道：「楚公子是否可以給本夫人一個答案？」

楚朝陽扭動了一下痠軟的肩膀，故意給了對方一個暗示的眼神。

「快，給未來姑爺鬆綁！」周氏果然不是一般的女子，很快就改口喊這個皇親國戚姑爺了。如此一來，這名分就算是定下來了。

楚朝陽活動活動了肩膀，這才答話。「承蒙太師大人看得起，小婿明日就讓人過府來提親。至於這名分嘛，小侄也不會委屈了司徒小姐。小侄這正室之位雖然還空著，但……五小姐畢竟是庶出，這正室之位恐怕……」

他說得也很含蓄，但無非是在提醒他們不要太過分。

司徒長風怎麼會不明白？可是這浪蕩子姬妾成群，他可不想自己的寶貝女兒嫁過去跟著受氣，於是強硬要求道：「這個是自然。嬌兒雖然是本官的掌上明珠，但庶出的身分也無法改變。不過，這貴妾的名分，想必我堂堂太師府是要得起的吧？」

楚朝陽眉頭微蹙，這個要求的確已經超出了他的底線。以他的身分，要納一個嫡女為貴妾也不為過。這太師未免太獅子大開口了吧？竟然想讓他的庶出女兒給他做貴妾！

「怎麼，世侄覺得很為難？」司徒長風眼睛瞪得老大，如果他敢拒絕，那他就跟他沒完。

楚朝陽此時只想著如何脫身，哪裡敢跟別人討價還價，只得先應下來，打算回府後再找楚夫人商量計策，看如何退了這門婚事。於是他嘴裡一個勁兒地應承，心裡卻早把這太師罵了個狗血淋頭。

「不敢不敢，小侄這就回去稟報家母，不日就上門提親。」

司徒長風聽了他的保證，這才平息了怒火，讓人給他重新換上一套衣衫，又派了一輛馬車，親自將他送回楚府。

司徒錦聽說了這樁婚事之後，神色依舊，似乎沒有半點兒驚訝。

「小姐，沒想到楚家肯讓五小姐嫁過去做貴妾，這是天大的恩賜呢。」以緞兒的見識，那樣的門第，五小姐嫁過去也是高攀了，更何況是做僅次於正妻的貴妾。

司徒錦冷笑道：「妳當楚朝陽是何人，會這麼乖乖地認命？」

「小姐說得不錯，這楚公子才不是草包，可以任人拿捏。這貴妾一事，還做不得數！」朱雀嘴裡塞滿了橘子，但還是忍不住插嘴。

「妳又知道了？」緞兒有些不服氣。

這朱雀真是囂張。

她哪一點兒看起來像個奴才？在主子面前放肆也就算了，還指使其他的丫鬟服侍她，敢情把自己當成半個主子了。可怪就怪在，不少人還很服她管！

她到底是怎麼做到的？

「看著我幹麼，我臉上有東西嗎？」朱雀摸了摸自己的臉，還以為易容失敗了呢。

是的，這張大眾臉不是她的真容。為了安全起見，也為了避免一些不必要的麻煩，她就隨便找了一個普通的臉，易容成那人的樣子。

司徒錦放下手裡的毛筆，搓了搓冰冷的手。「爐子裡的炭不夠了，緞兒妳去帳房那裡領一些回來。」

「哦……」緞兒有些不情願，但還是去了。

「現在，可以以妳的真容相見了嗎？」

朱雀被司徒錦的話給怔住，滿嘴的東西匆匆嚥下，好一陣咳嗽。

「咳咳咳咳……小姐，您別老是語出驚人好不好？我的小心臟可是很脆弱的！」朱雀嘟著嘴抱怨道。

司徒錦才不信她那套說辭呢。

自從上次朱雀坦白了自己的身分之後，司徒錦就沒將她當一個普通人看待。能夠被隱世子派到她的身邊，肯定不是簡單的人物。就從她打探消息這一點兒來說，就已經讓她大開眼界了。一個女孩兒家，混跡在人群中，不知不覺就能收買人心，這是何等的本事！

司徒錦雖然不甚知曉江湖的事，但她聽過易容這種手法，若朱雀為了方便行動而戴著人皮面具，倒是一點也不奇怪。可是，司徒錦總覺得這樣很不真實。龍隱雖然是她未來的夫君，但他派來的人，她還不能完全信任。更何況，龍隱這個人一向神秘，在沒有弄清楚他的目的之前，她還是要謹慎一些為好。

「小姐想要看我的真實容貌？」朱雀不確定地又問了一句。

「彼此坦誠一些，不是更好？既然是同一條船上的人，起碼得讓我知道自己的夥伴究竟是何模樣吧？」司徒錦不急不緩地說道。

北方有佳人，絕世而獨立，一顧傾人城，再顧傾人國，寧不知傾城與傾國，佳人難再得。

以前在書上讀到這歌詞，司徒錦總認為那樣的絕世佳人，恐怕這世上再難尋。可是看著眼前這個卸去偽裝的女子，她不得不讚嘆造物主的傑出。

「小姐？」朱雀嫣紅的嘴唇動了動，神色更加不自在。

她這張禍水臉，不知道讓多少人恨不得毀了。小姐雖然不是那般俗人，可畢竟也是女子，而且還是主子未來的世子妃。她是主子身邊的人，小姐會不會誤會什麼？

司徒錦打量著那傾國傾城的容顏，不禁感嘆。那樣明豔的絕色，卻要委身做她這個平凡女子的丫鬟，還真是委屈她了。「好了，變回以前的模樣吧。妳這樣子，的確是容易招惹不必要的麻煩。」

光是府裡的那個風流浪蕩子，就夠應付了。

朱雀對於她的反應感到很吃驚。

小姐還真不是尋常人，見到她的真容居然還能沈得住氣，臉上的神色始終如一，既沒有羨慕也沒有嫉恨。

真是夠特別！難怪主子會動了心。

「主子，西廂那邊又鬧騰起來了。五小姐聽說自己的親事訂下了，很是不滿，正在那兒鬧呢！」緞兒提著一簍子木炭進來，將這個最新的八卦消息透露給了屋子裡相對安靜的兩個人。

司徒錦撐著下巴沈思，沒有發表任何意見。

「小姐，小姐？」緞兒說了半天，發現小姐並沒有吭聲，便住了嘴。

司徒錦聽到緞兒的呼喚，這才回過神來，眼神漸漸地變得柔和。「有事？」

「木炭取回來了，小姐可還有什麼吩咐？」

司徒錦回想起今日周氏的神態，轉移話題問道：「母親今日身子如何，可有不舒服？」

朱雀聽了這話，眼睛中閃過一絲狡黠。「小姐，我今兒個可是看到夫人院子裡的嬤嬤偷偷去了府醫那裡，好像是要了一些治頭痛的藥。」

司徒錦「哦」了一聲，便不再吭聲。不過仔細看，就會發現她的嘴角揚起一絲不易察覺的弧度，似笑非笑的。

緞兒扭著手裡的辮子，被她們的對話給弄糊塗了。不過好在她天性樂觀，很快便將這件小事給忘了。

夜深了，司徒錦躺在床上，久久難以入睡。

她的計策已經奏效了嗎？如果她記得沒錯，周氏有個癖好，那就是特別喜歡吃豆腐。按說這豆腐在這樣的高門大戶是上不得檯面的菜色，但是周氏深知這豆腐的好處，不僅可以滋養身體，還可以起到養顏美容的作用，可謂益壽延年的養生佳品。所以從很久以前，她就將這豆腐當作每餐必食的佳餚。

然而豆腐雖然好，也是有些忌諱。

例如，豆腐和蜂蜜不能同食，否則會導致耳聾。只是，蜂蜜也是滋補的聖品，對女子來說好處多多，因此飯後喝上一杯蜂蜜茶，便成了周氏的習慣。

最近周氏總是頭疼，不過要強的她一直不肯就醫，看來老天也在幫著她呢。

司徒錦從來不認為自己是一個善良之輩，畢竟在這樣的環境下長大的孩子，見慣了人情冷暖，一顆純潔的心早被塵世沾染。再加上前世的總總，司徒錦就更加不是個單純的小姑娘了。

她將來還要護得母親和弟弟的周全，所以不得不防。

想到自己的生母，司徒錦的心總算稍微得到了一絲安慰。這一世，還有一個關心自己的人，真好！

第三十一章　嬤嬤到來

看著鴿子飛走後，朱雀這才將手裡的字條收進袖口，蹦蹦跳跳地回了屋。

「朱雀，今天又有什麼新鮮事，說來聽聽？」緞兒知道她每次失蹤回來，就會帶回一些消息，所以才迫不及待地詢問。

朱雀搖了搖頭，打趣道：「我為何要告訴妳？」

「好呀，朱雀，妳敢調侃我，看我不撕爛妳的嘴！」緞兒鼓著腮幫子，假裝生氣地朝她撲了過去。

朱雀自然知道她是鬧著玩的，也沒有太在意。

「來啊、來啊，誰怕誰啊！」

司徒錦此刻剛從主母的院子請安回來，正好撞見她們嬉鬧的這一幕，不禁搖了搖頭。都這麼大的姑娘家了，還跟小孩兒似的，真是拿她們沒轍。

「呀，小姐回來了！」緞兒率先停手，撇下朱雀迎了上去。「今日夫人可有責難？」

看到緞兒那氣鼓鼓的模樣，司徒錦心裡忽然一鬆。「不過是學習規矩罷了，沒什麼大不了的。」

自打從丞相府拜壽回來，這周氏不知道是不是聽到了些什麼風聲，三天兩頭的雞蛋裡挑骨頭。

本來，丞相府的壽宴，周氏也打算帶司徒錦出席，但司徒錦突然病倒，也就錯過了機會。後來聽隨行的丫鬟說，似乎是三小姐在丞相府闖了禍，回來就被禁足了。

周氏覺得失了顏面，心裡難受也就罷了，還不想其他人好過。故而看誰都不順眼，讓司徒錦也吃了不少苦頭，遭了池魚之殃。

江氏私下確診了身孕，為避免節外生枝，在胎兒穩固前司徒錦要她先瞞著全府上上下下，並勸她到家廟給祖宗祈福去了，不在府裡，因此司徒錦的日子過得也算是平淡。

司徒錦走在最前頭，似乎想起了什麼，突然止步問道：「最近府裡可有發生什麼事？」

朱雀愣了半晌，才知道是在問話，於是不緊不慢地將宅子裡發生的大事小事都講述了一遍。

「王姨娘最近屢屢派人去楚府找那個人渣，面容憔悴了不少。也是，過去這麼久了，楚朝陽都沒有上門來提親，她想必是急了。

「還有，最近大小姐似乎挺積極的，一連參加了好幾次千金聚會。以前她都不屑去跟那些閨秀們打交道的，最近忽然熱衷了起來，看來準沒好事。

「三小姐被夫人禁足，還沒放出來。不過據說她砸了不少東西，她屋子的丫鬟都不敢貼身伺候。嘖嘖嘖……真是個蠢女人，只會拿那些個寶貝出氣，真是敗家啊！

「唉呀，還有最最重要的消息我差點兒忘了！」朱雀停頓了一會兒，這才繼續說道：「近日楚朝陽倒是來找過大小姐好多次，只不過夫人都以冠冕堂皇的理由給打發走了。還有太子即將大婚，普天同慶，皇上下令三品以上官員的千金、少爺都可以入宮赴宴呢！」

司徒錦點了點頭，覺得菊園似乎太過安靜了。「四弟倒是學乖了不少，聽說最近很用功？」

「的確很用功。白天躲在書房讀書，其實是找了個書僮假扮頂替的，他自己依舊在外面風流快活呢！」朱雀揪著髮辮上的結繩把玩著。

「夫人知道嗎？」

「應該知道吧？畢竟這府裡，她收買的人不少。」朱雀回答道。

司徒錦嘴角泛起一抹冷笑，周氏才不會如此賢慧，對這個庶出的兒子視如己出呢！她還年輕，以後有得是機會生下嫡子，幹麼去在意一個身分低賤的舞姬所生的兒子？再說了，那吳氏可是野心勃勃之人，周氏又怎麼會容忍她的兒子在府裡坐大？她這麼做，不過是想要印證一句話：慈母多敗兒！

她嬌慣著他，對他所犯的錯誤視而不見，就是想要讓司徒青覺得她不敢拿他怎麼樣。有了這種認識，司徒青自然是肆無忌憚，如此越發猖狂之後，將帶來何等後果，不用想也知道！

司徒錦看得很明白，卻不點破。

既然他們要鬥，那就讓他們去鬥好了。所謂螳螂捕蟬黃雀在後，她不介意做那不勞而獲的黃雀！

「二小姐，夫人請您過去一趟。」不多時，一個十五、六歲的丫鬟來到梅園，低眉順眼地進屋稟報。

司徒錦有些好奇。她剛從周氏那邊回來，怎麼這會兒又把她叫過去？即使很不想動身，但司徒錦可不想給周氏任何機會拿捏住她的把柄，於是囑咐了朱雀一些事情，這才踏著步子出去了。

「不知道母親找孩兒來有何吩咐？」進屋之後，司徒錦仍舊按照禮節行了禮。

周氏一雙眸子充滿了幸災樂禍，嘴上卻極為和藹地介紹道：「錦兒過來，見過沐王府的章嬤嬤。」

一提到沐王府，司徒錦眼中閃過一絲了然的神色。

看來司徒芸這幾日沒有白下功夫，才幾天那些謠言就傳到了沐王府，讓沐王府裡的主子

們終於忍不住派人過來說教了。

「章嬤嬤來太師府有何貴幹？」見對方身分只是個嬤嬤，司徒錦便沒有行禮。

那章嬤嬤見她長得不甚出色，又對自己很無禮，整個臉色都變了。「想必這位就是司徒

二小姐了？」

司徒錦聽她說話的語氣，很是不悅。就算是沐王府的嬤嬤又怎麼樣？還不是個奴才！居

然敢用這樣的語氣對她這個未來的世子妃說話，實在沒規矩。

「既然知道我的身分，嬤嬤是不是該講講規矩，給我見個禮？」司徒錦絲毫不退讓，根

本沒將她放在眼裡。

那嬤嬤見她擺出主子的架勢，忍不住冷哼一聲，道：「老身可是奉了王妃娘娘的口諭，

過府來教小姐規矩的，該行禮的是司徒小姐妳吧？」

司徒錦嘴角含笑，眼神卻變得凌厲起來。「原來是王妃娘娘身邊的奴才，難怪說話的口氣這麼大。不知道的，還以為嬤嬤是王府哪一位主子呢！」

第三十二章 斥刁奴

章嬤嬤是沐王妃身邊得力的人，在王府裡威風慣了，突然被一個小妮子嗆聲，一張老臉就掛不住了。

「果真如傳聞那般，刁鑽無禮！這樣的品行，如何能嫁入咱們沐王府?!」

司徒錦冷嗤一聲，道：「章嬤嬤說得是，但我個性本來如此，這輩子恐怕是改不了了。我這就請爹爹遞帖子進宮，讓皇上收回成命算了。」

說完，司徒錦斜瞄了眼在一旁看戲的周氏，將這個難題丟給了她。

周氏原本只想給司徒錦一個下馬威，借這位王府嬤嬤的手，好好教訓她一番。但沒想到事與願違，司徒錦居然抬出皇上這個靠山來，讓她頓時有些傻眼。

「錦兒，這又是何必呢？得罪了嬤嬤，對妳有多少好處？日後妳嫁入王府，可還得仰仗嬤嬤提攜。」

「母親這話，女兒可不贊同！女兒可是蒙皇上恩賜，嫁給世子做正妻的，將來進了沐王府，那也是世子妃，是主子。嬤嬤就算是再得王妃體恤，那也不過是一個奴才，豈有資格凌駕於主子之上？」司徒錦字字珠璣，絲毫不給周氏轉圜的餘地。

周氏臉色脹得微紅，太陽穴隱隱傳來疼痛。「妳……妳……好好好，我說不過妳。但別忘了，我是妳母親，如此這般頂撞嫡母，可知道後果？」

「女兒只是就事論事，難道母親說的是錯的，女兒也要聽從？如果母親是對的而女兒有錯，女兒這就去領罰。不過，女兒被罰得心不甘情不願，還是要找爹爹評評理的！」

「妳……」周氏被氣得不行，頭又開始痛起來。

「二小姐，妳怎能如此對夫人說話！」陪嫁過來的婆子見到周氏如此痛苦，忍不住斥責起她來。

司徒錦抬起眼眸，直直地盯著這婆子道：「做好自己的本分就夠了，主子們說話，哪有妳這個做奴才置喙的餘地？」

那嬤嬤是心高氣傲，但至少還懂規矩。被司徒錦訓斥了幾句，便乖乖地閉了嘴，只不過打心眼兒裡，她可是恨透了這個性格乖張的庶女。

見周氏身旁的嬤嬤閉了嘴，章嬤嬤心裡也在悄悄地打鼓。一個地位卑微的庶出之女，竟然有這樣的氣勢，看來這個司徒二小姐並不是個簡單的角色。於是收斂起剛才那副看不起人的臉色，話語間帶了一絲恭敬。「世子妃莫要動怒，剛才是奴婢魯莽無狀，還望世子妃大人不計小人過，原諒奴婢這一次。」

司徒錦冷眼打量著眼前這個有些發福的嬤嬤，對她的態度依舊沒有軟化。「我有問妳話嗎？」

那章嬤嬤頓時噎住了，一句話都說不出來。

她在王妃身邊服侍了那麼多年，王妃都不曾如此對待過她。如今被一個小丫頭給鎮住，她實在心有不甘。「世子妃好大的架子！就算是王妃，也不曾對老身說過狠話。世子妃還真是好魄力，竟然想要凌駕於王妃之上！」

一句話，就給她定了罪。

藐視王妃，妄圖對長輩不敬，這頂帽子可真夠大的！

只是司徒錦並沒有被她的話嚇到，也沒有因此改變自己的態度。「嬤嬤說我架子大，我看妳才是真正的目中無人。王妃體恤妳，捨不得責罵妳，那是王妃娘娘宅心仁厚。而妳，一個膽大的奴才，竟然將王妃娘娘的仁慈當作理所應當的縱容，一再對主子不敬，這樣沒有規矩之人，還妄想教我規矩，真是貽笑大方！」

章嬤嬤在王府倚老賣老、作威作福慣了，哪裡被人如此謾罵過，一張臉都要脹得滴出血來。「好一個牙尖嘴利的世子妃！老身這就回去告知王妃，另派高人來。這樣的德行，老身怕是教不了！哼！」

說完，那嬤嬤便扭著肥大的身軀，氣呼呼地走了。

周氏見司徒錦得罪了王妃身邊的人，嘴角忍不住上揚。這樣的結局，早在她預料當中。相信經過這一番較量，沐王府那邊的人肯定不會讓這樣一個沒規矩的媳婦進門了吧？雖說這親事是皇上御賜的，但王妃好歹是世子的親生母親，只要她發話，那世子還不乖乖地推掉這門親事？到時候老爺怪起來，也是司徒錦自己不爭氣，可不關她的事。

想到這裡，她忽然覺得頭沒疼得那麼厲害了。

第三十三章　處置章嬤嬤

「去把世子叫來，就說本王妃有急事找他商談！」聽完了章嬤嬤添油加醋的描述，沐王妃早已氣憤不已。

她本就不甚滿意這門親事，奈何是皇上親自賜婚，不容置疑。如今知道了那未來的兒媳婦是如此大逆不道，連她派去的嬤嬤也被辱罵了，她如何能讓這樣不懂規矩、不知廉恥的女人進王府的大門！

「王妃娘娘，您就別生氣了，身子要緊。」一早過來陪王妃說話的秦師師立刻上前兩步，輕輕拍打著她的後背，幫她順氣兒。

看到這丫頭如此的貼心，沐王妃不禁感嘆。多好的女孩兒啊！雖然不是出身高門大戶，但是起碼溫柔可愛又孝順，這樣的女子，才配得起自己的兒子。可是她那個冷面兒子，對這丫頭一直都冷冰冰的，甚至連看一眼都嫌多餘，那態度讓她這個做娘親的都看不過去了！

「王妃娘娘，既然待會兒師兄要過來，那師師還是先迴避一下吧。」說完，小姑娘有些黯然神傷地站了起來。

「迴避什麼呀，你們是師兄妹，又不是外人。」沐王妃一把將秦師師拉到自己身邊坐下，寵溺的神情昭然若揭。

秦師師微微紅著臉，有些忐忑地說道：「王妃娘娘，這樣不妥吧？畢竟男女有別，萬一師兄……」

「妳放心，有本王妃給妳作主，他不敢說半個不字！」

秦師師這才放下心來，專心地替王妃揉捏起肩膀。

龍隱踏進王妃的寢室時，一眼便瞧見了那個紅著臉用眼睛直勾勾地看著自己的小師妹。心裡一陣莫名煩躁，臉色就更加暗沈。「母妃找孩兒來有何要事？」

「你先坐下，喝杯茶。這茶是師師親手泡的，你嚐嚐，味道很不錯呢。」王妃一邊招呼兒子入座，一邊誇獎著師師的能幹。

「王妃娘娘過獎了，這不過是師師……」

不待她把話說完，龍隱便打斷了她。「如果母妃是找兒子來喝茶的，抱歉，我還有很多公文要處理，不能奉陪！」

那意思很明確，他不想在這裡浪費無謂的時間。

秦師師剛才還亮晶晶的眼神突然黯淡下來，受到的打擊不小。她始終不明白，為何師兄會如此冷淡地對她。他們從小一起在山上生活，一起習武，一起讀書識字，這種青梅竹馬的情分，不應該是親密無間的嗎？

為何他愈長大愈冷漠，甚至看她的眼神還帶著一絲厭惡呢？她到底做錯了什麼，居然會惹來他的不快？

「師兄，你是不是討厭我？」終於，她還是忍不住問出了口。

龍隱眼睛低垂，懶得看她一眼。他最討厭那種動不動就哭的女人，而他也毫不避諱地將這個理由說出了口。「我討厭麻煩的女人！」

一聽到這句話，秦師師的眼淚便被逼了回去，連呼吸都忘記了。

原來，師兄不喜歡嬌滴滴的女孩子！想到這裡，她似乎又看到了希望。如果她不再是嬌羞的小女孩，那他是不是就願意接受她了呢？

看著她臉頰一點一點泛紅，沐王妃也不自覺地揚起了笑容。「好啦，話說開了就好。對了隱兒，為娘找你來，就是要跟你說一件事。今兒個我派章嬤嬤去了一趟太師府，你也知道最近外面謠言四起，娘也是為了王府的聲譽著想，所以才讓章嬤嬤去打探一下虛實，順便教教你那未來世子妃規矩。可沒想到，那個叫司徒錦的，居然頂撞章嬤嬤，根本不把為娘放在眼裡！」

不等王妃的話說完，龍隱手上的青筋就已經暗暗浮現。

「是啊，世子爺！您不知道，那位司徒小姐，簡直是目中無人，不但不感恩王妃娘娘，還教訓了奴才一頓……」

「啊」的一聲，章嬤嬤剛才還在繪聲繪色地講述未來的世子妃是如何的品德敗壞，如何的行為乖張，下一刻便被龍隱一掌掃到門外，摔了個七葷八素。

「隱兒，你這是做什麼？」王妃娘娘驚愕了好半晌，才找到自己的聲音。

「一個低下的奴才，居然敢背後議論主子的不是。這點兒懲罰，算是輕的了。」龍隱憤怒地站起身來，眼神冷得嚇人。

「你怎麼能這麼說？章嬤嬤不過是講述事實而已，那個司徒錦……」

「母妃，孩兒知道您要說什麼。但是請您記住，這個妻子是我自己挑選的。如果您不滿意，大不了孩兒再另建府邸，絕對不會礙著您。」說完，龍隱也不等王妃回話，便大步離開了這個令他氣憤得想要殺人的地方。

沐王妃似乎還沒有從他剛才的話裡回過神來，只覺得一陣頭暈，整個人差點兒栽倒在軟榻上面。

「他……不是皇上指婚？居然……自作主張……」說完這些斷斷續續的話，沐王妃一口氣沒喘過來，暈厥了過去。

頓時，屋子裡亂成一團。請太醫的請太醫，捶背的捶背，呼天搶地的好不熱鬧。

「來人，將章嬤嬤那個狗奴才，給我轟出府去！」龍隱回到自己的暖閣，仍舊氣憤難平，立刻下令處置了那個膽敢欺負他女人的老奴才。

影衛們二話不說，就去王妃的院子裡，將哀嚎不止的章嬤嬤給拖了出去。

「你……你們是誰？你們要帶我去哪兒？王妃娘娘救我……唔唔……」接下來的話，被影衛們用一塊破布堵在了嘴裡。

「這婆子太不知好歹！」影衛甲冷著臉發表自己的觀點。

影衛乙點頭贊同。「不知死活！」

「不知道咱們爺最上心的，就是那未來的世子妃嗎？居然如此囂張，欺負到未來主子的頭上去，簡直是自尋死路！」

「趕出府去，那是輕的。」

「唔唔……」章嬤嬤一邊被拖一邊掙扎，一點兒都沒覺得自己有錯。

影衛只聽命於自己的主人，至於這王府的其他主子，都無法命令他們分毫。「妳還是聰明一點兒的好，免得自己怎麼死的都不知道。」

「惹怒了主子，就算是王妃娘娘，也保不了妳！」

平日裡不怎麼說話的影衛，頭一次好心開口解釋道。

章嬤嬤就這樣從沐王府消失，沐王妃事後來尋她的時候，為時晚矣。

第三十四章　使計退婚

「母親，為何王府那邊還沒有動靜？」忍了好幾天之後，司徒芸再也耐不住性子，匆匆來到周氏的院子。

「是有些奇怪。」屋子裡燒了地龍，暖烘烘的。周氏斜躺在軟榻上，頭上纏著一條帕子，隱隱散發著藥香。「照理說，章嬤嬤是王妃娘娘身邊的紅人，她受了氣，王妃娘娘絕對不會善罷甘休的。」

「這其中，是不是有什麼差錯？」想到自己的付出沒有得到應有的回報，司徒芸的眼眸瞬間變得可怖起來。

司徒芸放下身段與京城中的名門閨秀結交，就是為了將司徒錦的壞名聲搞得人盡皆知，好讓王府主動提出退婚。可是事情都過去這麼久了，王府那邊卻沒有如她所料的那般找上門來，提出退婚或更換新娘子，那她這些日子的虛以委蛇豈不是白白浪費了？

「芸兒別急。就算王府那邊沒什麼動靜，也不代表這婚事沒有轉圜的餘地。」周氏一邊喝著蜂蜜茶，一邊閒淡道。

「母親，可是想到什麼法子？」司徒芸聽到這個答案，心中的苦悶一掃而光。

周氏臉上看似平靜，但眼中流露出的得意，卻是掩蓋不了的。「既然王府要面子，那不如就由太師府登門謝罪吧。如此一來，既不會得罪了王府，又解決了這門親事。芸兒覺得如何？」

司徒芸仔細琢磨後，覺得周氏這主意甚好。「母親果然智謀過人！只是爹爹會同意這麼做嗎？」

「妳放心，母親會想法子說服妳爹爹的。畢竟司徒錦的名聲不好，又非嫡出，就算嫁進了王府，王府那邊未必會看重一個庶出之女，也就不能給太師府帶來多大的利益。退一步講，就算是要嫁一個閨女去王府，那人選也不可能是二姑娘！」

「母親高明！」司徒芸笑顏如花，一顆心也跟著雀躍了起來。

只要能讓司徒錦不好過，她就感到無比開心！她會拿回屬於自己的一切，包括尊貴的地位和爹爹的重視！

兀自興奮了一陣，司徒芸忽然想到了另一個問題。「母親，您進門也有一段日子了，怎麼這肚子還沒有動靜？」

說起這件事，周氏也是納悶得很。

她早些時候因為忙著府裡的事務，所以沒把這事放在心上。最近因為頭疼的毛病，也沒有多餘的心思煩惱子嗣問題。如今被司徒芸提起，這才恍然發現，自個兒進府已三個月有餘！

「可能是還不到時候吧……」周氏剛才還不甚愉悅的臉，頓時蒙上了一層陰霾。

一個女人，如果沒有子嗣，那麼就算是正室，將來也必定不會好過。司徒長風雖然有五個女兒一個兒子，卻沒有一個出自她的肚皮。萬一將來司徒長風從家主的位置上退下來，她要依靠誰？

意識到這個問題的嚴重性，周氏這才謹慎起來。

「母親身子不舒爽，請大夫來瞧瞧吧。」司徒芸隱晦地提議。

畢竟周氏是自己在這個家裡的依靠，所謂一榮俱榮，一損俱損，這麼淺顯的道理，她還是懂的。

周氏點了點頭，沒有多說。

夜裡，司徒長風果然宿在周氏的房裡。

周氏因為年輕，模樣又生得好，司徒長風對她也是眷戀一時。除了吳氏那裡，去得最多的就是周氏這裡了。

「老爺，有句話妾身不知道當講不當講。」周氏假裝支支吾吾半天，最終才肯吐露出心裡話。

司徒長風剛剛一展雄風，看到心愛的女人小鳥依人地依偎在自己懷裡，心情自然舒爽無比。「哦？秀兒有什麼話就直說，不必如此遮遮掩掩。」

周氏沈默了一陣，這才緩緩開口道：「關於二姑娘的那些流言蜚語，不知老爺如何看待？雖然謠言止於智者，但不知情的猜測恐怕會有損二姑娘的聲譽。甚至……王府那邊也有所耳聞了，王妃娘娘曾派了個嬤嬤過來提醒，卻被二姑娘給得罪了，這……豈不是坐實了二姑娘的那些謠言？老爺，可如何是好？」

周氏是個很懂得討人喜歡的女人，她嘴裡說出的話，無不是在為二姑娘著想，但深究其涵義，卻處處對司徒錦不利。

司徒長風本對那些流言不甚在意，可聽周氏如此一說，心裡就有些忐忑。王府不比一般的高門大戶，那可是皇室，萬一得罪了他們，恐怕他這個太師也就做到頭了！想著自己辛辛苦苦經營的這一切，司徒長風忽然變得有些茫然。

「老爺，您沒事吧？」周氏體貼地關切著。

司徒長風嘆了口氣，擁緊了懷裡的女人。「我沒事。這錦兒也是，眼看著就要及笄了，怎麼會如此糊塗，做出那吃虧不討好的事來！」

他一半感到可惜，一半則是責怪。

沐王府在皇家的地位，甚至之於整個龍國，都是中流砥柱！老王爺是戰場的常勝將軍，虎父無犬子，隱世子雖然年紀輕輕，卻也有乃父風範，早已在軍中樹立起極高的威望。雖然皇上的賜婚來得有些蹊蹺，但能攀上這麼一個親家，對太師府來說，是可遇不可求的恩賜。

眼看著錦兒就要出閣了，卻鬧出這樣的事情來，他怎麼能不急？

「老爺，王府那邊是萬萬不能得罪的！不如，咱們先下手為強，在王府來問罪之前先發制人，先上門去謝罪？」周氏小聲地提議。

司徒長風想了想，覺得這個辦法倒是不錯。

只要他掌握了先機，也許還有轉圜的餘地。「夫人此計甚好！真不愧是丞相岳丈最疼愛的女兒！」

周氏臉色微紅，假裝害羞地將頭埋入丈夫的懷裡。「夫君又取笑秀兒。」

司徒長風爽朗地大笑，心情大好。「秀兒不愧是我的賢內助，有妳掌家，我就安心了。明日一早，妳就去王府一趟，記得多備些禮物。所謂禮多人不怪，相信夫人一定能解決此事！」

周氏甜甜一笑，眼中閃過一絲可疑的狡猾。

第三十五章　各懷鬼胎

周氏難得心情好，一大早就起床梳洗，換上了平日裡很少穿的華麗服飾，端莊而正式，看起來像要出門的樣子。

「母親今天真美！」司徒嬌小嘴一向很甜，尤其是發生了那件醜事，被楚府一再拖延提親之後，就更加討好起主母來。

周氏淡淡瞥了這庶女一眼，沒有苛責但也沒有積極的回應，而是轉過頭去叮囑了丫鬟們一些事情，便將前來請安的子女們都打發出去。

緞兒跟在司徒錦身後，覺得有些怪怪的。想到平日裡的那些為難，這突如其來的改變讓她都有些不習慣了。「小姐，夫人今日怎麼這般好說話？」

司徒錦淺淺揚起嘴角，道：「她趕著出門，怎麼會有這個閒工夫跟我計較。」

「啊？夫人要出門？去哪裡？」緞兒不解地問道。

司徒錦停住腳步，呼吸著院子裡的新鮮空氣。「一會兒妳就知道了。」

果不其然，還沒有走幾步，司徒雨便從後面追了上來。「妳竟然還有心思在這兒賞梅？呵呵……過了今日，我看妳還如何能在府裡囂張！」

司徒雨一向不積口德，說出這樣的話來也不奇怪。

緞兒聽出了些話裡的意思，小聲地在自家小姐的耳邊低語。「小姐，難道夫人是要去沐王府？」

司徒錦給了她一個「算妳聰明」的眼神，神色依舊保持原狀，並沒有生氣的苗頭。「多謝三妹妹關心了。」

司徒雨見她平靜的樣子，冷哼一聲便走了。一邊走還一邊嘟囔著：「司徒錦，妳別得意！等母親從王府回來，妳的好日子就到頭了！到時候，妳就等著被我踩在腳下吧！」

「緞兒，咱們回梅園去。」司徒錦的心情絲毫不受影響，彷彿對司徒雨的話一點兒都不在意。

緞兒噘著嘴，在心裡替自家小姐抱不平。

走了一段，司徒錦忽然說道：「緞兒，二夫人再過不久就回來了，院子裡的丫頭可都查過了，是否靠得住？」

聽到小姐問話，緞兒便收回了自己的心思，恭順地答道：「小姐放心，那些人朱雀都有把柄拿捏著她們，她們不敢亂來的。」

「這個朱雀。」司徒錦無奈地搖了搖頭。沒想到她早就有所準備了。這府裡還有哪個人的秘密是她不知道的？這隱世子身邊的人，果真沒一個簡單。

朱雀此刻才起床，她在院子裡活動活動了筋骨，看到司徒錦踏進洞門，這才歡歡喜喜地迎上去。「小姐，妳怎麼這麼早就起了？」

說完，她還不雅地打了個呵欠。

「就妳能睡！哪有妳這樣的奴婢，居然比主子還起得晚！」緞兒有些憤憤不平地抱怨著。偏偏小姐沒有責怪她的意思，更讓她覺得不公平了。

「小姐都沒有意見，妳多什麼嘴？妳不知道，美容覺是女人漂亮的法寶嗎？」朱雀做了個炫耀的姿勢。

那張平凡的臉，配上她的動作，真夠滑稽的。

緞兒噗哧一聲被逗笑了。「哈哈……朱雀妳真是太有趣了！」

朱雀沒有理會緞兒的取笑，忽然變得正經起來。「小姐，夫人一早就去了王府？」

司徒錦點了點頭，沒有否認。

「這個女人還真是不到黃河心不死！哼，得罪了主子，我看她如何收拾這局面！」朱雀憤憤地說道。

司徒錦自然知道她嘴裡的主子是誰，心裡忽然生出一絲感動。

那個冷如寒冰的男子，似乎並不像外界所傳的那般冷酷無情呢。從她第一次見到他那時候起，她就隱約有這種感覺。他三番兩次出手相助，還把自己的得力下屬派到身邊來保護她，這份體貼之情，任誰都不會覺得他是個冷情之人。但是想到他對付別人的那些手段，司徒錦又有些茫然。他為何一再維護自己？這讓她百思不得其解。

「小姐，妳放心好了，主子是不會讓她得逞的！哼，一個不知天高地厚的女人！王府雖然是王妃掌家，但主子的婚姻大事，王妃亦是作不得主的。既然皇上下了聖旨，那就是鐵一般的事實，就算是王妃，也無權更改。」一看到司徒錦有些出神，朱雀便以為她是在為這件事煩惱，於是突發善心地安慰道。

司徒錦笑了。「朱雀，我並沒有為這事擔心，妳想太多了。」

沐王府

沐王妃接過管事的遞過來的拜帖，猶豫了很久，才開口問道：「這位太師夫人，可是司徒長風的繼室、丞相府的千金？」

「王妃娘娘真是好記性！正是那位。」管事恭敬地回答。

沐王妃重新在軟榻上躺好，若有所思。「看來，她是為了司徒錦的事情而來。」

「那王妃娘娘是見還是不見呢？」管事不敢隨意猜測主子的心思，但讓客人在外面等著也不太好，總要討到一個答案好去回覆。

沐王妃一隻手支著沈重的頭飾，吩咐道：「去請她進來吧。記住，別讓旁人看到。」

管事的明白了王妃的意思，轉身便去請人了。

龍隱剛處理完一道公文，便見一個黑影晃到自己面前，有些不豫。「有什麼事？」

「回主子，太師府的周氏來求見王妃。」那屬下跟他的主子一樣，同樣是冷冰冰的死人臉，說起話來生硬得很。

龍隱乾淨修長的手指敲打著桌面，眼中閃過一絲冷厲。「去盯著，聽聽她們都談了些什麼。」

「是！」那黑影應了一聲，便消失在他眼前。

龍隱此刻再也沒有心思處理公務，心情變得有些煩躁。

「該死的，居然還不死心！」

正在此時，門扉處傳來一陣輕輕的敲門聲，接著便是一道嬌俏的嗓音。「師兄，我給你送茶來了，可以進來嗎？」

龍隱眼神一暗，狠狠地瞪了一眼周圍的影衛。

沒聽到龍隱的回答，站在門外的秦師師心裡有些竊喜。至少，她沒有被拒絕，不是嗎？想到這裡，她便大膽地推開門，端著茶水走了進去。

「誰准許妳進來的！」冷厲的聲音傳過來，嚇得她手微微一抖。

秦師師努力揚起一抹笑容，壯著膽子往他的書桌走去。「師兄，師師見你公務繁忙，擔心下人服侍不周，所以……所以就親自泡了茶，你嚐嚐看，是上好的雨前龍井……」

不待她把話說完，龍隱就有些不耐煩地打斷了。「這裡是書房，沒經過允許，就連王妃都不可以進來。還不退出去！」

面對他的嚴厲，秦師師不禁又紅了眼眶。她本來不想哭的，但是師兄說話實在太過分了，讓她有些承受不住。

「師兄，我真的不是故意的，我不知道這裡的規矩……你先喝完這杯茶再處理公文好嗎？我絕對不會打擾到你的！」秦師師努力將眼淚給逼回去，佯裝堅強地說道。

龍隱的忍耐已經到了極限，他實在是不想再繼續浪費時間在與她的交談之上，便大喝一聲，兩個黑影立刻悄然無聲地出現在他面前。

「主子有何吩咐？」兩個人均是一身黑衣，神色同樣肅穆。

「將她給我趕出去！」他交代完，便埋首在公文裡，不再將精力放在那個泫然欲泣的嬌媚美人身上。

秦師師似乎受到了很大的打擊，顧不上許多，便匆匆跑出了書房。一邊跑還一邊落淚，那楚楚可憐的模樣可惹人心疼了。

見那個麻煩自己離開了，兩個影衛倒是輕鬆了不少。

「沒事的話，就去給太師大人提個醒，如果他再縱容他的夫人虧待本世子的世子妃，就別怪本世子不客氣了！」下完最後一道命令，龍隱這才釋懷了不少。

那兩個影衛先是微微一愣，繼而恭敬地閃人了。

另一邊，周氏被帶到沐王妃的暖閣，見到高貴的王妃娘娘，笑著上前請安。「臣婦給王妃娘娘請安，娘娘吉祥！」

沐王妃仔細打量了一番這位丞相府出身的一品大員夫人，心裡便有了計較。「夫人請起，不必多禮。」

周氏見王妃的態度很是和藹，稍稍鬆了一口氣。

兩個人寒暄了一陣，最終還是扯到了今日最重要的話題上來。

周氏略帶歉意地對王妃娘娘說道：「是妾身管教不力，才讓王府也跟著蒙羞，這都是妾身的不是。還望娘娘給幾分薄面，原諒妾身這一回。」

她將所有的錯都攬在自己身上，不過是謙虛的說辭，王妃豈有不明白之理。「夫人莫要妾自菲薄，畢竟那些個子女都不是夫人所出，夫人當家的時日尚短，他們不服管教也是常有的事。」

周氏很滿意自己所營造出來的效果，便又謙虛了幾句，最後將退婚一事隱晦地提了出來。「恕妾身無禮，王妃娘娘也知道那二姑娘是何等的乖張，妾身曾多次勸說，但那孩子太過倔強，根本聽不進忠告。為了避免再給王府添麻煩，妾身斗膽，想請王妃娘娘作主，退了這門親事。妾身也知道這婚事乃皇上的一片好意，但錦兒如此個性，實在是難以擔當得起世子妃的重任，還望王妃娘娘諒解。」

沐王妃對那個未來的兒媳婦也非常不滿意，雖然周氏主動提出了退婚的請求，但那畢竟是聖意，不是她可以作主的。「夫人言重了！這婚事乃皇上親賜，已經是板上釘釘之事，豈能說退就退？」

「妾身聽說這門親事是世子自己求來的，可有此事？」周氏沒有直接回答這個問題，而是打算從另一邊下手。

說起這件事，王妃心裡就更加不舒服了。她的兒子居然沒有經過她的同意，就定下了自己的婚事，這教她這個做母親的顏面何在？

「夫人的意思是……」儘管內心不快，但是這樣羞於啟齒的內幕，沐王妃是不可能告訴外人的。

周氏自然猜到了一些，卻沒有點破。「妾身心想，世子肯定是聽信了某些傳言，才請皇上作主賜婚。如今外面的風言風語那麼多，世子想必早已後悔當初的決定，但礙於顏面，不得已才接受這門親事。如今太師府主動來退親，世子也有個臺階可以下，不知道王妃覺得這個主意可好？」

沐王妃聽明白了她話裡的意思，嘴角終於露出一絲笑容。「夫人果然聰慧，太師大人有妳這樣的賢內助，想必無比放心。」

周氏謙虛了兩句，便不再開口，而是等著王妃回覆。

沐王妃也不是個頭腦簡單的人物，能夠在王府裡占有一席之地，自然有些道理。「大人所提之事，本王妃會好好考慮。至於世子那邊，就不是本王妃能夠左右的了。」

她這模稜兩可的回答，無非是傳達了兩個訊息。

第一，她也想退了這門親事，這一點她們兩人達成共識。

第二，這事兒有些難度，而且問題出在自己兒子身上，所以還要花費精力去說服他才行。

「那妾身就回去等著娘娘的好消息了。」周氏露出一抹自信的笑容，彷彿已經看到了希望。

沐王妃沒有接話，端起養顏的玫瑰茶啜飲起來。

周氏見王妃沒有再開口的意思，便知趣地起身告退。臨走時，王妃還讓丫鬟送上了一些回禮，算是非常客氣。

周氏剛剛離開，黑衣影衛便回去覆命。

龍隱聽完屬下的彙報，整張臉更加森冷。

「母妃，為何您總是針對她呢？」龍隱微微閉眼，再一次睜開眼時，他的眼神變得異常堅定。不管別人如何阻止，這輩子他要的妻子，非司徒錦莫屬。如果有人膽敢阻撓他的決定，即使是親生爹娘，他也絕不會屈服！

夜半時分，司徒長風剛在吳氏房裡睡下，便被一陣陰冷的風給驚醒。等到那股怪異的感覺褪去之後，他才發現頭頂的架子上，用飛鏢插著一封未署名的信件。

小心翼翼地將飛鏢拔下來，展開信件瀏覽了一遍之後，司徒長風驚出一身冷汗。那信上的警告之意，讓他不由自主地打了個寒顫。

翌日，周氏心情頗好地用完早膳，便請了大夫過來把脈。聽完大夫的診斷之後，一顆心更加安定了。

「夫人的身子沒有問題，懷上子嗣指日可待。」大夫的最後一句話，讓她無比的安心。

「恭喜夫人，賀喜夫人！」等到大夫一走，她身邊的丫鬟、婆子都笑著上前來道喜。

周氏擦了擦嘴，嬌嗔地數落了她們幾句，但心裡比吃了蜜還要甜。

從王府回來之後，她的心情就一直很不錯。她沒想到事情會如此順利，看來王妃娘娘也不滿意司徒錦嫁入王府。這樣也好，省得她浪費口水。有這樣一個同盟，就不愁鬥不倒司徒錦那個下賤胚子！

正想著呢，今日休沐在家的司徒長風一臉憂鬱地走了進來。

「給老爺請安！」屋子裡的僕婦們一見到家主，全都規矩地行禮。

周氏興高采烈地迎了上去，臉上的笑意更甚。「老爺昨兒個睡得可好？妾身正有好消息要告訴您呢！」

司徒長風的臉色看起來有些憔悴，看到周氏明媚的笑容，這才稍微高興了點兒。「秀兒有什麼好消息，說來聽聽？」

他的眼光掃過她的肚子，以為她所說的好消息，是關於子嗣的。他都已經過了不惑之年，膝下卻只有一個兒子，而且還是個庶出的。他盼兒子可是盼了好久，如果周氏的肚子有了消息，那可算得上是最大的驚喜了。

「老爺，妾身要說的是，王府那邊的事有眉目了！」周氏興許是太過興奮了，所以沒有注意到司徒長風一些細微的表情變化，而是急著告知他這件讓她揚眉吐氣的事。

司徒長風一聽到「王府」二字，喜悅之情便被徹底澆滅了。

想起昨晚收到的那封帶著警告意味的信件，他的心就不停地打鼓。不僅晚上沒睡踏實，連起床後也一直記掛著這件事。

「以後不要再去王府了，錦兒由皇上親自賜婚，是改變不了的事實。妳就別操心她的事了，芸兒和雨兒也不小了，妳應該將精力多放在她們兩人身上才是。」

司徒長風的話像是一盆冷水，瞬間就澆熄了她體內愈燃愈旺的興奮之情。「老爺，您在說什麼？為何突然有這種想法？沐王妃的態度也很明顯，錦兒並不得她喜愛，將來嫁過去，恐怕也會相處得不愉快，倒不如……」

不等她說完，司徒長風就不悅地打斷她。「我說不要管就不要管了，計較這麼多幹什麼！我的話，妳都不聽了？」
「妾身不敢！」周氏小聲地認錯，但仍舊心有不甘。「可是老爺，王妃娘娘已經同意取消這門婚事了……」
「妳聽不懂我的話，是不是？」司徒長風不耐煩地吼道：「我叫妳不要再管這件事了！皇上決定的事，妳以為憑妳們幾個婦人就可以改變？真是不自量力！」
說完這些氣話，司徒長風忽然覺得心情鬱悶，袖子一甩便出去了，讓周氏連彌補的機會都沒有。
看到家主如此嚴厲地訓斥了夫人，丫鬟、婆子們都低下頭去，生怕惹來麻煩。
周氏臉色異常蒼白，心裡更是無聲地哭泣。
她到底做錯了什麼，老爺居然如此對她？昨日還溫柔地誇獎她會持家，是個賢內助，今兒個就翻了臉，還對她大吼大叫，這教她情何以堪？
「夫人，您先消消氣。這件事，準是吳氏那個小賤婦挑起的。夫人愈是受寵，她心裡肯定愈是不服氣，所以才挑撥離間。夫人莫要傷心，改日尋她一個錯處，好好教訓一頓就是，可千萬別傷了自個兒的身子。」跟隨她多年的嬤嬤見到她受了不小的打擊，便上前來勸慰道。
周氏冷靜了下來，但身子仍舊抖個不停。
她何曾受到過如此嚴厲的責罵？從小她就一直表現出色，家裡的人全都圍著她轉，稱讚她能幹。她的母親寵著她，嫂嫂們也都恭維她，自家姊妹全都羨慕她。她那樣的一個天之驕女，如今卻被自家的夫君給訓斥了。

周氏眼中漸漸升起淚霧，但卻極力忍著，沒有讓淚珠落下。「嬤嬤，派人給我監視司徒錦的一舉一動，一旦發現異常，立刻彙報！」

「夫人放心，奴婢早就派人盯著了。有任何風吹草動，奴婢定會將她們拿個現成。」那嬤嬤一心為周氏著想，自然不敢馬虎。

周氏聽完這些，這才稍稍寬了心。

梅園

「小姐，老爺今兒個真奇怪，居然將夫人給罵了一頓。」緞兒從別的丫鬟那裡聽到這個消息的時候，簡直不敢相信這是真的。

司徒錦繪好了最後一片葉子，這才抬起頭來。「想必是母親說錯了什麼話，惹得爹爹不高興了吧，有什麼好奇怪的。」

「可是夫人進府以來，一直很得老爺的喜愛呢。」緞兒不解地說道。

司徒錦聽了她的疑惑，嘴角勾出一抹冷笑。

「這世上沒有什麼是一成不變的，就算是得寵又怎麼樣？十幾年的親情都可以付諸東流，更何況是新婚。」

緞兒有些驚訝她的一番說辭，但同時也覺得十分有道理。

老爺的妻妾不少，為了爭寵可謂手段百出。男人本來就喜新厭舊，對新鮮的事物可能比較感興趣，但一旦過了新鮮勁兒，便又會將注意力轉移到別人身上去。新人雖然好，難保不會有膩的一天。

從老爺在各妻妾中周旋的身影可知，「恩寵」一說全是見鬼！

時間過得飛快，轉眼間就到了除夕。太師府上上下下都忙著準備過年所需，處處洋溢著新年的氣氛。

司徒錦今兒個穿了件水紅色緞子的棉襖，手裡捧著個暖爐，外面套了件厚重的毛披風，一早就在門口等候。

年關將近，江氏也該回來了。

「小姐，要不先去屋子裡候著吧。這兒正是風口，凍壞了身子可就麻煩了。」緞兒臉蛋凍得微紅，還在為自家小姐著想。

司徒錦將暖爐遞給她，笑道：「二夫人今日回府，我這個做女兒的怎麼能偷懶？再等一下，應該就快回來了。」

司徒家的祠堂距離這裡不過個把時辰的路程，算一算應該是快到了。

緞兒見她如此堅持，不好再說什麼，於是乖乖站在一旁默默地守著。不一會兒，一陣由遠及近的馬蹄聲傳來，緞兒伸出頭去打量了一番，臉上終於露出了笑容。「小姐、小姐，二夫人的馬車到了！」

司徒錦循聲望去，果然看到馬車緩緩駛來。

等到馬車穩穩停在她們面前，緞兒便迫不及待地上前，朗聲詢問道：「可是二夫人回府了？」

趕車的漢子聽到詢問，便挑起車簾子，恭敬地說道：「二夫人，到了。」

接著，一雙細白的手率先伸了出來，江氏身邊服侍的丫頭接著探出頭來，然後轉過身去小心翼翼地將江氏攙扶出來。

司徒錦看到那個熟悉的身影，忍不住上前親自去攙扶。「娘親，您總算是回來了，教女兒想得好苦！」

這帶著撒嬌意味的話語，讓江氏心中倍感溫暖。

在祖宗祠堂的這些日子，每日過得相當清苦，但只要一想到還有女兒的牽掛，江氏就變得異常堅定，絲毫不覺得苦了。

「錦兒也瘦了。」江氏握著女兒的手，久久不願鬆開。

聞訊趕來的丫鬟、婆子看到江氏進門，立馬送上一個暖爐，還有司徒長風專程為她準備的狐狸毛披風。「二夫人一路辛苦了，奴婢們早已準備好了香湯和膳食。」

江氏沒想到自己會受到如此禮遇，一時竟有些不適應。好在有司徒錦在，她才找回自己的聲音，淡淡吩咐道：「沐浴更衣暫且等一等，我先去見過老爺和夫人。錦兒也一起去吧？」

接到母親求助的眼神，司徒錦當然沒有任何異議。「好，女兒這就陪著娘親去拜見父親和母親。」

有了女兒這個堅實的後盾，江氏不再感到惶恐。

母女二人來到主母的院子，那裡早已聚集了很多人。

司徒長風的妻妾及子女有說有笑地坐在一起，不知道在聊什麼開心的事情。瞧他們笑得那樣開心，司徒錦頓時覺得很不是個滋味。

「唉唷，江姊姊回來了！」吳氏倒是眼尖，第一個發現了她們母女的存在。

江氏含著淺笑上前，款款地下拜。「江氏見過老爺、夫人！」

司徒長風臉上露出幾分異樣的神色，當看到江氏越發豐滿的身子時，嘴角的笑意更盛。「妳回來了。」

簡短的四個字，卻讓人覺得溫馨無比。

周氏的臉色沈了沈，但馬上換上了一臉的和藹。「此次前去家廟主持祭祀，為族人祈福，辛苦妳了。」

江氏誠惶誠恐地福了福身，道：「能夠為主母分憂，是妾身的福氣，妾身不敢言苦。」

司徒長風讚許地點頭，覺得這江氏愈來愈有大家風範了。比起當初那個軟弱的女子，變化可謂是翻天覆地。「站著做什麼，還不給二夫人搬張軟椅來？」

周氏屋子裡的僕婦們聽到這個吩咐，有些不情願地為江氏搬來一把椅子，又在上面墊了一個軟墊子，這才扶著她入座。

司徒錦並沒有跟自家姊妹坐到一起，而是在江氏身後找個位置坐下了。

「二小姐母女倆感情真好，真讓奴家羨慕。」吳氏淡淡地瞥了一眼這兩個地位愈來愈高的女人，心裡憤憤不平，說起話來也是夾槍帶棒。

面對吳氏的挑釁，江氏並沒有多說什麼，反而溫柔地淺笑著，在司徒長風的注視下，嬌羞地將自己懷了三個月身子的事情透露了出來。

原本江氏的聲音很小，說的話只夠司徒長風一個人聽見。但司徒長風聽到這個喜訊，便高興得得意忘形，大聲叫了起來。「妳說的是真的？真的有了？」

江氏害羞地點點頭，承認了。

屋子裡原本各自閒聊著的人突然都安靜了下來，接著無數道凌厲的眼光射到江氏的身上，似乎想要將她的身子燒出個洞來。

司徒長風卻爽朗地大笑著，興奮異常。「哈哈……老天有眼，老夫又要有兒子了！」

一說起這兒子，不少女人的神色開始變得扭曲。

尤其是周氏，她是唯一一個沒有子嗣的。如今江氏居然在她嫁進門之後，先於自己有了身子，這讓她如何能嚥得下這口氣！

司徒錦看著周圍那些人的反應，心中冷笑不斷。

等著瞧吧，她們這些人，她一個都不會放過的！

司徒長風這會兒哪裡還會留意別人的舉動，他心心念念的都是江氏肚子裡那塊肉，顧不得江氏反對，他走過去將江氏一把抱起，逕自朝著她的院子去了。

身後，無數的怨恨目光隨著江氏而去，唯獨司徒錦若有所思地注視著這屋子裡的每一個人。

半個時辰之後。

司徒錦坐在江氏的床邊，母女倆低聲細語地說話，時不時還伴隨著歡愉的笑聲傳出來，可見這屋子內的氣氛是如何的溫馨。

沈默了半刻，江氏臉上的笑容漸漸淡去，帶笑的眉眼開始變得凝重起來。「錦兒，娘這一次懷胎，總覺得心神不寧。那些人原本就與我不對盤，肯定不希望我生下兒子……這可如何是好？」

司徒錦倒是很冷靜，反過來安慰江氏道：「娘親莫慌，這府裡還有爹爹在呢。」想到司徒長風，江氏的臉色稍微好了些。可是就算再單純，她也知道，這後院裡的爭寵從未停息過，司徒長風就算再重視她，也不可能整天守在她身邊。更何況，這肚子才三個月大，離生產還有七個月，在這段期間，難保不會發生意外。

看著江氏惶惶不安的模樣，司徒錦笑著拉起她的手，道：「娘親，您別忘了，還有女兒在呢。無論如何，女兒都不會讓弟弟有事的。」

「妳怎麼知道一定是弟弟，說不定是個妹妹呢？」江氏感受到女兒的關懷，心情平復了不少。

「當然是弟弟了！」司徒錦堅定地說道。「爹爹還沒有嫡子，所以娘親這一次懷的，肯定是兒子！」

江氏見女兒如此篤定的模樣，心情也跟著愉悅了起來。「妳這張嘴啊，就是甜！」

「女兒可從不會說謊。」就算生的不是女兒，她也有辦法弄一個男嬰回來。

反正這家裡她在乎的就江氏一人，其餘的人全都不在她關心之列。為了她們母女的將來，她就算是化為惡魔也在所不惜！

沐王府

將手裡的字條仔細瀏覽過一遍之後，隱身在暗處的人這才微微鬆了口氣。知道她一切安好，他也就安心了。

再過不久，她就要及笄了，距離他們成婚的日子也不遠了。想到這裡，男子的心便莫名地活躍起來。有多久沒有這種喜悅的心情了？上一次有這種感受，是十年前。他記得那天的一場比試，一向嚴格的師父最終不敵他，敗下陣來的時候，他也是如此的欣喜吧。

很少有事情能夠觸動他了。但那個剛毅的小女子，卻時常出現在他的腦海裡，她的一舉一動，都牽動著他的心。他曾經為這種莫名其妙的感覺感到手足無措，可是漸漸習慣之後，他又覺得這樣牽掛著一個人，未嘗不是一種美好的滋味。

說起這婚事，龍隱忽然想起一件非常重要的事情。

他似乎還沒有下過聘禮?!

「唰」的一下子從椅子上站起來，龍隱大步朝著書房外面走去。

「世子，您這是要去哪兒？」東廂管事瞿和看到他匆忙的身影，趕緊迎了上去。

「怎麼，難道我要去哪兒，還要向你通報不成？」龍隱見有人擋住他的去路，臉色就沈了下來。

瞿和可是個人精，看到世子有些不高興了，便笑著讓到一旁。「世子息怒！只是王妃娘娘剛才吩咐奴才，說是有要事與世子商量。這會兒，王妃娘娘恐怕已經在芙蕖園等著世子您了。」

龍隱不自覺地蹙了蹙眉，他不知道母妃又有什麼事找自己，可是這會兒他有急事要辦，哪裡顧得上其他的，於是從他身旁掠過，並沒有打算回頭。「去告知王妃，說本世子有更重要的事情要去辦，有什麼事回來再說！」

不待他反應過來，龍隱暗中運起輕功，很快便沒影兒了。

瞿和有些為難起來。這世子雖然一向冷漠，卻保有基本禮儀，怎麼今兒個卻忤逆了王妃娘娘，待會兒他要怎麼回覆才好呢？

「瞿管事，世子怎麼沒有跟你一起過來？」沐王妃精心打扮過後，等著跟兒子商量事情。可是左看右看，也沒見到想要見的人，於是忍不住問道。

「啟稟王妃，世子走得很急，想必是有什麼大事需要處理吧？」他不敢得罪王妃娘娘，但更不願意得罪世子。

沐王妃當然不會這麼輕易相信，於是追問道：「那世子可有說是什麼事？」

「這……世子沒有說，奴才也沒問。」瞿和低下頭去，不敢多言。

沐王妃放下手裡的暖爐，臉色忽然變得凝重起來。兒子的個性她這個做娘的再清楚不過，除非是萬不得已，他不會忤逆她的意思。難道是他發現她的意圖，所以故意躲著她？

想到這裡，她便隱隱有些不滿。

她可是他的親生母親！她十月懷胎，差點兒丟了性命才生下他，他怎麼能如此對待自己呢？

難道她想要一個看得順眼的女孩兒做她的媳婦，也有錯嗎？

他先是不經過她的同意，就將自己的終身大事給定下來。這就罷了，他想娶任何女人為妻她都可以不計較，但為何偏偏是一個名聲不好、長得也普通的庶女？就算她再大度，可是堂堂沐王府的世子，豈能娶一個庶出的女子為正妃？

「王妃娘娘，莫側妃過來給您請安了。」就在這當口，丫鬟挑起簾子進來稟報。

沐王妃有些不耐煩地皺了皺眉頭，道：「她過來做什麼？」

「莫側妃過來給娘娘請安，這也是規矩不是嗎？」服侍了她幾十年的丫鬟珍喜一邊幫她捶著肩膀，一邊開解道。

「哼！黃鼠狼給雞拜年——沒安好心！她幾時把這些規矩放在眼裡了？在府裡囂張了這麼些年，難道真心悔改了不成？」

說起這莫側妃，王妃也是一肚子氣。

在她還沒有嫁給沐王爺之前，這莫側妃就已經進府了。她頗得沐王爺的寵愛，只不過礙於皇室成員的婚事不能自作主張，否則這正妃的位置指不定早就是姓莫的女人的了。而且，在她這個王妃嫁進府之後，沐王爺便立刻抬了她的位分，封了側妃。這樣的舉動，無非是對她最大的挑釁。更令人無法接受的是，這個莫側妃還早她一步先生下了孩子！

她如何能不生氣，如何能甘心？

看著沐王妃咬牙切齒的模樣，珍喜便提議道：「王妃若是真的不想見她，派人打發她回去就是了。」

「不急，讓她在偏廳等著吧！我倒要看看，她到底有何陰謀！」

沐王妃正打算給對方一個下馬威，那莫側妃卻已經踏進了暖閣之內。「唉唷，王妃姊姊還真是會享受啊！妹妹不請自來，不會打擾到妳吧？」

看到莫側妃那囂張的模樣，沐王妃更加氣憤了。「妳到底懂不懂規矩？沒經過我的允許，妳竟然敢闖進來！」

「唉呀，瞧姊姊這話說的，妹妹哪裡有這個膽子。這門不是開著嘛，妹妹我當然以為姊姊是為了方便見客的。」

莫側妃的舉動似乎習以為常了，絲毫沒有膽怯。

看著這個女人如此放肆，沐王妃氣得直哆嗦。「妳……妳給我滾出去！」

「姊姊這是怎麼了？不高興見到我嗎？不過就算是不高興，妹妹我也是有話要說的。姊姊還不知道世子幹什麼去了吧？剛才聽門房的阿四說，世子似乎朝著金鋪去了呢！姊姊妳說，世子是不是打算去太師府下聘禮了呀？」

一聽到「下聘」二字，沐王妃只覺得腦袋一轟，連呼吸都變得困難起來。

「小姐，小姐……」尖銳的嗓音在大清早響起。

司徒錦從夢中驚醒，不解地問道：「發生了何事，瞧妳急成這樣？」

「小姐，您還不知道吧？世子爺……世子爺來了！」緞兒慌慌張張地比劃著，可見其驚訝程度。

司徒錦蹙了蹙眉，道：「哪個世子？」

她不記得自己認識什麼達官顯貴。

「小姐，您糊塗了？隱世子可是您未來的夫君啊！」緞兒眼睛瞪得老大，不敢相信小姐竟然如此不上心，連自己的夫婿都沒放在心上。

司徒錦聽到「未來夫君」這四個字，頓時清醒了不少。「他來做什麼？」

緞兒簡直欲哭無淚了。

「自然是來下聘的！」朱雀端著早膳走進屋了，神色極為得意。

下聘？司徒錦微微一愣。是啊，自從皇上賜婚之後，他們的關係也從陌生人變成了未婚夫妻。按照傳統的議親方式，這采禮自然是少不了的。

她一直沒有將這些俗事放在心上，沒想到他卻記得?!

「扶我起來吧。」司徒錦淡淡地開口，便直接動手穿起衣服來。

緞兒上前一步，幫司徒錦穿上了繡鞋，然後便去將洗漱用品端了過來。「世子爺還沒見過小姐吧？小姐今日可要好好裝扮一番。」

司徒錦聽了這話，嘴角微微抽搐。

她為何要精心裝扮？那隱世子又不是沒見過自己。再說了，就憑她這副尊容，再裝扮也不會像她那嫡姊一樣明豔照人，又何必去浪費那些個胭脂水粉。

緞兒卻不這麼想，她一心想讓自己的主子出彩，也好讓那未來姑爺驚豔一番。「小姐，這個流雲髻很適合您呢。如果再配上個金步搖，就更好了！」

翻看了一遍首飾盒，緞兒有些遺憾地說道。

因為先前小姐任性而不得老爺和夫人的喜歡，所以夫人對小姐也是極為苛待，連一件像樣的首飾都沒有賞下來。後來二夫人成為平妻之後，老爺算是良心發現，給了小姐很多珠寶首飾，但那些東西小姐也沒看在眼裡，有用得著的地方，就將它送人或者拿出去典當了。現在瞧瞧那些寒酸的物件兒，緞兒心裡很不是滋味。

司徒錦倒不在乎那些俗物，隨意插了支玉簪就算完事了。

朱雀看了一眼司徒錦，換過一個髮型之後，她的清麗似乎更勝一籌了。她一向對自己的容貌很有自信，但瞧久了之後，也會覺得煩。可是小姐這張臉就不同了，愈是相處得久，就越發覺得那臉耐看呢！

「小姐，暖爐。」朱雀將手裡揣著的一個散發著淡淡清香的精緻玩意兒遞給司徒錦。

司徒錦仔細打量了那東西一眼，挑眉道：「妳在庫房裡找到的？」

朱雀也不否認。「是啊，這麼好的東西，丟在那裡面太可惜了。」

司徒錦無聲地笑了。

這朱雀還真是善於利用啊！

見小姐無意怪罪，朱雀就越發囂張起來。「小姐，那裡面有幅畫不錯，是世子爺喜歡的。要不要送給世子爺當回禮？」

司徒錦臉蛋微紅，嗔怒道：「妳個小妮子，瞎說什麼呢！不知道男女授受不親嗎？這樣私相授受成何體統！」

朱雀自然沒將她的話當真，反而在一旁一個勁兒地鼓動道：「世子爺最是喜歡書畫，那幅畫放在庫房也沒多大的用處，小姐何不送給識貨之人呢？所謂贈人玫瑰，手有餘香！」

司徒錦聽了她的這一番大道理，有些心動。

那幅畫留著的確是個禍害，還不如送人。

司徒芸上次出了醜，想必已經明白了那畫的意義了。她想要成為太子的女人，就必須先拿出一些誠意來，而那幅畫，不就是最好的禮物？這世上，配擁有那畫的，也就寥寥幾人。太子作為未來的帝王，看到那畫肯定欣喜異常吧？

想著嫡姊的野心，司徒錦不禁冷笑。

與其便宜了司徒芸，倒不如送人。

「也好。朱雀，妳去將畫取出來吧，待會兒記得給世子殿下送去。」司徒錦淡淡吩咐道。

緞兒驚愕得合不攏嘴。「小姐，那可是老太爺留給您的！」

「笨啊，緞兒！」朱雀敲了一下緞兒的頭道：「世子爺的不就是小姐的？」

緞兒仔細想了想，道：「對哦，我怎麼把這事給忘了！哈哈，朱雀，妳真是聰明！」

朱雀給了她一個白眼，然後從身後拿出那畫，遞到司徒錦面前。「喏，小姐，這畫我早準備好了！」

司徒錦眉頭暗動，有些無力地道：「妳早就有準備了？」

「世子爺昨兒個就出門採購聘禮去了，婢子當然要提前準備。」她說得理直氣壯。

司徒錦忽然不知道說什麼才好。這一對主僕還真是極品！

此時，門外傳來衣服窸窣的響動，不一會兒一顆小腦袋在門口晃了出來。「二姊姊，我可以進來嗎？」

司徒錦抬眼望去，發現那人是最小的妹妹司徒巧，便輕輕地應了。「巧兒過來。」

司徒巧一進屋就讚嘆道：「二姊姊的屋子真暖和！」

司徒錦發現她小手冰涼，不免有些心疼。這個最小的妹妹雖然跟自己不是一母同胞的姊妹，但也是命苦。基於同病相憐的心態，她對司徒巧也是極好。

「巧兒出來怎麼不多穿幾件衣服？妳姨娘不心疼嗎？」

司徒巧有些不好意思地低下頭去，不敢說實話。「巧兒不怕冷，真的。」

司徒錦握著小妹冰冷的手，對緞兒吩咐道：「去將我的錦緞披風拿來給六小姐，這麼冷的天凍壞了可就麻煩了。」

司徒巧忽然抬起頭，眼中露出不敢置信的驚訝。「二姊姊，那……那太珍貴了，巧兒不能要！」

即使要了，也會被司徒雨或司徒嬌搶去的。

司徒錦見她一副欲言又止的模樣，便知道了其中的原因。

「巧兒，放心好了，她們不敢搶妳的東西的。就算是搶了，妳也要告訴二姊姊，二姊姊一定幫妳奪回來！」

第三十六章　歹毒心腸

「下臣給世子請安，世子大駕光臨，敝舍真是蓬蓽生輝啊！」司徒長風今日休沐，才剛用過早膳便收到通傳，立刻親迎了過來。

龍隱背負著手，依舊冷冷的。「太師大人不必多禮，起身吧。」

所謂官大一級壓死人就是這個道理。

司徒長風雖然是長輩，而且還是當朝一品大員，但是在皇室成員面前，還是要低聲下氣，不敢造次。聞風而來的幾人看到龍隱身後那幾個大箱子，都倍感困惑，連司徒長風本人都十分不解。「世子前來，可有什麼吩咐？」

想起上回收到的那封警告書信，司徒長風就覺得有些不自在。

龍隱目光平視，在人群中搜索。當他發現沒有他想見到的人時，臉色又冷了幾分。「本世子是來下聘的。」

一句話，讓所有在場的人都愣住了！

「這個……這件小事，何必煩勞世子親自跑一趟？」周氏上前幾步，規矩地行了禮之後才提醒司徒長風道：「老爺，世子大駕光臨，在這院子裡站著不大好吧？」

司徒長風這才反應過來，連忙將龍隱給迎進了廳堂。「是微臣疏忽，世子爺裡面請！」

龍隱倒不跟他客氣，率先踏了進去。身後的那些家奴見主子進屋了，也都抬著箱子跟了進來，將那些沈重的禮物放下之後，才安靜地退了下去。

「太師大人，這些便是采禮。」龍隱也不廢話，直截了當地開口。

龍隱一個眼神，王府的家奴立刻上前，將箱子給打了開來。頓時，整個屋子裡金光閃閃，不知道晃暈了多少人的眼。

司徒長風的視線停留在那些金燦燦的黃金還有首飾玉器之上，半天收不回目光。他為官一輩子，還真沒有見過如此多珍寶。想他一年的俸祿就那麼多，加上祖上傳下來的那些家產，都不夠其十分之一啊！而尾隨在周氏身後的司徒芸姊妹倆看到這麼多的采禮，頓時眼紅起來。

司徒錦那個死丫頭居然可以得到這麼豐厚的采禮！她憑什麼！所謂禮尚往來，將來她的嫁妝勢必也要豐厚，才不會失了太師府的面子。想著一個庶女要瓜分掉屬於她們姊妹倆的大筆嫁妝，心裡豈會舒服？

司徒芸的忍耐力算好，沒有當場發作。司徒雨就不一樣了，她被那些金燦燦的東西給迷了眼，恨不得撲上去將那些東西占為己有。於是她扯了扯周氏的衣袖，小聲地說道：「母親，那一堆金鐲子雨兒好喜歡，可不可以……」

龍隱是習武之人，豈會聽不到這些竊竊私語。

他忽然抬起頭來，死死地瞪著司徒雨。她還真是大膽！居然當著他的面，打起送給未來世子妃的采禮的主意，簡直不知死活！

司徒長風也聽到了這些細微的聲響，整張臉頓時黑了下來。「芸兒，帶妳妹妹回房去，沒有我的命令，不許她出來！」

丟人現眼！

周氏也感到面上無光，神色有些尷尬。「世子見笑了，小孩子家，不懂事。」

「司徒三小姐似乎只比錦兒小幾個月吧。」龍隱故意提及她的年齡，意思很明瞭。都快要及笄的人了，居然還如此不懂規矩，真是可笑！幫著她掩飾的周氏，更是幼稚至極！

周氏的臉紅一陣白一陣，不知道說些什麼好。直到司徒錦身邊的丫鬟朱雀從外面閃進來，恭敬地走到龍隱的身邊，獻上一幅畫，這才替她解了圍。

「這是……」司徒長風看到龍隱慢慢展開那畫，頓時驚愕得說不出話來。那不是被他當眾撕毀了的「問鼎」嗎？怎麼還好好的在這裡！

龍隱瞄了一眼，便將畫收了起來。「世子妃的心意，我收下了。」

這一次，他用了「我」，而非「世子」的稱呼。

周氏也甚為驚訝，心裡更是急切。前不久，司徒芸還跟她提過，她被司徒錦給騙了。還說她不放棄，定要拿那幅畫送給太子，這樣她入主東宮就指日可待了。雖然周氏沒有見過那幅所謂的舉世珍寶，但看司徒長風的神色，便知是這個了！

她正想要說些什麼，卻被司徒長風搶了先。「這畫配世子，倒也妥貼。」

為了不惹禍上身，他只好捨棄那畫了。

龍隱沒有回話，只是囑咐他們善待他未來的世子妃，便打道回府了。雖然沒能見到司徒錦，但他的心還是暖烘烘的。

「主子！」剛離開太師府不久，一個身影閃到龍隱跟前，恭敬地單膝下跪。

「可是她有話要妳帶給我？」龍隱猜測道。

朱雀微微一愣，尷尬地笑了笑。「小姐她沒有別的囑託。屬下只是想知道，屬下還要在太師府待多久？」

龍隱眼神黯淡，臉色也漸漸沈了下來。「等時機到了，會讓謝堯通知妳的。」

朱雀委屈地噘著嘴，心裡暗暗哭泣。主子眼裡果然只有世子妃！她在太師府實在無聊得要死！給主子賣命這麼多年，他什麼時候能夠體恤一下她這個下屬啊？儘管心裡滿是委屈，但朱雀卻不敢違背主子的命令，認命地從後門進了府。

「小姐，二夫人說身子不舒服，讓您趕緊過去一趟。」司徒錦剛繡好一片花瓣，門外便有一個丫鬟冒冒失失地跑了進來，也忘了該有的規矩。

司徒錦一聽說娘親有事，立刻放下手裡的繡品，朝著江氏的院子而去。

「究竟是怎麼回事，怎麼會突然不舒服呢？」司徒長風接到稟報，也飛快地趕了過來。

司徒錦冷靜下來，問身邊的緞兒道：「妳有沒有聞到一股特別的香味？」

緞兒的嗅覺一向不錯，仔細聞嗅之後，這才回話道：「的確有一股特別的香味，好像是從香爐裡散發出來的。」

司徒長風眼神一暗，對府醫道：「去查一查香爐裡加了什麼。」

江氏屋子裡的丫鬟聽了這話，全都戰戰兢兢起來。她們可是老老實實、恪守本分之人，萬一二夫人有什麼不測，老爺該不會遷怒到她們身上吧？

「大人，這香爐中，並無什麼異常。」府醫經過仔細的查驗，仍舊一無所獲。

「你剛剛不是說，二夫人有滑胎的跡象嗎，難道不是這香料有問題？」司徒長風不肯輕易相信他的話。

好端端的，怎麼可能突然滑胎，這其中肯定有什麼蹊蹺。

「興許是吃了什麼不該吃的東西吧？」作為大夫，他不敢妄下定論。

「二夫人早上都吃了些什麼？」聽了這話，司徒長風便將視線轉移到那些丫頭身上去了。

丫鬟們被詢問，一個個都嚇得不行，立刻將江氏早上吃過的東西一一彙報，不敢有半點兒隱瞞。

司徒錦聽了那幾道菜名，全都是補品，不可能導致滑胎，心裡隱約有些奇怪。那爐子裡的香味的確不太正常，但剛才府醫卻說沒有問題，這就讓人有些捉摸不透了。按理說，江氏不太喜歡這麼濃郁的香料的。

「娘親就今天不舒服嗎？」她詢問道。

江氏慘白著一張臉，道：「前幾日倒是沒覺得，只是今兒個一早覺得有些心煩意亂，接著就腹痛如絞……」

司徒錦更覺得不可思議了。這屋子前前後後檢查過無數遍，都沒有發現可疑的線索，為何娘親會突然感到不適呢？

「小姐，那窗臺上的花開得真好。」朱雀不動聲色地靠近司徒錦，在她耳邊輕輕述說著。

司徒錦順著她的指引，看到那窗臺上開得正豔的花朵，眼睛頓時眯了起來。「這盆植物，娘親擺在那裡多久了？」

江氏看了一眼那開得極好的花，臉上多了一絲笑容。「這花是之前有人送過來的，說是賀禮，我沒想很多，就收下了。當時還沒有開花呢，我覺著好看，就讓丫頭們放在窗前了。錦兒覺得這花……」

有問題！這三個字，司徒錦說不出口。

江氏心裡恐慌起來。看著司徒錦那憤恨的臉色，難道真的是因為這花的緣故？

「錦兒，妳想說什麼就直說，別拐彎抹角的！」到了這個時候，司徒長風已經有些不耐煩了。

司徒錦慢慢靠近那盆開得耀眼的植物，用帕子掩蓋住口鼻，這才緩緩開口。「爹爹興許不知道，這看起來異常美麗的花朵，卻是致命的毒物！」

「毒物」這兩個字傳進府醫的耳朵裡，無疑是個爆炸性的訊息。他的手一哆嗦，險些沒有站穩。

看到府醫這副模樣，司徒長風的心更加沈重了。

連府醫都沒有發現異常，可見這送花人的心思是多麼縝密和歹毒，居然用這種障眼法來迷惑所有人，包括他，真是可惡！

「這花，就是讓妳娘親痛苦不堪的源頭？」

「爹爹想必還不知道這花是什麼吧？」司徒錦不緊不慢地說道。

「錦兒知道？」司徒長風看了一眼這個並不出眾的女兒，忽然對她的敏銳產生了興趣。

「這花名叫鬱金香，又叫草麝香。」說到這個草麝香的時候，司徒錦故意停頓了一下。

「這花花型雅致，莖柄挺立，花色或黃或紅，或粉或白，端莊俏麗，受人喜愛，所以很少有人會在意它在其他方面的功效。

「原本這花有極好的藥用價值，可惜花朵中含有一種毒鹼。若在室內種植，體質較弱的孕婦可能容易感到頭暈，處於不清醒的狀態，更嚴重的後果是導致中毒。這花開了有一段日子了，想必娘親就是從那時候開始中毒了吧？」

「可是，府醫剛剛並未察覺中毒的跡象？」司徒長風冷冷地打量著眼前這個鬍子花白的老頭，不解地說道。

那府醫見躲不過去，便乾脆地招認了。「大人饒命，小人也是沒有辦法。小人上有老下有小，如果保不住這份差事，全家都得餓肚子啊！」

「說，是誰指使你欺上瞞下的？這人又給了你什麼好處？」司徒長風頓時怒氣沖天，恨不得將他碎屍萬段。

「小人……小人不能說……」為了全家的性命著想，他只能認罪，卻不能將那人供出來。

「好好好，好一個膽大包天的奴才！居然連我的話都不聽了，簡直是自尋死路！」司徒長風被氣得昏了頭，一張臉脹得通紅。

「爹爹先別動怒，容女兒問他一問，可好？」司徒錦不聲不響地走上前來請纓。

司徒長風遲疑了一下，但還是默許了。

司徒錦居高臨下地望著這個老頭兒，淡淡道：「都說醫者父母心，你這麼做，可對得起自己的良心？雖然不是你親自下的毒，但是助紂為虐，同樣會下地獄。你以為你不供出這人來，這人就會饒過你一家子的性命了？你以為你一個人承擔了所有的罪責，這人就會放過那些知情的人了嗎？你可真是愚鈍！」

府醫聽了她的話，整個人都驚呆了。二小姐怎麼會知道他的家人被威脅了？他可從來沒有對任何人提起。

「很驚訝，是嗎？」司徒錦頓了頓，繼續說道：「先生在府裡也有些年頭了，一向兢兢業業，不敢有絲毫怠慢。如今做出這等事情來，的確是有些讓人寒心。不過錦兒相信先生的人品，你絕對不是那種貪得無厭之人。之所以做出這等糊塗事，想必是不得已而為之，只不過你的一念之差，差點兒就害了兩條性命。你只知自保，卻不知你的愚蠢會讓更多人受到傷害。」

府醫慚愧地低下頭去，神色有些動容。

他不是沒有想過這後果，但是那人一再向他保證，只要他辦成了事，便不再為難他，還會給他一筆錢，讓他遠走高飛。如今聽到二小姐這麼一分析，他如醍醐灌頂，忽然清醒了。

「是小人愚鈍，差點兒釀成大錯，請老爺和二小姐看在小人服侍多年的分上，饒過小人的家人吧，小人願一力承擔罪責！」

司徒長風聽到這裡，再也忍不住大吼起來。「你倒是有擔當！那我問你，到底是誰在背後指使這一切的？如果你老實回答，興許我會饒了你一命。」

府醫跪倒在地，不斷地磕著頭。「老夫愚鈍，並不知道誰才是那幕後指使之人。不過，那個來傳話的婆子，老夫倒是有些印象。」

「還不快快招來？」司徒長風見事情有了些眉目，語速便更加的急促。

「那婆子雖然蒙著面，但老夫卻留意到了一點，她的腿腳並不怎麼好使，走起路來有些不便。還有就是，她的手比起別人來，有些特別……」

「有何特別之處？」司徒錦有些好奇。

「一般正常人，只有五根手指。但是那人與眾不同，有六根手指。」府醫誠惶誠恐地敘述道。

司徒錦想了想，太師府裡的婆子似乎都挺正常的，不見有這種特徵的人。也許，她可以讓朱雀去調查一番，將京城中所有具有這個特徵的人，全都查一遍，興許會有什麼線索。

司徒長風也是頗為懊惱，這府裡的丫鬟、婆子，他都不甚熟悉，但長有六根手指的人，卻沒有發現過。難道那人不是府裡的人？可既然不是府中之人，為何要害他的妻妾子嗣呢？

江氏聽了這話，心中更涼。

她沒有想到，她肚子裡的孩子居然會產生這麼大的反響。還沒有出世，就已經招惹了這麼多麻煩，將來出世了，想必麻煩會更多吧？想到可能接二連三地被人暗算，她就悲從中來。

聽到江氏低泣的哭聲，司徒長風感到一陣心疼。這個與世無爭的女人向來行事低調，不曾得罪過任何人。這樣溫婉的一個女人，為何會突然遭到這麼多磨難呢？

「娘親，莫要哭了，哭多了可要傷身子的。」司徒錦走到她的面前，細心地安慰道。

「我還要這身子做什麼？總有人想要害我，與其活著受折磨，還不如死了的好……」江氏的淚水撲簌簌地往下掉，怎麼都止不住。

司徒長風見她如此傷心，心裡也不好過。「妳放心，我一定會揪出那幕後之人，為妳討回公道！」

「老爺……」江氏淚眼模糊地望著自己的丈夫，有苦說不出。她現在是個孕婦，卻要擔驚受怕地度日，絲毫感受不到身為母親的喜悅，這種日子她怕了。

司徒錦緊抿著嘴唇，心裡早已將眼前的司徒長風罵了個幾千遍。這一切是誰害的？還不是這個喜新厭舊的男人！要不是他三心二意，娶了那些個心思歹毒的女人，事情又怎麼會弄成今天這個局面？

司徒長風卻絲毫沒有察覺到司徒錦的神態，一心都在江氏的肚子上。他安撫好了江氏，便又來到府醫面前，問道：「二夫人體內的毒素可有辦法清除？對胎兒是否有影響？」

府醫一邊抹著額頭上的汗，一邊恭敬地回答道：「大人放心，小的一定竭盡全力為二夫人醫治。幸好二夫人中毒不深，胎兒也安然無恙。」

司徒錦冷眼瞧著這一幕，心中已是怒火狂熾。

到了這個時候，他關心的還是那個剛成形的胎兒。子嗣在他眼裡，真的就那麼重要嗎？一個陪伴了他十幾年的女人，難道還比不上一個還未出世的孩子嗎？

她好恨，真的好恨！

江氏雙眼無神地望著床頂的帷幕，心裡不知道在想些什麼。對於夫妻恩情，她已經漸漸失去了信心。

「老爺，這是怎麼了？府醫怎麼過來了？是不是江姊姊身子不適？」聞訊而來的周氏感覺到屋子裡的沈悶氣氛，略帶關心地問道。

司徒長風見到周氏，心中的怨氣消逝了幾分。「並無大礙。妳怎麼過來了？」

「妾身也是擔心江姊姊的身子，所以過來瞧瞧。」自從被司徒長風痛罵一頓之後，周氏對江氏的稱呼也變了。一口一個姊姊，彷彿真的將她當成自家姊妹似的。這一舉動，讓司徒長風心裡很是舒坦。看著自己的妻妾如此和睦，他這個一家之主甚是欣慰。

江氏對周氏的問候充耳不聞。此刻，她仍沈浸在哀戚之中，回不過神來。

司徒錦見周氏進來，不得已站起身來，上前行禮。「母親。」

「錦兒也在呢。」周氏虛扶了一把，帶著笑容說道。

司徒錦卻冷著臉，沒有回應，逕自回到江氏身邊，握住了她的手。江氏回過頭，看到周氏那張過分熱情的臉，覺得很不舒服。「恕妾身身子不適，不能起身給夫人行禮。讓夫人擔心，是妾身的不是。」

「姊姊這是說什麼話，一家人何必這麼見外？」周氏假裝落落大方地說著客套話，眼睛卻一直在司徒長風的身上。

「好了，咱們都出去吧，讓江氏好好休息。」司徒長風滿意地看著兩人的互動，率先踏出了江氏的屋子。

周氏見當家的發話了，自然不便繼續逗留，轉身就走。不過在那之前，她回過頭來給了江氏一個挑釁的眼神。

「小姐，夫人可真會演戲，哼，當著老爺的面一套，背著面又是一套！」緞兒有些憤憤不平地說道。

司徒錦沒有多說什麼，只是看著一臉傷心的母親，說道：「娘親，您現在看清這個男人了？他不在乎任何人，除了他自己。所以以後還是不要對他抱有期望的好！」

看了看女兒那淡漠的神情，江氏如今算是明白了，為何女兒前後的態度會有如此大的變化了。

以前，她所做的一切，都是為了引起那個男人的注意，想要得到一絲絲的疼寵。可是到頭來，卻還是不招待見！可想而知，女兒是如何的心痛！如今遭遇這一切，她的心也冷了。那個男人的寵愛不過是表面，他真正愛的，是她肚子裡的孩子，而不是她。呵呵，她以前真是傻啊，居然相信他是真心待她好的。

「娘親也不必太傷心，這院子裡悲哀的女人，也不止您一人。她們想去爭，就讓她們去爭好了。女兒只想守著您和弟弟，平平安安地過一輩子。」司徒錦勸慰道。

嘶啞著嗓子，江氏總算是找到了自己的聲音。「錦兒，娘親知道錯了。以後，娘親不會再抱有任何奢望了。」

「好好睡一覺，咱們的日子還長呢！」替江氏拉攏被子，司徒錦的臉上總算是有了一抹笑容。

江氏乖乖地閉上眼睛，聽從女兒的話，沈沈睡去。

退出江氏的房間，司徒錦臉上的笑容便消逝在唇角。「綴兒，去把朱雀找來，我有事情吩咐她。」

綴兒雖然不明所以，但還是順從地去叫人了。

不一會兒，朱雀便晃到了司徒錦面前。「小姐這麼急著找我，有何吩咐？」

「妳可知道這京城之中，有多少人有六根手指？」司徒錦也不隱瞞，直接開門見山地問道。

朱雀回想了下，不太確定。「這倒是個新鮮的任務！雖然目前不能確定有多少，但不出三日，朱雀便能知道他們的祖宗十八代，小姐您就放心吧！」

司徒錦點了點頭，心想這事兒交給朱雀準沒錯。

見到司徒錦眉頭深鎖的樣子，朱雀不免有些好奇。一把拉過綴兒，將她帶到門外問道：「小姐今兒個是怎麼了，看起來似乎有心事？」

「還不是為了二夫人。」綴兒嘆了口氣，道。「二夫人中毒了，小姐自然是憂心不已。而且那幕後指使之人還未查出來，小姐是擔心那些人再一次出手吧？」

「二夫人還真是命途多舛啊！」朱雀喃喃說道。

「可不是嘛！這剛剛安定下來，就又碰上這事。唉……」懷了身子的二夫人一再受到驚嚇，真是可憐。

朱雀摸著下巴，若有所思。

看來，這後院的鬥爭，還真是不輸給皇宮的勾心鬥角啊！表面上看起來風平浪靜，但是私底下，不知道多少人盼著能除去江氏肚子裡的那塊肉呢！

一隻鴿子穩穩地落在王府的庭院之中，才撲騰了幾下翅膀，立刻就有人捉住了牠。

「主子，有新的消息。」黑衣人將鴿子腳上的紙條取了下來，第一時間送到男子面前。

將信上的內容仔細打量了一番，男子英挺的眉毛挑了挑。「去查查，京城中所有長著六根指頭的人，尤其是婦人。」

黑衣人有那麼一瞬間愣神，但是反應過來之後便收起驚詫之色，乖乖辦事去了。主子的吩咐愈來愈匪夷所思，這讓他們做下屬的有些難以適應。

凝視著手上的紙條，龍隱有些失神。

有一段日子沒有見到她了，她在忙些什麼？雖然朱雀沒有提到府裡發生了什麼事，但是飛鴿傳書上報到他這裡，就已經說明了問題。太師府，肯定發生了什麼。朱雀這樣做，無非是在告訴他，她遇到難題了。

該不該去問問呢？龍隱有些犯難。

從小到大，看到他的父王每天周旋在兩個女人之間，疲憊不堪的樣子，他就對女人有莫名的反感。不管是對自己的師妹，還是母親，他都儘量敬而遠之，不想去招惹。他不明白的是，他的父王即使不愛自己的母親，但每個月還是會有一些固定的日子去她那邊。至於那個莫側妃，他更是寵得無法無天，對她所生的子女，也是疼愛有加，除了不能給大哥王位，他幾乎是有求必應。每每看到母親被那個女人氣得淚流滿面，他就一直有個疑問——既然過得這麼不開心，為何母親還會依照當初的約定，嫁給父王呢？既然如此寵愛一個女人，父王又為何要娶另外一個不喜歡的女人為妻，還與她生兒育女？

在龍隱的認知裡，既然喜歡一個女人，就要喜歡到底。

不管外界如何說，他這一生，一旦認定了某個女人，就一定會好好地寵愛她，絕對不會像父王那樣，為了冠冕堂皇的藉口，再娶別的女人。

想到這裡，他心中的猶豫頓時全都散去，心情也好了起來。

「來人，備馬！」

一炷香時間過後，一個黑色的身影騎馬離開了沐王府。

「王妃娘娘，世子又出去了。」丫鬟低垂著頭，小心翼翼地稟報道。

沐王妃斜靠在軟枕上，不喜不悲。經過了上一次的事情，她早已沒有了脾氣。兒子的一意孤行，讓她傷透了心，如今她就算再反對，也改變不了他的心意了。與其跟兒子產生隔閡，還不如順著他一些，等到司徒錦進了門，她再有所動作也不遲。

自古以來，這婆媳關係就是個難題。她倒要看看，這司徒錦是如何厲害。她就不相信，她一個小小的庶女，敢不把她這個婆母放在眼裡！

「來人，拿我的帖子，邀請京裡的名門閨秀過府來賞花。」她淡淡吩咐著。

第二日，京城裡有些背景的名門千金都收到了沐王府的請帖。這其中，還包括司徒錦和她的兩個姊妹在內。

梅園

「小姐，時辰不早了，您早些休息吧，免得受寒。」緞兒細心地為她鋪好床，勸道。

司徒錦看了看窗外，有些意外。「這麼快就天黑了？」

「是啊，小姐看書都看得出神了。」緞兒嘆道。

司徒錦放下手裡的書卷，揉了揉發痠的眼簾，道：「也好。妳去替我準備熱水，我想沐浴更衣。」

緞兒應承下來，便下去準備了。

司徒錦站起身來，感到身子有些發麻，差點兒跌倒。她不曾料到，自己竟然在椅子裡一坐就是一個下午。將頭上的髮簪取下，又將頭髮盤到頭頂，司徒錦這才走到屏風後面寬衣解帶。

熱氣騰騰的水面升起迷濛的水霧，沁入皮膚。司徒錦試了一下水溫，覺得可以了，便褪下最後一層衣物，緩緩地沒入水中。溫熱的氣息包圍著全身，司徒錦微閉著眼睛，靜靜地享受著這美好輕鬆的一刻。她的神經緊繃了一天，也該放鬆放鬆了。

緞兒靜靜地守候在外面，不敢靠近。這是主子的吩咐，她不敢有半點兒違背。忽然，身後的窗子傳來微響，引起了她的注意。

仔細檢查了一番門窗，沒有發現任何異常。「難道是起風了？」

緞兒不解地摸了摸頭，並沒有多想。

黑色的身影不聲不響地進入內室，當意識到自己見到了不該見到的畫面時，他整個人都呆住，無法動彈了。

司徒錦敏感地察覺到了屋子內的細微變化，下一瞬間，她便發現了他的存在。她死死地捂住自己的嘴，這才沒讓驚叫聲破口而出。司徒錦有些窘迫地瞪著眼前這個神出鬼沒的男子，又羞又氣。

他的出現每次都這麼突然，讓她一點兒心理準備都沒有。大半夜的，他世子爺不在府裡好好休息，跑到她這裡來做什麼？萬一被人撞見，可如何是好！

等到龍隱反應過來，這才紅著臉轉過身去。「妳先穿好衣服。」

司徒錦迅速拿起屏風上垂掛著的衣服裹在身上，確認沒有春光外洩，這才慢慢地朝著床頭靠近。「你……怎麼來了？」

聽到她的稱呼，龍隱心裡微微一動。真好，她沒有見外的叫他世子爺。這麼看來，她並不排斥他這個未來的夫君，不是嗎？

「我可以轉身了嗎？」他淡淡詢問道。

司徒錦披好外衣，這才答道：「可以了。」

看著她剛沐浴完的模樣，他的眼睛微微瞇了起來。這樣的她，好美！不施粉黛的她，看起來是那麼的真實。被水氣薰得泛紅的肌膚，粉嫩嫩的，讓人有種想要觸碰的慾望。她的眼神躲閃著，似乎並不敢與他對視。那樣靈動的美，真是人間難得一見的美景！

被他瞧得有些不自在，司徒錦微微側過身軀。「你……大半夜的不睡覺，究竟有何事？」

龍隱輕咳了一聲，道：「今日太師府裡發生了什麼事？妳好像看起來不怎麼開心？」

對於他的詢問，司徒錦有些驚訝地抬起頭來。

他這時候過來，就是為了詢問她為何不開心？

見那雙清澈的眸子愣愣地望著自己，龍隱忽然覺得心裡一暖。看來，他今夜是來對了。

正待說些什麼，房門突然被人推開了。

「小姐，您在跟誰說話？是不是有事情要吩咐緞兒？」那個忠心的小丫頭急急地走進來，問道。

司徒錦有些臉紅地瞥了一眼紗帳後面，心，直跳個不停。「沒事，是我一個人自言自語。妳下去歇著吧，這裡不用妳服侍了。」

緞兒有些狐疑，但還是順從地退了出去。「那小姐早些歇息，緞兒告退。」

司徒錦嗯了一聲，便坐回床上，做出一副要歇息的模樣。

緞兒這才放下心來，將房門給掩好。

等到緞兒離去，龍隱這才從床後面走了出來。

真是好險，還好他閃得快。司徒錦這樣想著，根本沒意識到他們孤男寡女共處一室。此刻的她側身坐在床榻之上，兩隻手拉著胸前的衣襟，嬌羞的模樣，引人想要犯罪。

將視線從她身上艱難地移開，龍隱有些手足無措起來。「妳是不是遇到了什麼難題？說出來，也許好受一些。」

司徒錦聽到他的聲音，慌張地將身子縮回被子裡，將全身遮得嚴嚴實實之後，這才低聲說道：「沒什麼大事，就是有些煩躁。」

「為何事煩躁？」他對她的一切，都感到好奇。

司徒錦垂下眼簾，不敢看他那過分深邃的眼睛。「就是……就是一些瑣事，沒什麼的。」

龍隱見她不肯吐露實話，也不相逼。「如果需要我幫忙，就只管說。」

他用了「我」，而不是「本世子」。

司徒錦不由自主地點了點頭，有了回應。

接著，兩個人都沈默下來，屋子裡頓時寂靜無聲。這尷尬的氣氛維持了一會兒，龍隱率先有了動作。「妳好好歇著，我走了。」

剛踏出幾步，他又忽然停住，說道：「我會儘快查出那個長著六根手指的人，妳不用擔心。」

說完，整個身影一晃，便不見了蹤跡。

司徒錦望著那開了又合的窗子，心跳這才漸漸減慢了下來。他總是這麼來去匆匆，但每一次都讓她覺得很不可思議。他不是個熱情的人，也不屑管別人的閒事，可是這一次次的維護，到底是為了什麼？

輕輕地撫了撫自己的臉，司徒錦哀嘆一聲。

這副容貌怎麼能吸引得了他？若是這樣，他又為何對自己如此上心？她以後又該如何面對他？

第三十七章　宴無好宴

「外面發生了何事，怎麼如此吵鬧？」龍隱正專心埋頭在公文裡，卻突然被外面的動靜給打斷，臉色頗為難看。

「主子，王妃娘娘邀請了不少女眷過府來賞花，所以……」

龍隱深吸一口氣，沒再說什麼。

王府裡的事情，他一向不怎麼過問，如今也沒有必要為了這麼件小事而跟王妃鬧得不愉快。於是龍隱便下了令，讓侍衛緊緊守住通往他這裡的路，不允許任何人來打擾。

「世子爺，今兒個天氣不錯，您要不要出去走走？」管家受了王妃的派遣，過來小心翼翼地遊說道。

龍隱冷冷瞥了他一眼，隱忍著怒火道：「管家是太閒了嗎？如果真的無事可做，我倒可以幫你找點兒事。」

管家一邊流著冷汗一邊連連擺手，道：「小的只是隨便問問、隨便問問……小的還有事，告退、告退……」

說完，他便跌跌撞撞地退了出去，生怕晚了一步就會遭到世子爺處罰。

等來到一處無人之地，管家這才捂著小心肝安慰著自己。「好險，差點兒就惹到世子爺了！王妃娘娘啊，您給奴才安排的是啥差事啊？明明知道世子爺討厭，卻還一個勁兒的去觸碰他的底線，唉……」

這世子爺生來就是個冷情之人，對任何人都是一副冷冰冰的模樣，王妃娘娘自個兒做不來的事情，偏偏要為難他這個下人。今天算他運氣好，世子爺沒跟他計較，萬一一個不小心，觸摸到了虎鬚，那他的小命可就玩完了！

想到自己還活著，管家就再一次慶幸自己反應夠快，死裡逃生一回。

「管家，這院子裡挺熱鬧的啊！」不知什麼時候，他的身後已經站了一個人。這一開口，差點兒把管家的小命給嚇沒了。

回過身來，管家趕緊上前見禮。「給公子爺請安！」

一身白色金絲暗紋錦袍的龍翔背著雙手，以睥睨的姿態問道：「今兒個府裡來了些什麼人？一大清早的就把爺給吵醒了，你知罪嗎？」

管家低垂著頭，不敢輕易得罪這個主子。雖說不是嫡出的世子，但莫側妃受寵卻是不爭的事實，為了自己的飯碗著想，他還是得謹慎再謹慎。

「回公子爺的話，王妃娘娘昨兒個下帖子邀請了京城中的名門閨秀們過來賞花，不想打擾到了爺休息，奴才真是該死！」

一聽說有閨秀過府來，龍翔那雙桃花眼便開始閃爍不停，早就忘記了要教訓管家這檔子事。「哦？原來是王妃娘娘邀請的貴客，那本公子倒是要去見見，免得失了禮數。」

自從上次邀請龍敏那些閨閣好友賞花，被陳氏逮個正著以來，他就被沐王爺勒令整日陪在陳氏身邊，都快要憋死了。好不容易有樂子可尋，他自然是不會放過了。

管家一直低垂著頭，沒有任何表示，直到這個主子離開了自己的視線，他才嘆了口氣，不住搖頭。

紈袴子弟，就是用來形容這位爺的！

除了吃喝玩樂，不見他有半點兒成就。整日只想著窩在女人堆裡，享受溫柔鄉，根本沒有半點兒王府子嗣的自覺。

同樣是王爺的兒子，世子爺卻是疆場上赫赫有名的少年將軍，建過不少曠世奇功，文治武功都不在話下。性子雖然冷了點兒，不太好相處，但至少為人英明。龍翔這公子爺就是個花花公子，跟世子爺比起來，真是相差甚遠。

這也是王爺為何寵著莫側妃，卻還是立了小兒子為世子的原因吧！誰放心將王位交到一個不學無術，整日只知道花天酒地的人手上？

想到這裡，管家更加確定，這王府以後必定是世子爺的天下，他的忠心只能是對世子爺的！

王府後花園裡，傲雪的紅梅開得正盛。那一朵朵紅色的花蕊在寒風中傲然挺立，姿態豔麗，有說不出的美。

司徒錦姊妹三人也在這群閨秀當中，但不同的是，司徒錦並不像她的那兩個姊妹一樣，和其他官家千金打得火熱，態度比對她這個親姊妹還親。

一聲「王妃娘娘駕到」，讓司徒錦回過神來。只見一個身穿紫紅色錦裙、雍容華貴的婦人在丫鬟簇擁下，款款地朝著眾人而來。她雲鬢高綰，頭上插著名貴的金翅步搖和寶石鑲嵌的首飾，既華貴又顯得莊嚴。雖然臉上帶著淡淡的笑容，卻不見任何親切感。

好一個王妃娘娘的派頭！

司徒錦打量著這個她從未謀面的未來婆婆，心中有種說不出的滋味。

這樣的尊貴的女人，怎麼能夠容忍未來的兒媳婦只是妾室所出的庶女？雖然她的娘親已經被抬了位分，但在這些真正的貴族眼裡，她永遠都是個上不得檯面的妾生的女兒，再怎麼樣也不會成為高貴的人。

所以收到這邀請的帖子時，她隱約就有種不好的預感。

沐王府一向很少與官員結交，如今卻大肆邀請名門閨秀前來賞花，目的已經很明顯。她這是在向世人昭告，正大光明地積極準備給世子納妃呢！賞花，不過是個冠冕堂皇的藉口。她真正的目的，是想從眾多閨秀中，挑出滿意的媳婦人選來吧？

想到這裡，司徒錦不禁有些煩躁。

以前的她，可以不在乎自己未來的夫君有多少妻妾，因為這是男人的權力。可是重生過後，她很多想法都變了。娘親之所以不幸福，就是因為爹爹有眾多女人。如果爹爹只有娘親一個，那麼她們母女倆活得該有多開心？父慈女孝，一家人和和樂樂的，也不會生出那麼多事端來。

因此，對於未來，她有著更多的期待。

那個冷情的男人，是她未來的夫婿，她一輩子需要敬仰的男人。他們雖然還是陌生人，但她心裡隱約期盼著，他是與眾不同的。儘管他身分尊貴，又生得一表人才，她卻想要他的身邊只有她一個。

只是，這個心願能實現嗎？

在她默默打量沐王妃的同時，沐王妃也在打量著司徒錦。從她那挑剔的眼神和態度來看，對於這個未來的兒媳婦，她非常不滿意。

「都起來吧，不必太拘束。」終於，王府的女主人發話了。

眾閨秀這才盈盈地起身，站在一旁不敢貿然開口。

「這院子裡的梅花開得甚好，各位都是才名在外之人，不妨附庸風雅一番，吟詩作對，潑墨作畫，形式不限，各抒己懷，大家覺得如何？」沐王妃率先落坐，又呷了一口茶水之後，這才慢悠悠地開口。

不少閨秀都是有備而來，一聽到王妃娘娘有意考察大夥兒的才學，便一個個摩拳擦掌，準備好好表現一番。

司徒錦不自覺地蹙了蹙眉，卻並未表現得熱衷。

她從小都將精力用在討爹爹歡心之上，所以在琴棋書畫方面下了不少的功夫，雖不敢說精通，但都還拿得出手。只不過爹爹從不在意，其他人也沒留意她下的苦功，只當她是刁蠻任性的草包。重生之後，她更潛心念書、習字、作畫，卻不露鋒芒，在這樣的境況之下，她實在沒有心情跟那些名門千金們一較高下。

「司徒小姐最擅長作畫，今兒個是不是讓大家開開眼界？」一個與司徒芸交好的千金小姐走了過來，拉著她的衣袖說道。

司徒芸沒有像往常那般高傲，甚至略帶一絲謙虛地說道：「姊姊說笑了。論起作畫，我那二妹妹可高明多了，我豈敢在此班門弄斧？」

「哦？原來司徒二小姐不僅略懂騎術，還擅長繪畫，真是人不可貌相！」那小姐聽了司徒芸的話，便將注意力放在一旁的司徒錦身上。

這一番話，立刻引來眾人關注。

司徒錦就算再想低調，也不可能。

原來司徒芸打的是這個主意！司徒錦在心裡冷笑。她以為將她推向風口浪尖，就能撈到什麼好處？大錯特錯！

「哼！二姊姊要是會作畫，那我就是京城的才女了！」司徒雨不以為然，大聲地冷嘲熱諷著。

司徒芸眼神暗了暗，對於妹妹的莽撞很是無語。

原先交代她的事情，她恐怕早就拋到九霄雲外去了。眼看著妹妹又要壞事，她趕緊上前兩步，阻止司徒雨繼續說下去。「雨兒莫要胡說！二妹妹也不要謙虛了。既然王妃娘娘一番好意，妳就別推辭了，作幅畫出來給大家欣賞欣賞，可好？」

司徒錦掃了司徒芸一眼，嘴角含笑。「既然大家如此期待，那司徒錦就恭敬不如從命了。」

說完，她拿起丫鬟遞上來的筆和紙，對著那盛開的梅花構思起來。

看著她有模有樣的比劃著，司徒芸心中甚是驚訝。但回頭一想，司徒錦從小頑劣不堪，很少有坐得住的時候，別說是繪畫，就算是寫幾個字也不安分，總是半途而廢。她這學習的態度不為先生和爹爹所喜，最後還被勒令停學了。

她就不相信，一個沒上過幾天學堂的丫頭，會有什麼本事！

司徒芸不知道的是，被勒令退學後，反而激起司徒錦的好勝心，沒人注意的時候總是在苦練，早已非昔日吳下阿蒙。

司徒錦知道周圍的竊竊私語在說些什麼，不過她倒是能靜下心來，認真地作畫。她們無非是想看她出醜罷了，她又怎麼能讓她們如意呢？

腦海中的圖畫構思完成，司徒錦很快就下筆了。

只見那嫻熟的手法、運筆的力道，真正有才學的人一看就知道她有些真本事。而司徒芸也暗暗驚訝，她沒想到司徒錦居然真的會作畫，而且功力與她不相上下。想到這裡，她就開始後悔自己的決定了。

不行，絕對不能讓她出風頭！

司徒芸暗自咬著牙關，向一旁驚愕得瞪大眼的妹妹使了個眼色。

司徒雨先是不明白，後來總算是想通了。姊姊這是讓她去搞破壞呢！她心裡雖然不滿司徒錦比自己厲害，但是姊姊每次都把她推出去當槍使，她心裡有些不高興。她們是嫡出的親姊妹，姊姊樣樣出眾，她一直被壓在她腳下，沒有出頭之日。萬一這事搞砸了，姊姊還會怨她辦事不力呢！

想著這些利弊關係，司徒雨那木頭腦子，總算是清醒了一回，沒有按照司徒芸的指示去做。

看著司徒雨那裝愣的模樣，司徒芸心裡就來氣。可是眼看著司徒錦就要完成畫作了，她知道不能再繼續猶豫下去了。於是找準了時機，司徒芸假裝不小心地撞了一下身旁一位千金小姐的肩膀，那小姐又撞了緊挨著的另一位千金，於是連鎖反應下去，正在作畫的司徒錦也遭受了池魚之殃。

「唉呀，好好的一幅畫給毀了！」不知道是誰人聲嚷嚷道。

司徒錦看著自己的心血被毀，卻沒有一絲怒氣。這招數，她以前就領教過了，只是那時候她不懂得周旋，所以總是給自己惹來麻煩。如今的司徒錦已經不是以前那個任人欺負的小可憐，她要贏就一定能贏！

「無妨。」提筆在朱紅色的墨汁裡沾了沾，司徒錦繼續作畫。那多出來的墨跡，在她一雙巧手之下，忽然變得生動起來。

原本點狀的枝椏，變成怪異嶙峋的山石，卻絲毫不影響畫的境界，而且似乎更加靈動。這份才情和機智，就算是龍國有名的才子，也不一定能夠做得到。

沐王妃看著那圍成一團的閨秀，眼底有著驚訝。

難道這司徒錦真的有幾分本事？可是據周氏所說，這個女兒不但性子不好，而且才疏學淺，怎麼今個兒跟變了個人似的，突然聰明起來了呢？抑或是她隱藏得很好，沒有被發現？

想到這裡，沐王妃原本想利用這個機會好好地教訓那個庶女的決定，開始有些動搖了。畢竟是未來的兒媳婦，在聖旨沒收回之前，她還是不能做得太絕。否則將來萬一還是得履行婚約，那豈不是給自己丟臉？

「哇……難怪司徒大小姐說不敢班門弄斧，這二小姐的繪畫功底著實令人欽佩！」

「就是！原來那些傳聞並不一定是真的，我看是那些人嫉妒司徒二小姐的才華，所以故意放出這種消息。」

「如此才情，真不愧是未來的世子妃呢！」

當然，這些都是真心讚美司徒錦的千金們的看法，有些技不如人又不甘落後的名門閨秀，卻不是這麼看的。

「哼，有什麼了不起，不就是會畫畫嗎？」

「有什麼好炫耀的，始終是個庶出的，再尊貴也尊貴不過嫡出！」

「橫豎是個上不得檯面的，琴棋書畫再精通又如何？永遠配不上正室的名號！」

周圍的議論紛紛，司徒錦都絲毫不在意。嘴巴長在她們身上，她又能拿她們如何？只是司徒雨也摻和到那些人當中，她就有話說了。

「剛才三妹妹說什麼來著？二姊姊我要是會作畫，那妳就是京城的才女了是嗎？現在妳看到了，這畫就擺在眼前，三妹妹是不是也不吝賜教，給大夥兒彈上一曲或者吟一首詩助助興？」

司徒雨臉憋得通紅，竟然有些口吃起來。「妳……妳不要太得意！大姊，妳看她……」

司徒芸心裡也是極度不平衡，憑什麼她司徒錦搶走了原本屬於自己的風采？這份榮耀本來該是她的！

可是礙於剛才所說的話，司徒芸只好把話往肚子裡吞。「雨兒剛才跟二妹妹妳開玩笑的，二妹妹還當真了。她年紀小，不懂事，還望二妹妹不要見怪！」

司徒錦自然知道司徒芸這是在替司徒雨開脫，可是她並不打算就此輕易放過她。「大姊姊這話說的，既然王妃娘娘邀請咱們過來賞梅，哪有空著手來的道理。三妹妹平日裡跟隨大姊姊左右，想必受到不少薰陶。就算沒能有大姊姊這般好本事，起碼也學了個七、八分吧？」

司徒雨最見不得人貶低自己，被司徒錦這麼一激，就有些坐不住了。「司徒錦，別以為就妳會這些，本小姐也是上過學堂的，妳別欺人太甚！」

「既然三妹妹不服輸，那正好。這裡瑤琴筆墨都是現成的，三妹妹不妨大顯身手，讓咱們見識見識。」司徒錦等的就是她這句話。

司徒雨喊出那些話之後，就有些後悔了。

她雖然也請了先生教習琴棋書畫，但是她一直覺得很枯燥，仗著自己的嫡女身分，便沒有好好學習這些技藝，只顧著爭寵和妝扮。唯一能拿得出手的，估計就是跳舞了，可是那又有什麼用？根本派不上用場！何況在這些貴族眼裡，跳舞根本就是地位低下的女子用來餬口的技藝，上不得檯面。

正為難之時，司徒錦又開口了。「三妹妹不想表演，姊姊我也不會強人所難。」

「誰……誰說我不會了，我現在就表演給大家看！」不想被人看低的司徒雨怒氣攻心，氣急之下的舉動自然是毫無章法。

就算是平日裡引以為傲的舞蹈技巧，在這春寒時節，沒有熱熱身子便起舞，施展起來自然困難重重。加上穿的服飾也很厚重，根本不適合表演舞蹈，所以司徒雨在決定跳舞的那一刻，就已經注定失敗。

司徒芸咬著牙，狠狠地瞪了司徒錦一眼。

司徒錦也毫不服輸地回瞪了她一眼，接著便關注著園子中央，那個逞強的身影上。

果然不出所料，司徒雨在進行一個旋轉的時候，不慎摔倒了。這一摔，不僅沒有得到眾人的同情，還招惹了不少白眼。

「這樣的舞技也值得拿出來炫耀，真是自不量力！」

「好歹也是太師府的千金小姐，怎麼能與那般低賤的女子相同，盡學些不著邊際的東西？」

「跟司徒二小姐比起來，這嫡出的三小姐還不如人家庶出的小姐！」

司徒雨咬著牙含淚站起來，恨不得衝上前去給司徒錦一頓拳腳。可是這是在王府，不是在太師府，她不敢造次，心裡再怨恨，她也只能默默承受。

「嗯，技藝雖然是差了點兒，但好歹不是一無是處。」沐王妃見場面尷尬，於是站出來說了句解圍的話。

眾家小姐嘴上雖然不說，但是心裡卻是極其鄙視司徒雨。

沐王妃見時機差不多了，於是吩咐丫鬟去請世子爺過來。可是沒等到龍隱世子現身，另一個不該出現在這兒的男子卻冒了出來。

「唉唷，真夠熱鬧的！母妃在此宴請佳麗，怎麼都不告訴翔兒一聲，這要是怠慢了客人，該如何是好？」

平日裡，龍翔依仗著王爺的縱寵，根本沒把王妃娘娘放在眼裡，說起話來總是輕薄放縱，聽著讓人很不舒服。

沐王妃看著這不請自來的男子，有些懊惱。

誰不知道這翔公子是個玩世不恭的主兒，如今被他這麼一攪和，那她專門為兒子舉辦的選美宴，豈不是要泡湯了？

「翔兒真是悠閒，今兒個怎麼得了空來拜見本王妃了？」

龍翔臉上洋溢著笑容，漫不經心地行禮道：「母妃平日裡就喜歡清靜，翔兒自然不敢多有打擾。」

沐王妃雖惱怒他的態度，但是在外人面前，她還是要裝作賢慧的模樣，笑著打趣。「就你的嘴巴甜！」

「眾位佳麗怎麼都站著，還不趕緊去拿軟椅過來？讓美人們累著了，小心你們的皮！」龍翔不愧是個惜花之人，處處考慮周到。

可是王府的女主人在此，他卻越俎代庖的下達命令，也實在是太不會處事了。

沐王妃的臉色變得有些難看，但為了那該死的顏面，她必須忍受他的無禮。「翔兒想得真是周到！你們還不按照公子的吩咐去做，一個個都是木頭嗎？」

龍翔見王妃也贊同自己的做法，心裡就更加得意了。

瞧，在王府裡，他雖然是個庶出的，但連王妃都要聽從他的意思。

沐王妃看到他那得意的臉色，在心裡默默咒罵著。總有一天，她會讓那母子三人為他們曾經做過的事情付出代價！

龍隱正在書房看書，聽見門外有人稟報，便放下書來詢問。「又有何事？」

看到世子爺似乎不大開心，那傳話的人也變得有些膽怯。「回世子爺，王妃娘娘有請！」

挑了挑俊挺的眉毛，龍隱語氣冷硬地回絕道：「本世子還有事要處理，沒空。」

「可是……」那傳話之人有些猶豫起來。

王妃的命令，她不得不聽，可是世子爺這樣拒絕，顯然是不想去。她們這些下人真是難做，夾在中間兩面為難。

「聽不懂我的話嗎？下去！」龍隱的脾氣本就不和善，發起火來更是嚴厲。

那丫鬟嚇得倒退幾步，匆匆忙忙地退了出去。

一個黑衣人出現在他的書桌前，語氣平靜地稟報。「王妃娘娘邀請的客人當中，司徒府的三位小姐也在。公子不知道怎麼得了消息，正在院子裡顯擺。」

聽到「司徒府」三個字的時候，龍隱總算是有了反應。「你說司徒？她也來了？」

那黑衣人恭敬地跪著，沒有答話，表示默認。

龍隱從椅子裡站起來，又坐下去，再也看不進一個字。他的腦海裡只有一個念頭，那就是她來了，她來了……

見主子神情恍惚，黑衣男子不禁又張嘴說了一下剛才院子裡的情景。當聽到司徒錦被逼著展示才藝的時候，龍隱就再也坐不住了。

「本世子看書看累了，出去走走。」

話音剛落，人就已經不見了蹤影。

還真是心急呢！跪在地上的黑衣男子嘴角微微抽搐，為主子的反常而感嘆不已。跟隨了主子這麼多年，就算是被困在敵軍包圍之下，也不見主子如此動容過。一個女子，就亂了他的方寸，看來這未來的世子妃還真是魅力無窮呢！

龍隱走到院子外的時候，忽然止住了腳步。

他怎麼就這麼走過來了呢？

他還有很多正經事情要做，這裡的氛圍並不是他喜歡的。那些鶯鶯燕燕，光是嬌滴滴的聲音就足以讓他反感了，可他還是來了。

在人群中搜索到那抹清瘦的身影，龍隱便再也邁不動步子了。

「世子爺？」一個眼尖的丫鬟瞥見他的身影，便上前來行禮。

眾人聽到這聲世子爺，全都安靜了下來。

司徒錦站在人群裡，遙遙望去。只見那個冷清的身影佇立在門旁，雙手負在身後，凜然挺立著。

他身上的衣著很是單薄，隱約勾勒出身體的曲線。他是武將出身，卻沒有紮堆的肌肉，也不見粗魯的痕跡，儼然一個儒雅的書生。若不是他的名號太響亮，神情太過冷漠，很難想像他會是立下赫赫功勳的少年將軍。

司徒錦在見到他的那一刻起，便再也動彈不得。

早在來王府之前，她就預想過可能會跟他碰面，卻不曾想到見面會是如此的突然。他的出現，總是那麼突然，卻又毫不唐突，總是給人一絲絲驚喜。直到現在，她的心都一直怦怦地跳個不停。

這就是所謂的一日不見，如隔三秋嗎？

昨日夜裡，他忽然出現在她的閨房，說了些讓人倍感溫暖的話之後，便又匆匆地走了。那樣不經意的出現，又不經意的消失，帶給她的震撼該有多麼大！

再一次見面，是在眾星拱月的光環之下。此時的他，是那個高高在上的沐王府世子，未來的沐王爺，無數女子心中的理想夫婿，京城中閨閣女子的春閨夢裡人。他們就這樣隔著幾丈遠的距離，靜靜地凝望著。那種感覺，真有些說不出的曖昧。

司徒芸似乎意識到了些什麼，不禁回過頭來打量起司徒錦。

這樣一個平凡的丫頭，居然能夠得到世子的青睞，到底憑什麼？她才是那個身分高貴的嫡女，京城中有名的美人。為何那樣出色的男子會將目光停留在一個不如自己的女子身上，卻對她視若無睹？

尖尖的指甲戳進手心裡，司徒芸暗暗發誓，她一定要把司徒錦給比下去，永遠踩在腳底下！

「參見世子爺！」眾閨秀反應過來之後，紛紛嬌羞地低頭行禮。

龍隱見躲不過去，便只好抬了抬手，說了聲「起」。

「二弟怎麼有空過來？不是在書房處理公務嗎？」龍翔見龍隱一出現就奪走了他身上的光環，心裡有些憤憤不平。

龍隱瞥了一眼自己的兄長，並未多加理會，而是走到沐王妃身邊去請安。「母妃叫孩兒過來，可有事？」

「你一天到晚待在書房裡，也不怕悶壞了！」沐王妃見到兒子，心裡異常的高興。她知道依照兒子的脾氣，肯定不肯過來，但沒有想到他竟然來了，而且是只請了一次就來了，這讓她這個做母親的感到欣慰不已。

「孩兒不覺得辛苦。」龍隱直截了當地說道。

「二弟既然來了，咱們兄弟倆不妨也吟詩作畫一番，讓眾小姐品評品評？」龍翔一向跟龍隱不親密，所以想藉著這個機會，顯擺顯擺自己的才能，讓他這個未來的王位繼承人丟臉。

可惜龍隱也不是那麼容易對付的。「大哥想要比什麼？」

見他進了自己下的套，龍翔更加得意。「不如，咱們就以司徒二小姐這幅寒冬臘梅圖為題，各作詩一首，如何？」

論武功，他是比不上他，但是在吟詩作對上，他可自認是才子。他就不信龍隱這個武夫能比得過他！

龍隱知道他有心讓自己出醜，但他依舊很鎮定。

眾閨秀讓出一條道來，於是龍隱逕自走到司徒錦面前，拿起她的畫作仔細端詳。琉璃般的眼睛在畫上淡淡掃過，臉上露出幾分激賞，龍隱沒想到他這未來的世子妃，居然還是個繪畫高手。

不過回想到上次她贈與他的那幅畫，他心下就明瞭了。

錦兒的外公，是前朝有名的才子，她能夠畫出這樣傳神的佳作來，也是意料當中的。那些曾經看輕她的人，恐怕吃了不少啞巴虧吧？

嘴角勾出一絲弧度，令周圍的眾千金都看得有些失神了。

沐王妃遠遠地看著這一幕，眼睛都快要笑得瞇起來了。她這一番舉動果然正確，她的兒子是最優秀的，瞧那些名門千金看著他時那癡迷的眼光，一看就是深深地迷上了他。只待事後，她再去中意的人選府上說親，那就是水到渠成的事了。

比起沐王妃的樂觀，司徒芸卻是暗暗心驚。

照此看來，這龍隱世子是真的對她的二妹妹動心了。那個冷情刻薄的隱世子居然會笑，這是多麼令人震撼的事情！而讓他做出這改變的，居然就是她那個不起眼的庶妹，這教她如何能釋懷？

司徒錦的個子本就不高，如今他頎長的身軀站在她面前，就越發顯得她玲瓏嬌小了。淹沒在人群之中的她，低垂著眼眸，不敢正視他的雙眼，生怕洩漏了心中那微妙的情緒。

「果然是好畫！」一向不怎麼和藹的隱世子居然開口誇讚道。

不少的千金在羨慕的同時，也都恨上了這個搶了她們風頭的司徒錦。

龍翔在心裡默唸了好幾首關於梅花的詩句，胸有成竹之後，這才跟上來道：「二弟可是想好了？」

龍隱沒有回答，卻拿起案桌上的筆，行雲流水般地在那梅花圖旁邊寫下了幾行小字。等到完成之後，他便帥氣地將筆擲入了一旁的筆筒裡。

「二弟你……」龍翔看到那幾行有力的字跡，有些說不出話來了。

司徒錦第一個走上前去，將那行小詩唸了出來。

「日暖爭春灼灼開，暗香浮動幽徘徊。春風撫柔情思動，相伴花前去又來。瓊枝橫臥似瑤臺，原是府中處處栽。眼波流連不知處，素手林下美人懷。」

「好詩，真是好詩！隱世子果真是才華高絕，文武雙全！」

「如此意境，果真是妙趣橫生！」

「不愧是世子爺，這樣的詩句也只有世子爺才做得出來！」

司徒錦看過了那詩句，沒有發表任何言論。她從外界的聽聞中，知道他是一個善於領兵打仗的將軍，武功更是深不可測，但卻很少有人提起他在其他方面的才華，今天她算是見識到了。

這樣有才情的男子，這世間恐怕已經不多了。

龍隱一直默默觀察著司徒錦的反應，想知道她的看法。可是她卻一直低垂著頭，不曾抬起頭來看他一眼，這讓他多少有些失望。

他所做的一切，都是有感而發。

看到她所畫的梅花圖，他才有靈感賦詩一首的。可是這梅花圖的主人，卻似乎沒有稱讚他的意思。

兩個人就這樣沈默地猜測著彼此的心思，周圍卻是熱鬧非凡。

閨秀們嘰嘰喳喳的讚美聲，讓人煩不勝煩。然而這些讚美聽在另一個人的耳朵裡，卻是無比刺耳。

龍翔緊握著手裡的摺扇，懊惱不已。

明明是該出醜的人，卻顯得風光無限，還將他所有的光環都搶了去，這教他如何甘心？

「翔公子似乎摩拳擦掌很久了，是不是也讓大家開開眼界？您可是京城有名的才子。」不知何時，司徒芸站了出來，朗聲說道。

龍翔忽然覺得眼前一亮，對於司徒芸的解圍生出了十二分的好感。

清了清喉嚨，他想都沒想地將自己早已準備好的詩句唸了出來。「牆角數枝梅，凌寒獨自開。遙知不是雪，為有暗香來。」

周圍突然變得安靜下來，幾乎聽不到一丁點兒響聲。

龍翔吟完了整首詩，正等著別人的誇讚呢，卻不承想聽到一道疑惑的聲音。「咦，大哥你吟的這首詩我好像在哪裡聽過？啊，我想起來了，這不是前幾日狀元郎來府上時所作的詩句嗎？」

龍敏的出現，任何人都始料未及。

她並不在邀請之列，也是聽下人說起，所以過來湊湊熱鬧，順便看看別人的笑話的。但是她這一無意的舉動，卻將自己的親大哥推入了萬劫不復的境地。

「妳胡說什麼！這明明就是我抒發情懷所作，怎麼會是別人的詩?!」龍翔死要面子，不肯承認。

龍敏雖說有些小聰明，卻是個直腸子。「大哥你怎麼能如此沒有骨氣，將別人的詩句占為己有呢？明明就不是你作的，偏要說是自己的。」

作這首詩的人，可是當今的狀元郎啊！

龍翔被當眾揭穿，面子有些掛不住，只得將這怨氣發洩到自家妹子身上。「妳個小丫頭懂些什麼？還不給我閉嘴！」

「憑什麼要我閉嘴？你就不怕我告訴嫂子去，說你又在這兒拈花惹草？到時候看母妃幫你還是幫我！」

龍翔一聽到這威脅，肺都要氣炸了。

在這麼多佳麗面前，妹子居然將自己懼內的事情說出來，這不擺明了給他難堪嗎？雖說是自己的親妹子，也不該這麼折騰他。

這兩兄妹正鬧著呢，忽然不知道是誰說了一句。「這首詩，好像是古代有名的詩人，王安石的〈梅花〉。」

經過這麼一提醒，很多人都開始迎合。

「對啊，難怪覺得這麼熟悉呢，原來是在書上看過。」

「是啊是啊，我也在古詩集上見過……」

「公子爺說這是他作的詩？」

「狀元郎也有分？」

如此一來，很多人便明白真相了。

司徒芸本想借著這公子爺扳回一城，結果適得其反，不僅沒能博得公子爺的好感，還讓他大大出了醜，心想著他不要記恨自己才好。

司徒雨經過了一次教訓，顯然乖巧了許多。

只是看著隱世子那絕世的容貌，還有如此出色的才情，她的心便蠢蠢欲動。這樣的男子，才能配得上她！

一個念頭在司徒雨心中悄然而生。

她一定要頂替司徒錦，嫁給這個天神一般的男子為妻！

第三十八章　世子表明心跡

沐王妃眼看著這庶出的兄妹倆又鬧騰起來，頓時覺得顏面盡失。在這樣的場合之下，他們居然不顧王府的臉面，就這樣吵鬧起來，實在是有失體統。

「都給我閉嘴！」

王妃一聲呵斥，總算是讓龍翔、龍敏兩人住了嘴。

沐王妃很少有這般威嚴的時候，所以就算平日囂張慣了的龍翔兄妹倆也被震住了，半天說不出話來。

司徒錦微微抬起頭來，仔細打量著王妃的舉動，忽然發現這個王妃似乎很不簡單。比起大周氏的霸道和小周氏的面慈心毒，這位王妃娘娘似乎更加高明。表面上，她是個慈善和藹的高貴王妃，就算是庶出的公子和郡主對她無禮，她也沒多大的反應，依舊笑容滿面。但是一旦涉及王府的利益時，她那不怒而威的架子就出來了。那是一種渾然天成的氣勢，並非後天形成的氣場。

說起來，這位王妃娘娘也有雄厚背景。

沐王妃本姓沈，父親是赫赫有名的天威大將軍，被封為異姓王，也是先帝時期唯一一個存活下來的開國元勳。母親則是鄰國的公主，因為仰慕天威將軍，自願下嫁到龍國。算起來，這王妃娘娘也是皇族後裔。

這樣有權有勢的大家族教養出來的女兒，自然無比尊貴。當今聖上對她也是優待有加，不僅保留了其父的封號，還讓自己的兄弟沐王迎娶沈家這位掌上明珠為正妃。這樣的待遇，在龍國是至高的恩寵。

所以司徒錦不管怎麼看，這王妃娘娘從骨子裡散發出來的那股尊貴，絕非後天培養出來的。

等到龍翔回過神來，想要破口大罵時，卻被龍隱的一個眼神給制止了。

吞嚥了幾下口水，龍翔總算是找回了自己的聲音。「我……我還有事，先告退了。」說著，撒腿就要離開這個令他尷尬的境地。

龍隱卻伸手擋住了他的去路。「大庭廣眾之下丟人現眼也就罷了，連基本的禮節都不懂？」

龍翔憤憤地瞪著龍隱，卻敵不過他由內而外顯露出的駭人氣流，不得已朝著沐王妃作了個揖。「母妃，孩兒告退。」

沐王妃戴著護甲套的手指微抬，儀態萬千地說道：「翔兒總算知道什麼叫人外有人、天外有天了吧？回去好好研習一番，母妃相信你必定會大有長進。」

一番夾槍帶棒的話，讓龍翔瞬間脹紅了臉。

龍敏看到自己的哥哥被王妃娘娘壓得抬不起頭來，想幫他找回一些面子，可是掃了一眼身旁的二哥，到了嘴邊的話，硬生生地嚥了回去。在這個府裡，她可以不把任何人放在眼裡，但是這個冷酷無情的二哥，卻是例外。她知道他的狠絕，所以每每見到他，都會加倍小心，生怕惹惱了他。

在眾閨秀哂笑的目光中，這兄妹倆灰溜溜地離開了。等到了自認為隱蔽的地方，龍翔便忍不住開始抱怨了。「哼，神氣個什麼！不就是運氣好嗎？下次栽到我手裡，我非讓他跪在我腳下不可。」

聽著他這小家子氣的話，龍敏有些不敢苟同。

說起那詩詞的事情，她又有話說了。「這麼說來，那首詩不是狀元郎自己作的？哼，又是一個金玉其外敗絮其中的，沒有真本事，盡會弄虛作假。這樣的人，哥哥以後還是少結交的好。搞不好他那狀元的頭銜，也是用錢買來的！」

龍翔皺了皺眉頭，心裡也極為不舒服。

不管那狀元郎是否有真才實學，但被他擺了一道的事情，他可是記下了。下次見到那人的時候，他一定不會讓對方好過的！

他是個有仇必報的人，今日所受的委屈，他一定會討回來！龍隱仗著自己世子的身分，不把他這個大哥放在眼裡。他倒要看看，失去了這個世子的頭銜，他還能神氣什麼！想到這裡，龍翔便加快了腳步，朝著莫側妃的院子奔去。

「哥，你去哪裡？等等我……」龍敏也跟著追了上去。

花園裡，場面依舊熱鬧非凡。

龍隱耐著性子陪在沐王妃的身邊，這已經是他的極限了。

「隱兒，這滿園子的閨秀，全都出自名門，溫柔嫻淑的、活潑可愛的應有盡有，你可有中意的？」沐王妃見兒子的態度有所改變，便打鐵趁熱，提出了自己埋在心裡已久的要求。

龍隱淡淡蹙了蹙眉，冷凝的臉上浮現出一抹厭惡。

「母妃，孩兒已經訂親了。」

一句話，堵住了王妃的嘴。可是沐王妃掃了那不怎麼出色的司徒錦一眼，低聲道：「那又如何？男人三妻四妾再平常不過。更何況你還是個世子、未來的親王，這女人想要多少就可以有多少。」

龍隱有些不敢置信地望著自己的母親，眼中夾雜著不解。「母妃也希望孩兒像爹爹那樣三心二意？」

被兒子一席話震住的沐王妃半天回不過神來。

她不曾料到，兒子竟然能夠體會到自己內心的苦楚。是的，她非常痛恨那個處處與她作對的莫側妃。可是她再厭惡又如何？她是王爺的側妃，還是王爺心尖上的人，不是她想處置就能處置的。

她這個王妃的頭銜，不過是虛設的名號罷了！在整個王府裡，又有多少人真心把她當成女主人？

想到這些傷心事，沐王妃的眼眶有些泛紅了。

「隱兒，母妃知道你的體恤，這就夠了。」說完，她努力將眼淚逼回眼眶，驕傲地揚起頭顱，不肯承認自己的失敗。

就算她不得寵，那又如何？她依舊是最尊貴的沐王妃，是沐王爺名正言順的正妻。有這一點，就足夠了。

「這些閨秀，都是母妃為你千挑萬選的，個個樣貌出眾，除了你那個……」將心事壓在心底之後，沐王妃又開始遊說起自己的兒子來。

西廂那邊龍翔的正室陳氏就快要生了，她心裡一直覺得不踏實。萬一她生了個兒子，王爺再被莫側妃蠱惑，改變初衷改立龍翔為世子，那這府裡以後豈有他們母子倆的立足之地？

雖說這王位一般由嫡子來繼承，但庶子繼承王位也不是沒有可能。當今的聖上就不是太后所出，而是一個地位低下的貴人的兒子。但因為他得先皇喜歡，所以在最後關頭，廢了嫡出的太子，改立小兒子為帝。

為了兒子的將來，她不能打無把握的仗。

龍隱自然知道王妃的心思，只是他有自己的堅持，絕對不會為了愚孝而賠上自己的一生。「母妃，孩兒不想重蹈父王的覆轍。」

沐王妃見他依舊很自我，心裡暗暗著急。「那個司徒錦有什麼好的？一沒有長相，二沒有尊貴的身分，她哪一點像個世子妃？庶出之女坐了正妃的位置，還不讓別人恥笑？」

「母妃，女子的相貌並不重要，重要的是她的內在。孩兒認定的人，肯定不是一般的女子。再說了，她的生母是平妻，她也算是嫡女。誰看不起她，就是看不起我，看不起整個沐王府。如果母妃真的要計較，那孩兒明日就進宮向皇上討一個封號，讓她可以風風光光地嫁入咱們王府。」

這是龍隱對王妃娘娘說過的最長的一段話。
沐王妃驚詫地看著他，未說出口的話梗在喉嚨。眼前這個再熟悉不過的身影，看起來是那麼陌生。再仔細地探索，沐王妃這才發現，兒子已經長大了，不再是那個嗷嗷待哺的嬰孩。他有了自己的思想，也有了自己的堅持。
想不到，她不僅得不到夫君的寵愛關懷，就連兒子也沒有將她這個母親大人放在心上，處處忤逆她。她到底做錯了什麼，老天爺要如此懲罰她！
想到自己的境遇，沐王妃再一次紅了眼眶。
「王妃娘娘……」眾女子發現氣氛不對，紛紛圍了上來。
沐王妃自覺失態，立刻換上了一副笑臉道：「歲月不饒人啊，年歲大了，總愛犯睏。珍喜，扶我回屋吧。隱兒，你好好地招待客人，母妃想回去躺一會兒。」
眾閨秀見王妃娘娘留下世子就自個兒離開了，全都心不在焉起來。
雖然這世子不太愛搭理人，但那俊逸非凡的外表和展露出來的絕世風華，讓在場的每一個人都心生嚮往。就算他已經有了御賜的正妃，但這側妃的位置可還是空著的。王妃娘娘邀請她們過府來賞花，不就是打的這個主意嗎？就算做不了側妃，做侍妾她們也願意！只要在這個男子的身邊，名分已經不是那麼重要了。再說了，這名分可都是隨著恩寵來定的，只要抓住了世子的心，那麼側妃正妃的位置，不都手到擒來嗎？
司徒錦一個人默默地站在最後面，沒有像其他人那樣殷勤地圍著龍隱轉。即使他們即將成婚，但是在不確定他的心意之前，她還是不敢多作奢望。

那些名門閨秀，長相出身都不俗，她根本沒辦法比。她雖然還不至於自卑，但難保他在見過了更優秀的女子之後，不會動心。

女人一生最可悲的，不是出身低微，而是所嫁非人。

她可以不在乎爹爹那少得可憐的父愛，也可以不在乎沒有姊妹親情，畢竟她早晚要嫁出去，不會跟她們相處一輩子。唯一能夠陪伴她終老的，就是她未來的良人了。

司徒錦低垂著眼簾的神態，一直映在龍隱的眼底。看到她眉頭那一抹憂思，他的心也跟著沈悶起來。

「世子，舒兒彈首曲子給您聽可好？」

「世子，還是妙兒為您淺唱一首吧？」

「世子……」

被無數女子包圍的龍隱，漸漸有些沈不住氣了。他討厭她們身上散發出來的濃濃脂粉味，也討厭與人近距離接觸。

「滾開！」他渾身散發著冷氣地喝道。

眾閨秀被他周圍的寒氣威懾，一個個都嚇得後退了幾步。膽子稍微小點兒的，還嚇得哭出了聲。

司徒錦被他的喝聲打斷了思緒，不禁抬起頭來。

下一刻，他已經來到了她的面前。「一會兒，到書房來一趟。」

司徒錦還沒有反應過來，龍隱已經飄然而去。

一直在一旁默默觀察的司徒芸眼中露出狠毒的光芒，雙手不自覺地握緊。好一個司徒錦，咱們走著瞧！

「大姊，世子好像對她有所不同？」司徒雨瞧見了這一幕，也是心有不甘。他是她看上的男人，司徒錦憑什麼霸占了去！不過一個身分低微的庶女，憑什麼能夠得到皇上的青睞，賜給世子！她才是那個配站在世子身邊的女子！

司徒芸感受到妹妹的怒氣，嘴角微微翹起。「雨兒是不是也喜歡世子？」

司徒雨被她這麼一問，瞬間就臉紅了。「大姊盡會取笑我，不理妳了……」

淡淡地瞥了一眼這三妹妹，司徒錦便悄然地退出了眾人的視線，朝著龍隱消失的方向走去。

畢竟對王府的地形不熟，司徒錦走了一段路，便找不著方向了。半路上碰到不少丫鬟，但是問過之後，她們卻一個個露出驚愕的神態，然後將她當成是瘟神一般地繞開了。好不容易找到一個丫鬟問出路線，但是進了那園子良久，她突然發現這園子實在安靜得出奇，好像根本沒有人住一樣。

「莫不是被人耍了？」司徒錦正納悶呢，忽然一道人影飄然而至，擋住了她的去路。

「妳來了。」龍隱幽幽地開口。

司徒錦被他的突然出現嚇了一跳，不住拍打自己的胸口，微皺的眉頭似乎也在訴說著對他的不滿。

「對不住，嚇到妳了。」他良久才找到一句道歉的話，臉上浮現出可疑的紅暈。

司徒錦捕捉到他那一瞬間的羞愧，心中的埋怨頓時消散無蹤。這種奇異的感覺，讓她的心跳不禁又加快了節奏。

龍隱被她這麼直勾勾地打量著，臉上更加滾燙。「做什麼一直看著我？」

司徒錦這才後知後覺的知道自己失態，連忙撇過臉去，臉頰也泛起了微微的紅暈。「世子叫小女子過來，可有事？」

被她這麼一問，龍隱這才想起正事來。

經過剛才沐王妃那一番試探，他心中的想法更加堅定了。他絕對不會像他的父王那樣，周旋在好幾個女人之間。即使沒有感情，卻還要為了所謂的「責任」，履行作為丈夫的職責。這樣違背心意的做法，他辦不到。

他這一輩子，只要一個知心的女人就夠了。

而那讓他變得心煩意亂的女人，就是眼前這個一直假裝鎮定的嬌小女子。

久久未聽到他的回答，司徒錦不禁好奇地抬起頭來看他。可就在她抬頭的一剎那，一雙有力的手臂將她帶入了一具溫暖的身軀，然後她便聽到了那如擂鼓的聲響。

一下又一下，有力的心跳聲傳入司徒錦的耳膜，令她驚詫不已，也讓她放下女孩兒家的矜持，忘了掙扎。

「聽到了嗎？」他幽幽地開口。「它最近老是不安分。」

司徒錦意識到自己是在男子的懷裡時，總算有了反應。她紅著臉推拒著他寬廣的胸懷，小聲嬌嗔道：「快些放開，萬一被人看到……」

「不會有人進來的。」他篤定地說道。

他的園子可是守衛森嚴的禁地，不經通傳，有誰敢往裡面闖?!

儘管有他的保證，但司徒錦還是有些羞怯地左躲右閃。男女授受不親的傳統禮教思想束縛著她，讓她不得不理智一些。

龍隱抱著她溫軟馨香的身子，心中隱隱覺得甜蜜。

他從未與人如此接近過，不知道原來女子的身軀是如此柔軟。那帶著淡淡香味的身子，抱著很順手，也很舒服，讓他久久不想放開。

她身上的香味不同於其他閨秀身上的脂粉味，而是一股微微的花香。她平凡的五官也清秀可人，不施粉黛，清透得讓人想要一親芳澤。

司徒錦有些窘迫，但又不敢大聲呼救。

兩人雖有未婚夫妻的名分，但她還未嫁進王府，外人看見了難免會說閒話。更何況，就算兩人已經成婚了，光天化日之下，這樣親暱地摟抱在一起也大為不妥。

「世子……」

「我叫龍隱。」他糾正道。

司徒錦抿了抿嘴，一時不知道怎麼反應。

他的名號，豈是能夠隨便叫的？

帶著埋怨的眼光瞥了他一眼，司徒錦漸漸懊惱起來。這個冷得像冰塊一樣的男人，怎麼突然轉性了？先不說他動不動就闖進她的閨房，甚至偷窺她洗澡，現在他這樣肆無忌憚地抱著她，就已經很失禮了。

「妳不高興了？」他似乎意識到了她的怒氣，有些擔心地問道。

司徒錦在心裡嘀咕著，我哪敢埋怨世子爺你啊！

但是她臉上卻浮現出虛假的笑意，淡淡開口道：「世子可不可以先放開，這樣不能好好說話。」

龍隱將手臂的力道鬆了一些，卻沒有讓她逃離自己身邊。「司徒錦，這門親事是我向皇上求來的。」

他突然將這個事實道了出來。

司徒錦驚愕地瞪大了眼，有些不敢相信。「你……」

「不相信是嗎？」他臉上的神色有些黯然。「我從未求過別人，但是……」

後面的話不用多說，司徒錦就已經明白了。他竟然為了她去求皇上賜婚！她能想像，皇上聽到這個請求的時候，是如何的驚訝。她不過是太師府的一個庶女，這樣的身分，哪裡配得起世子妃的名分？

可是，皇上還是下旨了。

他到底答應了皇上什麼，才換來這門婚事？

「你……」話語梗在喉嚨，司徒錦半天都說不出話來。

龍隱看到她眼底隱約的淚光，不安的心總算是放了下來。「這一輩子，我只會有一個妻子。」

只有一個妻子？他什麼意思？他的意思是，只會娶她一個嗎？

司徒錦捂著嘴，不敢相信這個承諾。

他是高高在上的親王世子，是未來位高權重的王爺，他怎麼可能只有一個妻？可是看他的神情，似乎又不像是在開玩笑。

伸手拉下她的小手，龍隱牽著她的手向一處屋子走去。

司徒錦就像個木偶一樣，被他牽引著，來到一處布置得極為典雅的房間。走進屋子，第一眼就能看到一個名家書寫、製作精良的木質屏風；帶著濃濃書卷味的案桌椅子，以及精緻名貴的筆墨紙硯。再往後，便是寬敞的內廳。裡面除了一張龍鳳雕花圖案的大床之外，還有一張看起來柔軟舒適的軟榻。

光線良好的朝向，沒有多餘物件的擺設，以及精心挑選的一桌一椅，都是那麼恰到好處。

司徒錦打量著整間屋子，不由得讚嘆。

這樣的地方，的確很適合他。

當看到牆上那幅畫的時候，司徒錦的臉又忍不住紅了。他居然將她送他的畫掛在寢房內，而且還是如此顯眼的地方？

不著痕跡地瞥了他一眼，司徒錦的一顆心開始亂跳個不停。

深深地吸了幾口氣，司徒錦這才找回自己。「你帶我到這裡來做什麼？」

「這裡……」他停頓了一下，才問道：「可喜歡？」

司徒錦不自覺地點頭，道：「很舒適。」

「那以後，這裡就是妳的了。」他淡然地說道，嘴角微微泛起一抹弧度。

司徒錦瞪大了眼睛，頓時羞得滿面通紅。

他這是在向她表明什麼嗎？這樣羞人的話，居然也說得出口！

羞澀地從他手裡將自己的手抽出來，司徒錦恨不得找個地洞鑽進去，再也不出來了。這個男子總是做些令人意想不到的事情，卻又那麼令人心動。

看著她羞紅的面龐，龍隱的嘴角不自覺地上翹。

能看著她這副小女兒狀，他就覺得自己的付出值了！

司徒錦怯怯地抬起頭，發現他在笑的時候，整個人都有些傻了。他本就是那樣出色的人，這一笑起來，更是俊美得不可思議！跟以前那個冷冰冰的人比起來，這樣的他更是動人心魄。

司徒錦咬著下唇，暗自懊惱。

他生得這般模樣，教她這個做女人的如何自處？想著今後他們站在一起的情景，司徒錦那顆沈如死水的心，產生了些微波動。

「不疼嗎？」他溫潤的手指觸摸上她的唇，眉頭緊鎖。

司徒錦試圖躲避他的觸碰，但還是徒勞無功，這突來的溫柔，讓她有些無所適從。有些話說開之後，他們之間的相處似乎也漸漸變了味。

「錦兒……」他低沈的嗓音叫出她的名字。

司徒錦的心猛地停止了跳動。

她不敢置信地睜大眼眸，覺得快要窒息了。

這是他第一次叫她的名字。

龍隱看到她那驚嚇過度的模樣，不禁又笑了。那樣燦爛的笑容，讓司徒錦有些自慚形穢起來。

低下去的頭被一雙手給抬了起來，司徒錦被迫與他對視。

「錦兒。」他再一次叫起她的名字。

司徒錦羞窘地紅著臉，卻忘了怎麼回應。

「我的名字，隱。」他帶著半強迫的語氣說道。

吞嚥了口口水，司徒錦覺得喉嚨有些發澀。他們雖然見過幾次面，但畢竟還是相對陌生，這樣親暱的稱呼，她實在叫不出口！

「隱。」他再一次慢慢地引導著。

司徒錦張了張嘴，卻還是羞於叫出口。

有些挫敗地放開她，龍隱沒有繼續逼迫，而是走到櫃子前，將裡面一個盒子取了出來。

「這個，給妳。」

司徒錦不明所以，也不敢伸手去接。

「拿著。」他拉起她的手，將東西塞進她的懷裡。

司徒錦小心翼翼地打開那盒子，接著便被裡面綻放的光芒給驚到了。「這……太貴重了，我不能要。」

龍隱掃了一眼她頭上的首飾，道：「不要虧待自己。」

司徒錦想到自己這身打扮，雖然緞兒已經很精心地幫她裝扮過，但是沒有一件像樣的首飾，的確是有些寒酸。

摸了摸髮鬢，司徒錦只得吶吶地道謝。

「時辰不早了，我送妳回去。」正當司徒錦感到尷尬之時，他卻突然開口了。

司徒錦想到自己離開得夠久了，的確該有些顧慮。她雖然不起眼，但是司徒芸姊妹倆卻還在王府裡。她不在場，她們肯定是知道的。萬一出去之後讓人撞見，那她就算是跳進黃河也洗不清了。

所以當龍隱提出送她回去的建議時，她心中充滿了感激。

這個男人，總是那麼細心。

「有勞。」她只能如此回應。

「應該的。」他如此回答。

司徒錦再一次無話可說，只能跟隨在他身後，朝一個陌生的環境走去。

王府的賞花宴因為少了一個重要的人物而提早結束了，臨走前，司徒雨又開始鬧騰了。

「這二姊姊也是，真是不懂規矩，去哪裡也不跟我們打個招呼，害我們在此久等！」

司徒芸冷哼一聲，道：「她去了哪裡，還用得著問嗎？世子親自相邀，她怎捨得拒絕？」

「什麼？世子單獨邀請她？她憑什麼！」司徒雨一聽這話，就火了。

龍隱世子是她看中的人，她可不容許任何人染指。

「就憑她是未來的世子妃。」司徒芸見司徒雨開始冒火，便火上澆油地繼續挑撥。

「哼，她能做世子妃，我都可以做皇妃了！」司徒雨不屑地吼道。

周圍還未散去的閨秀聽到這姊妹倆的談話，一個個都蹙起了柳眉。這太師府的千金，還真是不可貌相啊，這樣大膽的話都能說得出口。

司徒雨卻絲毫沒有注意到周圍那些人的反應，仍一個勁兒的逞能。「一個低賤的庶女，憑什麼坐上這世子妃的寶座？哼，我倒要看看，誰才是最後的贏家！」

說完，也顧不上司徒芸在身後的勸誡，氣沖沖地朝著王府大門走去。

她要做的很簡單，就是回去在周氏和爹爹面前將司徒錦今日的行為添油加醋地說上一番，只要司徒錦的名聲壞了，她就不相信爹爹會放心將她嫁入王府。

看著司徒雨衝動的行為，司徒芸忽然笑了。

這個妹妹，還真是很天真，很好利用呢！想到司徒錦可能要吃的苦頭，司徒芸的心情就莫名的好了起來。

只是她們姊妹倆的算計，都有些偏差。此刻的太師府中，太師大人正殷勤地款待著本該待在王府書房的世子爺，而司徒錦則早早回到了江氏身旁。

「爹爹……爹爹！」司徒雨一回府，就大聲嚷嚷起來，沒半點兒大家閨秀的風範。

司徒長風黑著一張臉，覺得顏面盡失。「世子恕罪，微臣教女無方，見笑了。」說完，他給了周氏一個眼神，示意她出去攔著點兒。

周氏自然明白司徒長風的意思，便福了福身，出去了。

龍隱倒是不介意，反正又不關他的事，他也不會放在心上。他的心思都在司徒錦那個女人身上，其他的人都可以視而不見。

司徒雨見到周氏從廳堂出來，頓時興高采烈地迎了上去。「母親，雨兒有個好消息要告訴您。」

「哦？雨兒有什麼好事？這麼急切，都忘了規矩。」周氏語重心長地問道。姊姊也太放縱這個女兒了，讓她養成了這副性子。這要是在一般人家，如此魯莽無狀，早就被罰了。

司徒雨一臉得意地說道：「母親，您猜司徒錦那個小賤人現在在做什麼？她居然私底下與男子相會，實在有夠不要臉！」

周氏聽了這話，神色有些難看。

「雨兒，錦兒是妳的姊姊，妳怎麼能如此說話！」

「哼，誰是我姊姊？我姊姊只有芸姊！」司徒雨任性地說道。

周氏本來還想勸誡幾句的，但是司徒雨太過心急，一心想要扳倒司徒錦，自然不會放過這個機會。「母親，您瞧這都是什麼時辰了，她居然還沒有回來！這樣的德行，怎麼能擔當得起世子妃的頭銜？」

在後面聽到這番話的司徒長風簡直快要被自己的女兒給氣死。看來，他平日裡太過縱容這個不懂事的丫頭了。

「擔不擔得起這世子妃的頭銜，妳沒有資格過問！」隱世子渾身帶著冷氣從後面走出來，一雙透著刺骨寒氣的眸子死死地瞪著司徒雨。

司徒雨被他的突然插話給嚇了一跳，差點兒尖叫出聲。

「世、世子……」她艱難地吞嚥著口水。

龍隱冷哼一聲，對身旁不斷擦著冷汗的司徒長風說道：「太師大人還真是好教養，居然能夠容忍子女如此放肆！」

被點名的司徒長風已是滿頭大汗，於是覥著臉一邊道歉，一邊對司徒雨吼道：「平日裡是怎麼教妳的，居然口出狂言，還不給我退下！」

司徒雨委屈地憋著淚，又被爹爹這麼一吼，頓時忍不住淚流滿面。

「爹爹一向疼愛雨兒，如今卻不分青紅皂白地冤枉我，嗚嗚……」

就算是再能隱忍，龍隱聽到她的辯解也沈不住氣了。「冤枉了妳？妳剛才不僅對未來的世子妃品頭論足，還百般羞辱，這也是冤枉妳的?!」

司徒雨心驚膽戰地往周氏身後躲了躲，企圖尋求庇護。但周氏卻一把將她拉到地上跪著，大聲喝道：「妳還敢頂嘴！還不給世子賠禮道歉？」

司徒雨見一向護著自己的嫡母居然要她給別人下跪，心裡很是委屈。可是就算心有不甘，在世子爺的面前，她也不敢放肆。

「雨兒知道錯了。」司徒雨道歉的語氣無比幽怨。

司徒長風見女兒服了軟，心也跟著落了下來。但沒想到龍隱的一番話，卻再一次讓他陷入了兩難的境地。

「太師大人就是這般治家的？難怪有人上奏朝廷，說太師府目中無人。如此刁蠻大逆不道之人，居然這樣輕易地就放過，可想而知，在國家大事上，大人又是何態度。」

司徒長風低垂著頭，都無臉見人了。

家裡的事情，他一向很少過問，都交給夫人打理。管教子女的重任，也是周氏扛著，他只要專心在公事上就行了。如今被隱世子這一番教訓，他的老臉有些掛不住了。

「來人，將三小姐帶回房去，禁足一個月，罰抄女誡一百遍。沒有我的允許，誰都不准放她出來！」

這是不得已而為之的事情，但是對司徒雨來說，無疑是個巨大的打擊。

一向疼愛她的爹爹，居然罰了她！

「爹爹，您怎麼能這麼對我？娘親在臨終之前，您答應過她什麼，難道您都忘了？」司徒雨一邊被架走，一邊哭喊著。

司徒長風低著頭，沒敢抬起來。

他是不忍，不忍看到女兒傷心的模樣。

那誓言，他怎麼會不記得？更何況，現在的夫人還是大周氏的妹子！想到那已過世的大周氏，司徒長風竟也有幾分懷念。

龍隱看到這不痛不癢的處罰，心中的厭惡之情更盛。

好一個司徒長風！

難怪錦兒在府裡受盡了委屈，原來司徒長風就是這般縱容嫡出女兒的！

一甩衣袖，龍隱連招呼也不打，就這樣憤憤離去。

看著他遠去的背影，周氏的心忽然打了個突，有一種不好的預感。

第三十九章　四爺遭訓

「娘啊，兒子都在床上躺了好幾個月了，這傷什麼時候才能好啊？」為了個青樓女子，與人爭風吃醋逞凶鬥狠而摔斷了腿的太師府四少爺司徒青，對著來看望他的吳氏姨娘撒嬌著。他能夠在府裡待足了一個月，已經是奇蹟了，因此身子才剛好一些，便又開始不安分。

吳氏心疼地看著兒子，心裡有說不出的憤恨。

最近老爺又納了一個通房，還是周氏身邊的丫頭，很少到她的院子裡來，這勢頭實在有些不妙。加上還有這麼個不爭氣的兒子，更是讓她不勝煩躁。「青兒，你也老大不小了，怎麼就不能有所長進呢？」

眼看著江氏的肚子愈來愈大，吳氏的擔憂也愈來愈強烈。

自從她生下兒子之後，就已經開始著手布局了。她知道以自己的身分，不可能有多高的名分，可是她不甘心居於人下，就算不能成為正室，但只要她的兒子將來能夠繼承家業，她將來也有福。所以，打進府以後，她就打定主意，這司徒家的兒子，一定只能由她生！

為了杜絕後患，吳氏做了很多手腳。

在風月場所待了那麼些年，她認識不少三教九流，讓一個人無法生育，又做得神不知鬼不覺，自然難不倒她。但是沒想到，江氏那個賤女人，竟成了漏網之魚，居然能懷上老爺的孩子，這可是大大的超出她的預料。

雖然不確定江氏肚子裡那個是男是女，但為了以防萬一，她絕對不能讓江氏平安產下孩子來！

想到這裡，吳氏的眼神便更加幽深了。

「娘，您在想什麼呢？連兒子的話都沒注意聽！」司徒青從小被她寵壞了，一點兒不稱心就大發脾氣。

吳氏抬起明媚的眼眸，笑道：「青兒莫要擔心，你的腿會沒事的。娘還有事，就不打擾你休息了。如果青兒覺得悶，娘就讓雨娟過來陪你。」

一提到「雨娟」這名字，司徒青果真不鬧了。

「娘真的同意把雨娟給我？」想著雨娟那丫頭的香嫩可口，司徒青腦子裡就展開無限的遐想了。

吳氏自然知道兒子的秉性，而她這個做娘的，也沒打算在這方面約束他。「是是是，娘說話算數。你等著，我一會兒就讓人把她給你送過來。」

「就知道娘最疼我了！」司徒青這會兒氣消了，也不鬧著要出去，嘴巴變得更安分。

吳氏揮著帕子離開司徒青的院子，若有所思地朝著自個兒的屋子去了。

雨娟一聽說吳氏要將她給四少爺，整張臉都綠了。「姨娘，是不是雨娟做錯了什麼，您要趕奴婢走？奴婢一向恪守本分……求求您了，姨娘，不要趕奴婢走，奴婢願意一生一世服侍姨娘！」

「下作的東西！讓妳去伺候四少爺，那是妳的福分，妳居然給臉不要臉！」吳氏見這個平日悶不吭聲的丫頭竟然敢反抗，心裡頭就來了氣。
她的兒子可是司徒府未來的主子，這丫頭簡直不識好歹！
「雨娟姊姊，這可是幾輩子都修不來的福氣，妳還不悍緊謝謝姨娘？」
「是啊，能夠在四少爺身邊伺候著，說不定將來還能弄個姨娘做做……」
「別不識好歹了，姨娘肯讓妳去服侍少爺，那是天大的恩賜了！」
那些向來要好的姊妹，此刻為了巴結吳氏，竟然開口勸起雨娟來。
雨娟雖然出身低微，但也是個清白人家的姑娘，哪裡肯這樣無名無分地跟了人？奈何敵不過吳氏的威逼利誘，只好將這苦水往肚子裡吞。
吳氏見她不說話，便以為事成了。於是吩咐她下去準備準備，一會兒收拾了東西，搬進司徒青屋子裡去。
雨娟細聲謝了恩，默默退了出去。走到無人之處時，便抑制不住地小聲哭泣起來。
此時，朱雀正路過後院的假山，聽到有人嚶嚶哭泣，不免動了好奇之心。「哎，這不是吳姨娘房裡的雨娟姊姊嗎？怎麼了，誰欺負妳了？」
當看清是二小姐身邊的朱雀時，雨娟便漸漸收了眼淚，哽咽地說道：「原來是妳。我……沒什麼……」
「怎麼會沒事？瞧妳，眼睛都哭腫了！是不是受了氣？來，告訴我，讓我幫妳評評理！」朱雀沒那麼容易放過她，非要弄個一清二楚不可。
雨娟本就是個內向的女孩子，被朱雀這麼一關心，眼淚就流得更凶了。

「唉，我的好姊姊，妳肯定是受了天大的委屈，所以才如此傷心吧？跟我說說，我一定會幫妳保密的。」朱雀一邊保證，一邊在後面加了個期限──暫時！

雨娟也沒啥心機，見朱雀這麼熱心，便一五一十地將吳姨娘的話重複了一遍。說著說著，眼淚更加洶湧。

「我從小就訂了親的。我與那李龍青梅竹馬，這讓我情何以堪！倒不如死了乾淨，還可以保全貞節的名聲……」

朱雀見她起了尋死的念頭，有些不忍。「姊姊何必如此？那吳姨娘也太骯髒了，她自己的兒子是個什麼德行，難道她不清楚？還要把妳這個清白的姑娘推入火坑，真是豈有此理！」

「朱雀，妳小聲點兒，萬一讓人聽了去，可是要遭殃的！」雨娟膽子本就小，所以朱雀在背後說吳氏的壞話，將她嚇得不輕。

「這個妳就別擔心了，這裡除了咱們倆，不可能有別人。」朱雀安撫道。

那個下流胚子，瘸了腿居然還想著糟蹋無辜的女子，實在是太可惡了！朱雀雖然不喜歡管人家的閒事，但是想著那吳姨娘也不是個好東西，就將這件事放在心上。「妳先別洩氣，此事還有轉圜的餘地。待會兒妳如此如此……」

在雨娟耳邊交代了一些事情，朱雀便匆匆朝司徒錦的梅園跑去。

「妳說的，可是真的？」司徒錦在知道了這件事情之後，反應並不是很大。如果不是跟吳氏母子倆有關，她懶得過問。
「千真萬確！吳氏果真心狠，為了一己之私，竟然想要逼死一個無辜的丫頭！是可忍孰不可忍！」朱雀正義凜然地說道。
司徒錦看著她，有些詫異。朱雀一向不喜歡管閒事，可是這一次，怎麼就這麼上心了呢？
「小姐，您幹麼這麼看著我？」朱雀被瞧得有些不自在了。
「妳似乎並不是如此熱心之人。」司徒錦淡淡地回應。
朱雀有些侷促地扯了扯衣袖，最後不得已招供了。「是，我的確是冷心腸，就算有人死在我面前，我也不會皺一下眉頭。可是……可是雨娟的遭遇，跟我的一個好姊妹很相似，所以……」
司徒錦似乎明白了什麼，不由得點頭。「妳怎麼安排？需要我做些什麼？」
見小姐開了口，朱雀便毫不客氣地請求道：「其實，要解決這個問題也不難。只要老爺問起的時候，小姐給作個證，就好了！」
「哦？就這麼簡單？」
「真的！我已經派人去通知雨娟未來的夫家了，相信他們不久就要過來了。」朱雀指天發誓道。
「妳就不怕他們膽小怕事，臨門一腳妥協了？」司徒錦並不樂觀。
朱雀微微一愣，沒想過這個問題。她以為只要讓雨娟的青梅竹馬上府裡來要人，就可以解除這個危機。但是卻忘記考慮一個事實，那就是平民百姓如何敢與太師府作對？萬一那個男人怕事，那她對雨娟的承諾，豈不是說了白話？

「那……那怎麼辦？」

「放心好了，還可以彌補。」司徒錦停頓了一下，這才繼續在一旁點撥道：「妳似乎忘記妳的主子是誰了？」

朱雀聽了這話，頓時眼睛發亮。「唉呀，我怎麼把這麼重要的事情給忘記了？我這就向主子借人去！」

朱雀歡喜地出去了，留下一頭霧水的緞兒在一旁乾瞪眼。

「小姐，妳們在聊什麼啊，我怎麼一句都聽不懂？」被朱雀影響，緞兒有時候也會忽略自己的身分，忘記以奴婢自稱。

司徒錦自然不介意，因為緞兒對她來說不僅是丫鬟，還是從小一起長大的夥伴，是她最貼心的心腹。

「茶水涼了，緞兒幫我再沏一壺吧。」

緞兒應了一聲，被司徒錦給支開了。

有些事情還是不要說得太明白才好。緞兒是個心地善良、心思單純的丫頭，有些事情不告訴她是為了她好。

一個時辰不到，李龍和李龍的家人就上門來鬧了。

司徒長風見外面吵吵鬧鬧的，當然不會置之不理。後來聽人稟報之後，一張臉頓時沈了下來。「瞎鬧！」

「老爺，什麼事讓您發這麼大的火？」周氏向來做得體貼周到，此時此刻更是溫柔體恤。

「還不是那吳氏，竟然做出這等荒唐事來！」司徒長風近來諸事不順，本就窩火，如今找到了發洩的窗口，自然要大發雷霆。

周氏有些不解，便柔聲問道：「吳氏做了什麼，惹得老爺如此大動肝火？」

司徒長風冷哼一聲，神色越發暗沈。「真是頭髮長見識短的淺薄婦人！不好好管教青兒也就罷了，還縱容著他聲色犬馬不思進取，青兒才多大的年紀，都想著往他房裡塞人了，真是太不像話！」

想著自己唯一的兒子居然如此貪戀女色，一再惹他生氣，他就覺得氣憤難平。

周氏總算是聽明白了，吳氏的這些小錯她自然是不放在心上，也懶得管的。反正司徒青愈是驕縱，對她就愈有利，她又何必多管閒事？這一回，是吳氏自個兒犯到了老爺手裡，可就怪不著她落井下石了。

「老爺，不就是通房丫頭嘛，何必生這麼大的氣？青兒雖然年少，但總歸是個男子，吳氏這麼做，也是為了他的身子著想。」

在司徒長風面前，周氏一向都是溫柔嫻淑的。

瞧，吳氏所犯的錯誤，在她看來，居然還是為了司徒府的子嗣著想了！

司徒長風聽了這番勸解，不但沒有消氣，反而更火了。「夫人妳也是太過包容他們了！先不說青兒還年少，不宜過早沈迷女色，那叫雨娟的丫頭，可是訂了親的。如今被吳氏這麼一鬧，那夫家的人上門討人來了，這要是傳出去，教太師府以後如何在外人面前抬得起頭來！」

周氏本就是假好心，如今被他這麼一說，立馬就低下頭認錯了。「是妾身思慮不周，望老爺寬恕。」

「與妳無關，莫妄自菲薄！」司徒長風還算是個講理的人，沒有因此遷怒於周氏。

周氏惺惺作態之後，便安靜地替他捶肩膀，無比的體貼。「老爺，那這事兒要如何處理？總不能將人家趕出去吧？如此一來，對太師府的名聲也不好。」

「我已經派人去知會吳氏，讓她補償那丫頭一些銀兩，將那丫頭的賣身契燒了，還她自由身，也算是補償了。」司徒長風長嘆一聲，大有鬆了口氣的姿態。

周氏一邊恭維著他處理謹慎，一邊在心中暗暗納悶。這吳氏剛要將那叫雨娟的丫頭送進司徒青的屋子，那丫頭的夫家就找上門來了，這事也太過蹊蹺了吧？是巧合還是有人刻意通風報信？雖然此事與她無關，但是在她眼皮子底下做了這些動作，就是沒將她這個主母放在眼裡，這樣的行徑無疑是對她權威的一種挑釁。

等到司徒長風離去，周氏立馬把身邊伺候的許嬤嬤叫了進來。「嬤嬤，院子裡最近可有什麼動靜？」

許嬤嬤相當忠心，自然不會隱瞞周氏任何事情。「回夫人的話，院子裡最近一直無事，只是奴婢發現那吳氏經常偷偷出府，也不知道在做些什麼。」

「哦？又是吳氏？」周氏的嘴角微翹。

看來，這個女人也忍不住想要出手了呢！既然有人替她除去那個心頭之患，那她也樂得安逸，不必如此費神了。

許嬤嬤跟隨她多年，自然知道她的心思。見周氏露出久違的笑容，便在一旁繼續說道：「那吳氏也不是個省油的燈，等到她事成之後，大人便可以藉此除去她了。」

「不過是個戲子，不足為慮。」周氏眼高於頂，自然沒有將這個對手放在眼裡。

看著司徒長風對她又敬又愛的態度，她就忍不住洋洋得意。一家之主又如何？還不是乖乖地被她掌控。誰說女子不如男子，女人的溫柔有時候比起那殺人的利器，也是不遑多讓，以柔克剛，一向是她最拿手的。

「夫人，三小姐最近心情很不好，要不要過去安撫安撫？」許嬤嬤效忠的不僅是周氏，而是整個丞相府。那司徒雨也是大姑奶奶的骨肉，是丞相府血脈相連的親人，自然也在她的看護之下。

如今司徒雨這個嫡出的小姐被罰了禁閉，而一個庶出的小姐卻處處春風得意，她如何都嚥不下這口氣。

周氏微抬眼眸，並無多大波動。「雨兒驕縱任性慣了，多關她些時日，對她也是有好處的。」

「夫人，這……三小姐好歹是大姑奶奶所出……」

周氏斜了她一眼，道：「如今是我當家，我自然是要處處謹慎小心，不能讓人鑽了空子。怎麼，妳也覺得我虧待了姊姊的女兒？」

許嬤嬤見周氏眼角隱約顯現出怒意，這才低下頭去，認錯道：「夫人恕罪，奴婢多嘴了！」

見她識相地認了錯，周氏這才緩和下來，淡淡道：「你們以為當個家容易嗎？我雖然是名義上的夫人，但在外人的眼裡，也不過是個填房。縱然有丞相府罩著，但這名分卻是不會變的。」

「夫人教訓得是！」一眾丫鬟、婆子都低眉順眼，不敢吭聲。

「老爺身邊的女人，可不止我一個。表面上，她們尊稱我一聲夫人，可是背地裡，又有多少人真正拿我當主母看？還有那些個子女，都不是出自我的肚皮。就算是親姨甥女，那也隔了一層關係。你們以為她們姊妹倆是真心實意地將我當成親生母親看待？」周氏一邊說，一邊暗暗地抹著淚。

人都是自私的。誰不是為了自己多做打算，又有幾個能做到公正無私？表面上，司徒芸姊妹倆的確對她恭敬有加，但她們心裡怎麼想，又有誰知道？

司徒雨還好說，畢竟沒什麼腦子，情緒都寫在臉上。她巴結著自己，她也是清楚的。只不過，那巴結，也是為了讓她這個沒娘的孩子能夠過得舒服一些，不至於讓人欺負。而司徒芸呢？她的目的雖然不像司徒雨那麼明顯，但也有不少動機。

她是嫡出的大小姐，身分本該尊貴無比。只是在婚事上，司徒錦被皇上賜婚，忽然壓過了她一頭，她大小姐的自尊心當然受不了了。

司徒芸極力討好她，不也是為了找個靠山，好把她當槍使，讓她幫著對付司徒錦那個丫頭嗎？司徒芸不顯山露水，但周氏心裡可是亮堂堂的。

憑什麼她要被人白白利用？

她司徒芸是高高在上的嫡女，難道她周燕秀就不是？上一次幫著司徒芸去沐王府鬧騰了一回，卻被司徒長風斥責，這種吃力不討好的事情，她懶得再做了。

起初，她剛進門，還可以敷衍一下這姊妹倆，為自己樹立一個好名聲，可是時間久了，她就要為自己多打算，畢竟這兩姊妹日後可都是要嫁出去的，她唯一能夠依靠的，就是自己的孩子了。

經過一番心理掙扎，周氏便堅定了自己的想法。

吳氏被司徒長風訓斥了一頓，心裡真是窩火得很。看著雨娟誠惶誠恐地來辭行，她就氣不打一處來。

「行啊，長本事了！一個小蹄子，居然敢到老爺那裡去告狀？」

雨娟只知道，這一切都是二小姐從中幫襯著，心裡喜悅的同時，也不敢得罪吳氏。雖說她已經得到了老爺的准許，可以離開太師府嫁人了，但還沒有跨出吳氏的屋子，她就不能鬆懈半分。

「雨娟不敢。」

「哼，妳有什麼不敢的！竟然聯合外人一起來對付我！虧我這麼多年來一直優待妳，還讓妳做了二等丫頭，簡直是恩將仇報！」吳氏哪裡肯這麼輕易地饒了她去，嘴裡的話愈來愈難聽。

雨娟不敢吭聲，只能安分地跪在地上一動不動。

「別以為妳不作聲就沒事了。」吳氏見她沒有反應，心裡更來氣，於是大聲吩咐道：「來人啊，給我狠狠地教訓這個以下犯上的賤婢，打到她求饒為止！」

雨娟心中慌亂不已，她沒想到就算自己默默地承受無禮的辱罵，吳氏還是不肯放過她，頓時忍不住呼喊起來。「姨娘饒命，饒命啊！」

「現在才求饒？晚了！」給了下人們一個眼色，吳氏便坐回椅子裡，等著看好戲。

雨娟絕望地閉上了眼睛，可是等了許久也不見預期的疼痛襲來，不由得睜開了眼睛。此時，被朱雀攔下來的丫鬟一個趔趄，摔倒在地。

「唉唷！」

「誰那麼大膽，竟然敢阻礙我教訓下人？」吳氏見一個面生的丫鬟闖了進來，不由得拿出主人的架勢，大聲訓斥起來。

朱雀哪裡將這吳氏放在眼裡，逕自拉起雨娟道：「奉了老爺的命，雨娟要即刻出府，不得逗留！吳姨娘這是在質疑老爺的命令嗎？」

吳氏也是見過風浪的，對於一個小丫鬟的威脅根本沒在意。「好個狐假虎威的死丫頭，居然敢對我這麼說話！來人，給我掌嘴！」

那些丫鬟、婆子，一向唯吳氏的命是從，便圍了上去，想要動手。

突然，一道淺綠色的身影出現在院子門口，喝止道：「吳姨娘還真是威風，居然連爹爹的話都聽不進去了。朱雀是我的人，就算是要教訓，也是由我這個主子動手，就不勞姨娘妳操心了。」

所謂打狗也要看主人，吳氏不分青紅皂白就要動手打人，實在是有失分寸。

「唷，原來是二小姐。」吳氏從鼻子裡哼出聲來，臉上滿是不屑。

「姨娘休得對二小姐無禮！」緞兒見她如此態度，忍不住上前護著自家小姐。

「妳這個賤丫頭，憑什麼對我大呼小叫？我好歹也是府裡的姨娘，妳……」

「姨娘還知道自己的身分？甚好。」司徒錦不鹹不淡地說道：「既然知道自己的身分，那姨娘想必也該知道，妳我地位上的差別。無論如何，我都是太師府的千金小姐，是主子；而妳，充其量，也不過是個奴婢。別以為被抬為姨娘，就可以不把規矩放在眼裡。」

「妳……」吳氏一向最得司徒長風的寵，也在府裡橫行霸道了十幾年，哪裡受過這等氣。她被司徒錦這麼一貶低，一張臉脹成豬肝色，說多難看就有多難看。

「姨娘覺得我說得不對？也好，爹爹此刻正好在府裡，不如咱們去找他評評理？」司徒錦料定吳氏不敢去見司徒長風，所以才如此說。

果然，那吳氏見司徒錦提到司徒長風，氣焰頓時矮了半截。剛才才被老爺訓斥了一頓，難道還不夠嗎？如果這時候再鬧到他那裡，依照司徒錦目前的地位來看，恐怕沒她什麼好果子吃。所以就算是再不甘心，此刻吳氏也只能忍了。

「二小姐說哪裡話。這麼點兒小事就去打擾老爺的清靜，也太小題大作了。」吳氏一邊說一邊思考著對策。

見吳氏的態度有所改變，司徒錦也沒打算在此與她多糾纏。於是轉移話題，對朱雀吩咐道：「爹爹的吩咐，難道妳沒聽見嗎？還不把這丫頭帶下去！」

朱雀假裝委屈地癟了癟嘴，然後就將驚魂未定的雨娟給拉了出去。

吳氏這時才反應過來，原來今日之事，都是二小姐在給她使絆子，頓時氣得肺都要炸了。可是事已至此，她再怎麼樣都挽回不了了，只好將這筆帳記在心裡，等著日後一同算在江氏的身上。

「二小姐還真是菩薩心腸。」吳氏陰陽怪氣地譏諷了幾句，便不再說話。

司徒錦也不在意，轉身就走。只不過，經過這一次交鋒，吳氏肯定已經將她視為眼中釘，欲除之而後快了吧？

但司徒錦要的就是這個效果。

與其讓一個不確定的因素埋伏在身邊，還不如徹底激怒對方，讓她自亂陣腳。如此一來，她想要將對方連根拔除就容易多了。

一出吳氏的院子，緞兒就忍不住嘟囔起來。「小姐真是太仁慈了！這吳姨娘如此囂張，小姐也不與她計較！」

「緞兒……」司徒錦突然停下腳步。「難道被狗咬了，妳還要反過去咬狗一口嗎？」

緞兒動了動嘴皮子，最終還是沒說出話來。

另一邊，司徒青滿懷期待地等著小美人來投懷送抱，可這一等就是半天，卻絲毫不見雨娟的人影，心裡有些急了。

「你，去姨娘那裡催一催，讓她快點兒將雨娟送過來。」

「是的，少爺！」小廝聽了吩咐，賣力地朝吳氏的院子跑去，不一會兒便回來了。只是任司徒青再怎麼看，也沒見到小美人的身影，頓時就火了。

「叫你去接人，人呢？」

「少爺……」那小廝有些欲哭無淚。「姨娘說，二小姐將那丫頭領出府去，再也不會回太師府了。」

「你說什麼？司徒錦她竟然把小美人弄走了？她敢！」說著，就要從床上溜下來，跑去找司徒錦算帳。

「少爺，您的身子……」小廝一臉驚恐地衝上前去，扶住司徒青。

這會兒，司徒青哪裡還聽得進別人的話，一心想要去找司徒錦要人。「你們別攔著我，今兒個我一定要將那個賤丫頭打死不可！她也不看看，誰才是這宅子將來的繼承人，惹火了我，有她的好果子吃！」

「哼，真是好大的口氣！」不知道何時，一個粗狂的聲音傳來。

「你個逆子，居然說出這般大逆不道的話來！」司徒長風在吳氏的一番花言巧語之下剛消了氣，總算是想起了這個兒子。但沒想到剛到門口，就聽到他說出這樣一番不中聽的話來，一張臉氣得一時紅一時白。

他怎麼會有這麼一個不爭氣的兒子！不學無術就罷了，還學人家紈袴子弟喝花酒，結果跟人打架，鬧得滿城皆知，害得他顏面無存，被同僚恥笑。這才幾天，他居然不記取教訓，還口出狂言，想要打死自己的姊姊，簡直是欠揍！

「爹，您可要為孩兒作主啊，司徒錦那個丫頭，居然將孩兒的心頭肉給奪走了，您一定要為孩兒主持公道啊！」司徒青見到司徒長風，起先還嚇了一跳，不過看到娘親在一旁，他就有恃無恐起來。

爹爹一向對娘親百依百順，相信他這一告狀，加上娘親在一旁勸說，爹爹就會順了他的心意，將司徒錦那個丫頭狠狠地教訓一頓，順便把雨娟給找回來。

他是爹爹唯一的兒子，不是嗎？

司徒青正得意著呢，司徒長風卻突然上前幾步，一巴掌揮了下去，將這個不肖子給搧倒在地。「不知悔改的東西，到了這個時候，你居然還貪念女色，真是氣死我了！」

「爹爹……」

「老爺……」

吳氏見兒子被打，心裡那個疼啊。可是此時此刻，聰明如她，也知道不能再為兒子求情，否則必定適得其反，搞不好連她也要受累。

吳氏索性不看兒子，急忙上前扶住快倒下的司徒長風，哭道：「老爺，您可要保重身子啊！青兒，你還不過來給爹爹賠罪，瞧你都做了些什麼？」

「爹爹，孩兒知錯了。」迫於形勢，司徒青即使不甘願，還是不得不低頭認錯了。

司徒長風勉強站直，看了這個兒子一眼，眸中滿是失望。

「也罷，眼不見為淨。」不忍地閉上眼睛，司徒長風甩開吳氏的手，黯然離去。

吳氏看著自己那雙空空如也的手，半天回不過神來。她這是被嫌棄了嗎？老爺厭棄她了嗎？

想到自己可能失寵了，吳氏的心就痛得厲害。

「娘？娘……您沒事吧？」看到吳氏漸漸癱軟下去的身子，司徒青此刻才有了那麼一點兒憐憫之心，拐著腳蹦過去，將吳氏扶了起來。

「嗚嗚……我的命怎麼這麼苦啊！」吳氏突然放聲大哭，神色哀戚。「我這是造了什麼孽啊，居然這麼被人糟踐！」

「娘，您別哭了，您還有我呢！」此刻司徒青被她的情緒所感染，忽然變得乖巧起來。

看著兒子那張熟悉的面容，吳氏忍不住抱著兒子痛哭，任誰都勸不住。司徒青沒辦法，只得陪著她在院子裡跪坐。

翌日一早，司徒錦起床梳洗過後，就去了江氏的房裡。

「娘親，可起來了？」

聽到女兒的聲音，江氏臉上總算有了一絲笑容。「是錦兒來了嗎？快進來，別凍壞了。」

司徒錦走進屋子，便覺得暖烘烘的，心下驚訝不已。這地龍，可不是所有的人都用得起的，起碼在京城達官貴人的府上，只有正室的屋子裡才能有這樣的優待。如今娘親這裡也是這般溫暖入春，倒是讓司徒錦感到有些受寵若驚了。

「娘親，這地龍是怎麼回事？」

「是前些日子，妳爹爹怕我冷，特地吩咐人建的。起初我還不知道呢，昨天妳爹爹才提起。怎麼，錦兒覺得有問題？」鑑於前幾次被人陷害，差點兒性命不保，江氏如今特別謹慎小心。

司徒錦回以她一個安心的笑容，道：「娘親，您多慮了。女兒只是覺得這屋子格外暖和，所以有些吃驚罷了。」

江氏聽了她這番解釋，這才放下心來。「那我便放心了。」

母女倆正說笑著，忽然聽到外面有人稟報，說是四少爺過來請安了。司徒錦的笑容頓了頓。

那母子倆還真是不消停啊！失去了爹爹的寵愛，就把注意打到這邊來了。也難怪，爹爹最近越發的往娘親屋子來得勤了，這無疑是在向府裡的眾人宣告他對江氏的重視！不，準確的來說，是他對江氏肚子那塊肉的重視。

江氏正打算回絕，卻被司徒錦攔了下來。「讓四少爺稍等片刻，二夫人還未洗漱更衣，不方便見客。」

丫鬟知趣地退了下去，將這原話對著司徒青講了一遍。誰知道司徒青那大少爺脾氣一犯，便將自己的真實心意給吐露了出來。

「哼！擺什麼夫人的架子！要不是有用得著妳的地方，本少爺還會浪費時間在這兒跟妳低聲下氣地請安？」

聽見這番言論的司徒錦嘴角微翹，不著痕跡地笑了。

第四十章　惡整司徒青

「娘，您說什麼？要我去給江氏那個賤人請安？娘您是不是老糊塗了！」司徒青在聽了吳氏的建議之後，從椅子裡蹦了起來。

想到自己的將來，吳氏不得不苦口婆心地說道：「青兒啊！難道我這個做娘的，還會害了你不成？眼下你爹爹將江氏捧在手心裡疼著，你以為娘心裡會好過？可是兒啊，你要知道孰輕孰重！娘叫你去給江氏請安，並不是真的要你去討好她，只是做做樣子，至少讓你爹爹覺得你是個懂事孝順的孩子。如此一來，你日後才能重新獲得他的喜愛，還會是那個風光無限的四少爺。你懂不懂娘的苦心啊？」

司徒青耐著性子聽吳氏講完這一番話，這才消了消氣。「原來娘是要我去做做樣子，怎麼不早說？害我誤會了您。」

吳氏縱使有一張巧舌如簧的三寸不爛之舌，但對於兒子這不經意吐露出來的話，還是覺得有些承受不住。

「青兒，娘以後只能靠你了。」吳氏拉著寶貝兒子的手，泫然欲泣。

看到她那楚楚可憐的模樣，司徒青也心軟了。「好了好了，兒子一切都聽您的，還不行嗎？快別哭了。」

吳氏這才破涕為笑，收了眼淚。

在江氏的門口站了一炷香的時辰，司徒青就再也待不住了。娘親不是說江氏那婦人最是心軟，最好對付的嗎？他都已經委屈自己，在門外站了這麼久了，也不見她叫人來請他進去，這是怎麼回事？

堂堂太師府的少爺，居然要受如此的氣，他哪裡受得了？

「妳，進去再通報一聲，就說本少爺來了！」由於男女有別，司徒青沒有直接闖進江氏的屋子裡去，而是讓一個路過的丫鬟進去稟報。

結果那丫鬟進去之後，半天沒出來，裡面也沒啥動靜。這可把司徒青僅有的那麼一點兒耐心給耗完了，不管三七二十一就要往裡面闖。

「妳們敢攔著我？小心妳們的皮！」司徒青剛要往江氏的屋子裡衝，就被丫鬟、婆子給擋住了去路，少爺脾氣一上來，就開始發飆了。

江氏在屋子裡聽到外面的動靜，不免有些擔心。「錦兒，這麼對妳四弟，會不會太過分了？」

「娘親以為他真的是來給您請安的嗎？十多年都沒有踏進過您的院子，這會兒倒是急著上門來了，難道娘親還看不透嗎？」不是她要打擊江氏，這司徒青突然變得殷勤起來，絕對不是什麼好事。

江氏抿了抿嘴，便不再說話了。

錦兒說得不錯，吳氏從未將她當自家姊妹過，向來喜歡對她們母女冷嘲熱諷，司徒青又怎麼會好心地過來給她請安呢？恐怕這裡面有蹊蹺吧！

外面正鬧得起勁兒，司徒長風便踏著愉快的步子過來了。瞧見那個逆子居然鬧到了江氏這邊，臉色有些難看。「你不在屋子裡好好反省，到這裡來做什麼？」

司徒青見到司徒長風，忽然想起吳氏的叮囑，立馬低下頭去，裝出一副恭順的模樣道：「孩兒……孩兒這幾天在屋子裡反思，已經知道錯了。所以今兒個就過來給二娘請安，順便請求二姊姊的原諒。」

聽他如此說，司徒長風的神色稍微緩和了一些。「你還不算笨，能夠想到給你二姊姊道歉。可是一大清早，你在這兒吵吵嚷嚷的，像什麼話？萬一打擾到了你二娘養胎，你擔當得起嗎？」

被司徒長風這麼一頓訓斥，司徒青臉色很是難堪。

江氏在屋子裡也聽到了司徒長風的聲音，正打算出聲，卻被司徒錦搶了先。「娘親，快去床上躺著去。」

「為何？我剛穿好衣衫。」江氏有些不解。

司徒錦牽著她的手，走到床榻跟前，將江氏推進了被褥裡，吩咐丫鬟們管好自己的嘴之後，這才說道。「娘親只管睡覺，其他的交給我。」

江氏雖然疑惑，但是對女兒的安排還是言聽計從。

「咦，是爹爹過來了？」司徒錦從門內探出頭來，見到司徒長風的時候，竟是滿臉的笑意。

看到女兒那張愈來愈嬌豔的小臉和不同以往的態度，司徒長風的怒氣也漸漸平息了下去。「錦兒也在？妳娘可起身了？」

司徒錦笑著走上前，微微行了個禮後道：「女兒來得早了些，娘親還未醒。不過剛才聽到外面的聲響，娘親的眼皮子動了動，似乎是要醒了。」

司徒青見她睜著眼睛說瞎話，就忍不住嗆聲了。「怎麼可能？我剛才來的時候，不是說已經起身了嗎？」

「四弟恐怕是聽差了。丫鬟們說的是快要起身了，這一點二姊姊我可以作證。」停頓了一下，她又繼續說道：「四弟要是不信，大可進去瞧瞧，看看二姊姊可有騙你？」

「二姊姊說謊，也要找個好點兒的理由。這都日上三竿了，二娘怎麼可能還沒起來？」司徒青不服氣地說道。

司徒錦淡淡一笑，說道：「四弟恐怕不知道，這懷了身子的人，瞌睡比起常人的確是多了些。」

司徒長風也不斷地點頭，這一點他是知道的。懷了身子的婦人，的確是經常犯睏。

「你還敢大聲叫嚷？給我閉嘴！」

司徒青被迫住了嘴，但是心中卻越發的對司徒錦母女倆怨恨了起來。

跟隨著司徒長風進了江氏的屋子，司徒青就被屋裡暖烘烘的氣流給包圍了。享受著舒適的環境的同時，他心裡又不痛快了。想他的娘親在府裡得寵了十幾年，也不見爹爹如此大的恩寵，這個江氏不過是靠著司徒錦的婚事爬上了平妻的位置，還享受著正室才能有的待遇，憑什麼！

看著他那副不甘的模樣，司徒錦心中已經了然。

這司徒青，果然不是真心悔過。既然如此，那就不要怪她不客氣，是時候給他一些教訓了。

「爹爹，娘親醒了。」

司徒長風原本還坐在椅子裡喝茶，聽到司徒錦這麼一說，立馬放下手裡的茶盞，往內室去了。

司徒錦得意地笑了笑，然後挑起簾子，也跟著進去了。司徒青因為是男兒身，所以不便入內，只好一個人逗留在花廳裡。

雖然不甘心，但既然已經過來了，司徒青還是想把戲演足了，好重新博得司徒長風的好感，也不枉費他一大早爬起來。

緞兒悄悄注意著他的一舉一動，偷偷地在司徒錦耳邊稟報道：「小姐，四少爺果然坐不住了。」

司徒錦點了點頭，走到江氏身邊，體貼地幫著她穿戴起來。「娘親可算是醒了，教爹爹好等！」

接觸到司徒長風投來的關懷眼神，江氏假意低下頭去，害羞地說道：「怎麼老爺來了，妳們也不叫醒我？」

身旁服侍的丫鬟收到司徒錦的眼神示意，機靈地答道：「是奴婢的不是。奴婢心想，夫人懷著身子，需要多休息，所以沒敢吵醒。」

「好了，妳也不要怪罪她們了，她們也是為了妳的身子著想。怎麼樣，今日可有任何不舒服？」司徒長風放下家主的身分，溫和地走到江氏的床前，親自扶起了她。

江氏羞紅了臉，眼波流轉間盡是無限風情。

司徒錦見到這場景，不由自主地轉過頭去，望向一邊。雖然知道這是虛情假意，但司徒錦還是覺得臉頰微微發燙，有些無所適從。這場景讓她想起那日在沐王府，龍隱也是如此深情款款地抱著她，對她訴說著一些令人臉紅心跳的話。

他說，他從來不向任何人低頭！

他說，這門婚事是他向皇上求來的！

他還說，他這一生只會有一個妻了！

想到那些縈繞在她耳旁久久不肯散去的誓言，司徒錦就忍不住羞赧。龍隱的個性她很清楚，這樣的男人不會輕易表露自己的真實情緒、花言巧語的。所以，當他說出那些話的時候，她信了。

即使有前世那些遭遇，但她還是忍不住信了。

司徒錦正沈浸在美好的回憶當中時，突然外間的一聲脆響，拉回了她的思緒。

「發生了何事？」司徒長風耳朵非常靈敏，聽到這聲響皺了皺眉，似乎對打斷他們夫妻柔情密意的響動很是反感。

這時，一個丫鬟慌慌張張地跑進來，嚇得雙腿發軟，不住地跪在地上磕頭道：「不好了……不好了！四少爺他……」

「四少爺怎麼了？」司徒長風一聽到這個名字，眉頭皺得更緊了。

「四少爺……四少爺將老爺送給二夫人的送子觀音……打碎了……」那丫鬟愈說愈小聲，生怕主子們一個生氣將氣撒在她身上。

「什麼？」司徒長風轟地一下從床榻上站了起來，大步跨出去。

不一會兒，前廳傳來大聲的怒吼以及痛苦的求饒之聲。

「你這個逆子，真是死性不改！你……你居然打碎了送子觀音！你怎麼能這麼歹毒呢？你這是咒你的弟弟啊！」

「我沒有！孩兒……孩兒不過是一時好奇，沒想到……孩兒真的不是故意的！」

「我打死你這個逆子！」

「啊！爹爹饒命，我真的不是有意的……」

司徒錦聽著前面的好戲，嘴角不由自主地向上揚。

江氏看到女兒嘴角的笑意，不由得蹙了蹙眉。「錦兒，這一切都是妳安排的？」

司徒錦回過神來，朝著自己的娘親走去。「娘親，女兒不過是未雨綢繆。司徒青，是不得不除去的一個障礙。」

江氏看著女兒如此輕鬆地講述著，忽然覺得有些不懂這個女兒了。

她的錦兒才十四歲啊！小小年紀，居然就有了算計別人的本事。她該高興還是悲哀呢？

她本該是個無憂無慮的孩子，可是為了讓她有個立足之地，卻要背負起這麼重的重擔，她這個做母親的實在是太差勁了！

「錦兒……」

「娘親切莫如此。」一正說著呢，發完火的司徒長風進來了。

看到江氏飽含眼淚的模樣，司徒長風心疼不已。「怎麼好好的就哭起來了呢？不過是個觀音像罷了，改日我再去寺廟求一個回來，咱們的孩兒一定會沒事的。」

江氏知道他誤會了，但也沒有去揭穿，只是一個人黯然神傷。

菊園

「娘啊！嗚嗚……您可要為孩兒作主……」

吳氏還沒看清楚怎麼回事，一個人影就撲進了她的懷裡。當看清兒子身上那些瘀青和血痕之時，吳氏忍不住尖叫了起來。

「呀，青兒，你這是怎麼了？誰這麼狠心，打了你？」

她的心肝寶貝她自己都捨不得碰一下，哪個該死的居然對她的兒子下這麼重的手，簡直不知死活！

「兒啊，你告訴娘，是誰把你打成這樣的？是不是江氏那個賤婦？」心疼兒子的吳氏胡亂猜測道。

她的青兒一大早就去了江氏那邊，這身上的傷肯定是她叫人打的！

司徒青捂著臉，身上的傷痛怎麼都不比心裡的痛來得銳利而厚重。那是一向最疼他的爹爹下的手啊，這叫他如何能夠接受得了？他不過是打破了一件東西而已，又損失不了多少錢，爹爹為何生那麼大的氣，還親手痛打他一頓？

愈想愈委屈的司徒青此時顧不了什麼少爺的面子了，像個小孩子一樣哭了起來。「娘啊！孩兒真的很委屈……為什麼爹爹變得跟以前不一樣了？爹爹不是最疼孩兒，不捨得孩兒吃一點兒苦頭的嗎？為何他會為了這麼點兒小事，就動手打孩兒？嗚嗚……」

吳氏聽完他斷斷續續的敘述，總算是明白了。兒子原來是被老爺給打了。可是無緣無故的，老爺為何會對這唯一的兒子動手啊？這一定是江氏母女在那邊挑唆，故意給兒子找碴！

「青兒，你到底做了什麼事，惹你爹爹不高興了？」為了給兒子討回一個公道，她打算先把事情給弄個清楚。

司徒青提起這事就覺得很冤枉。「孩兒只是不小心，打碎了一個觀音像，誰知爹爹卻小題大作，打了孩兒一頓不說，還說孩兒不安好心，想要謀害江氏那賤婦肚子裡的孩子。」

「觀音像？」吳氏聽了半天，總算是抓住了重點。

莫不是那送子觀音吧？吳氏愈想愈不對勁，心裡就像貓抓一般難受。老爺現在最重視的就是子嗣，而且是嫡出的子嗣。那送子觀音雖然只是個普通的物件兒，但是在老爺看來，那可是延綿子嗣的神聖象徵。

想到這裡，吳氏便忍不住打了個寒顫。

「娘，您幹麼這麼看著孩兒？難道您也覺得孩兒做錯了？」司徒青有些不滿吳氏的態度，於是又開始撒潑。

「好了好了，青兒別再傷心了。娘叫人給你搽最好的藥，會兒就不疼了，啊？」吃了這個啞巴虧，吳氏自然不敢去興師問罪。

畢竟這是司徒長風親自動手的，她也不好去找江氏的麻煩。更何況她現在在府裡的地位大不如前，而江氏正得寵，她只能忍了。

「娘，您一定要給兒子討回公道，兒子不能這麼平白無故地被打！」

「青兒你放心，這筆帳娘遲早會幫你討回來。江氏那賤婦不就是仗著自己懷了身子，所以在那兒作威作福！哼，我看她要是沒了肚子裡的那塊肉，還如何囂張！」

「娘，您有辦法除去……」司徒青聽到吳氏這般說，眼睛瞬間亮了起來。

吳氏一把捂住他的嘴，小心翼翼地打探了周圍一番，沒有發現任何人，這才壓低聲音說道：「人多嘴雜，小心為上。你放心，娘一定會除去這個禍害，絕對不會讓人威脅到你的地位！」

有了吳氏的保證，司徒青總算放下心來。

司徒青被家主親自教訓了一頓的消息，很快就在府裡傳開了。各個院子裡的反應都很強烈，就連周氏那邊，也引起了不小的轟動。

「夫人，沒想到老爺竟然如此護著江氏那小賤婦，看來咱們得儘快動手才行。」許嬤嬤眼中閃過一絲凌厲，建議道。

周氏神色不明地端坐在軟榻上，心裡面閃過無數念頭。江氏肚子裡的那塊肉，勢必要除掉。只是現在老爺盯得緊，江氏經過前幾次的教訓，長了不少的心眼兒，她想要下手卻沒有機會。

「夫人……」許嬤嬤見她一言不發，不禁隱隱有些著急。

周氏抬起手臂，阻止許嬤嬤繼續說下去。「我自有主張。」

「可是……」許嬤嬤還是不太放心。

「再過不久，皇家的狩獵也要開始了吧？」周氏似乎在說著一些無關的事情。

許嬤嬤聽了這個消息之後，臉上就笑開了花。「老爺肯定會去的。到時候，只要再支走二小姐……」

司徒長風再維護江氏，也不可能時時刻刻在她身邊看著。只要讓她神不知鬼不覺地流掉那孩子，再隨便編派一個理由扣到江氏頭上，江氏這一輩子就別想再翻身了。

「嬤嬤，讓妳替我找的人，找到了嗎？」周氏微微側過頭去，問道。

許嬤嬤笑著答道：「夫人放心，都安排好了。」

「嗯……過幾天老爺出府之後，妳就把人帶來吧！」周氏冷靜地吩咐道。

許嬤嬤應了下來，接著便殷勤地給周氏奉上了蜂蜜茶。

「嬤嬤，大小姐那邊有什麼動靜沒有？」忽然想到好幾天不見兩個嫡出的小姐了，周氏不免多問了一句。

「大小姐在繡樓修身養性呢，整日不是撫琴就是作畫，異常的勤奮。」許嬤嬤如實稟報道。

「算她有點兒遠見，還知道未雨綢繆。」周氏的語氣中，帶著一絲的讚許，卻沒有過多的喜愛之情。

許嬤嬤不明所以，但是在主子面前，也不好多問。

「司徒錦那個丫頭，也像往常那樣，整日在院子裡溫書？」想起這個強勁的對手，周氏不敢有絲毫放鬆。

「回夫人，那個臭丫頭每日除了去江氏屋子裡問候請安，便在自個兒的院子裡看書練字，不見任何異常。」對於妾室生的孩子，許嬤嬤一向都是用這種鄙視的目光來看待，嘴裡也沒有半句好話。

周氏也不糾正，由著這些下人們胡說。「多留意著點兒，這丫頭可不是個簡單的角色。」

「夫人怕是多慮了，她不過是頑劣任性了些，頂多有些小聰明，還上不得什麼檯面。」許嬤嬤也是個人精，見過不少世面，根本沒把這麼一個黃毛丫頭放在眼裡。

周氏瞥了許嬤嬤一眼，道：「興許是我多慮了，不過她再過不久就要及笄了，到時候真要嫁進了沐王府，那也是一個麻煩。」

「也真不知道那丫頭修了幾輩子的福氣，居然能夠攀上沐王府這樣的貴胄！只不過，妨礙了夫人，就算是世子妃，奴婢也會毫不手軟地除掉她，永絕後患！」

周氏的唇角露出好看的弧度，眼神卻充滿了狠毒。司徒錦一再挑釁她的權威，的確是該除去了。否則，日後她必定會成為她的心腹大患！

「去把大小姐叫過來，就說我有事找她。」周氏想通了一些問題，立刻就有了主意。

許嬤嬤叫了身邊一個熟悉的丫頭，讓她去大小姐那邊傳話。不到一炷香的時辰，司徒芸便穿著一身淺紅色對襟海棠織錦夾襖，捧著手爐過來了。

「母親喚芸兒過來，可是有什麼好消息？」司徒芸言笑晏晏地問道。經過一段日子的沈靜，她越發穩重了。

「再過幾日便是皇家狩獵了，到時候四品以上官員是可以攜帶子女前往的，母親打算讓錦兒跟妳一道去。」周氏倒也不囉嗦，直接開門見山地說了。

司徒芸秀眉微蹙，似乎在考慮這個建議的可行性。要知道，司徒錦是她恨入骨髓的人，這樣的場合要她跟一個庶女一起前往，她有些不情願。但是周氏的態度，明白就是已經有了決斷，司徒錦是非去不可的。再想到周氏的謹慎和小心，她讓司徒錦跟著一道去，恐怕也是另有深意吧？

「母親是不是有什麼事要交代女兒？」聰明如她，怎麼會不明白其中的用意呢。

周氏見她是個明白人，也就不打謎語了，屏退了屋子裡的丫鬟，只留下自己的心腹，周氏這才放心地說話。

「芸兒是個聰明人，應該了解狩獵場的規矩。這打起獵來，可是刀劍無眼，有個什麼意外，那也屬正常，不是嗎？」

司徒芸眼神閃爍，心中滑過一個卑鄙的念頭。只要在狩獵場除去司徒錦，再偽裝成意外，那她就可以高枕無憂了！

想著司徒錦很快就要死於非命，她心中就無比的暢快。「母親放心，芸兒心裡已經有了計劃了。」

「哦？說出來聽聽？」周氏儘量用平靜的語調問道。

司徒芸詭異地笑了笑，側身在周氏耳邊耳語了幾句，然後才眨著一雙嫵媚的眸子問道：「母親覺得這個死法，夠分量嗎？」

周氏抿嘴笑了笑，道：「還是芸兒聰慧，竟然能想出如此妙計。」

「芸兒不過是突發奇想，哪裡比得上母親決勝千里的智慧。」司徒芸在周氏面前，永遠都是以一種晚輩的謙卑姿態出現，態度恭敬有加。

周氏似乎很滿意她的表現，讓許嬤嬤將她首飾盒裡一顆碩大的南海珍珠取了出來。「芸兒此次去參加狩獵，可不能讓別人瞧扁了咱們太師府。這顆珠子是妳外祖母送的，今日就給了芸兒，也算母親的一點兒心意。」

司徒芸接過那珍珠，激動不已。儘管已經極力克制自己的心動，但那貪婪的眼神卻出賣了她。「母親對芸兒真好！」

周氏看著她感激涕零的模樣，在心底冷笑。這麼一顆珠子就讓她驚嘆了，如此普通的物件，到了她司徒大小姐的眼裡，竟然成了價值連城的寶貝，太師府果真不像表面上那麼風光。靠司徒長風那微薄的俸祿，實在是養不活人，更何況司徒家世代書香門第，不擅經營。偌大的一份祖產，到了司徒長風的手裡，早已敗落了。難怪姊姊嫁過來時那麼多的嫁妝所剩無幾，原來是背地裡偷偷地拿出去典當，換銀兩了！也真夠難為大姊了，居然為了夫家做出如此大的犧牲，那些東西，可是芸兒和雨兒將來的依靠啊，她怎麼就全搭進這無底洞裡了？

「時辰不早了，早點兒回去歇著吧。好好準備準備，我們芸兒到時候肯定能夠一鳴驚人，成為大龍王朝最耀眼的名門閨秀！」

司徒芸聽了周氏這番誇獎，喜不自勝。「那芸兒就回去了，母親也要多注意身體。」

周氏笑著點了點頭，看著她的背影消失在轉角。

等到司徒芸一走，周氏便將許嬤嬤找了過來，吩咐道：「以防萬一，去修羅殿多請些幫手，助大小姐一臂之力。」

許嬤嬤陰惻惻地笑了。「還是夫人想得周到。」

周氏沒有回應，端起茶盞飲了一口茶水，眼中寫滿了得意。司徒錦，我倒要看看，這一次的天羅地網，妳還能往哪裡逃！

梅園

司徒錦沒來由地打了個噴嚏，嚇得綴兒趕緊往外跑，想要去找大夫來給她瞧瞧，生怕她感染了風寒。

「綴兒，回來！我身子無礙，不過是打個噴嚏而已，瞧妳緊張的。」司徒錦吸了吸鼻子，覺得這個噴嚏來得蹊蹺。她身子骨一向不錯，斷不會突然感冒。看來，有人很惦記她啊。

「小姐真的沒事？」緞兒緊張地追問道。

「無礙。」司徒錦很確信地說道。

朱雀踏進門檻的時候，便聽到了這麼一段毫無營養的對話。

「小姐，剛才夫人將大小姐找了過去，您說她們是不是又在密謀什麼見不得人的勾當？」

司徒錦抬眸看向一臉戲謔的朱雀，好笑地問道：「妳又知道了？」

朱雀挑了挑眉，說道：「那是！這府裡還有什麼事能夠瞞得了朱雀我？」

「那妳說說，她們都密謀些什麼了？」緞兒有些不服氣地問道，她才不信朱雀能夠偷聽到夫人她們的談話。

以周氏的謹慎，這麼秘密的談話，絕對不會讓外人在場。

朱雀揚了揚眉，得意地說道：「這妳就不知道了吧？我朱雀最擅長的，就是蒐集情報和跟蹤。她們那點兒雕蟲小技，哪能騙得過我這雙眼睛？」

「妳就繼續吹噓吧！小姐，別聽她胡謅。」緞兒雖然很想相信她說的話，但是瞧見她那臭屁的神情，她就有些受不了。

司徒錦放下手裡的書本，對朱雀的話十分感興趣。「她們這次又想搞些什麼花樣？」

「小姐大概還不知道吧？再過幾日，便是皇家狩獵的日子，大人打算讓小姐您跟著大小姐一起出席。支開小姐您，她們想對付二夫人就簡單多了。」朱雀像是在談論天氣一樣，語氣輕鬆地說道。

司徒錦蹙了蹙眉，臉漸漸沈了下來。「她們真是不死心，非要置我們母女於死地不可。這一次，她們又想怎麼對付我們？用毒，還是直接打殺了？」

上回府醫說有個六根手指的婆子企圖害母親流產，隱世子也答應會幫她找到這個人，誰知查遍整個京城都沒消息，看來她們計劃得很周詳，那人已出城了。

經過那次風波，那幫人還是不死心，真是可惡！

不過，司徒錦倒不擔心自己的安危，倒是手無寸鐵的江氏，就危險了。「府裡交給我，小姐大可以安心地去狩獵。」朱雀拍著胸脯保證道。

「少在這兒說大話！只要夫人一聲令下，那些粗使婆子就能讓妳我動彈不得，又能如何護得二夫人周全？」緞兒不以為然地嘟了嘟嘴，對於她的大放厥詞感到很無力。

朱雀翻了個白眼，道：「妳笨啊！我打不過她們，難道就不會請幫手嗎？」

「妳哪來的幫手？自身都難保了，還在這兒吹牛！」緞兒輕哼著。

「這個妳就不用操心了。總之，不管怎麼樣，我都不會讓任何人傷害二夫人一根頭髮的！」她就是有這樣的自信。

緞兒沒有再說什麼，將頭撇向一邊去。

司徒錦倒是覺得，朱雀的話是可信的。畢竟龍隱訓練出來的那些影衛，都是精英中的精英，而據朱雀所說，她在影衛裡地位不低，要十幾二十幾個幫手是不成問題的。

「嗯，那府裡就交給妳了。」

「小姐……」緞兒不解地望著司徒錦，但始終沒有將話說出口。

朱雀見司徒錦如此信任她，頓時覺得精神百倍，比天上掉下金子來還要開心。這位新主子還真是不一般，難怪主上會捨棄那麼多高門貴女，獨獨鍾情於她。

三日後。

「馬車都打點好了嗎？該帶的東西沒少帶吧？」

「老爺的披風和弓箭準備好了嗎？」

太師府大門口，周氏領著眾人為司徒長風父女三人送行。作為當家主母，她的一舉一動可謂周到至極。

司徒長風看著這個女人細細地為他打點一切，心裡覺得暖烘烘的，慶幸自己娶了一個賢內助。只是他想不到的是，這個看似溫柔嫻淑的女子，卻是包裹在糖衣下的致命毒藥，是擅長偽裝的蛇蠍毒女。

「這幾日，府裡就全靠妳打理了。」司徒長風難得說出這樣感性的話來，對周氏的態度也更加柔和了。

「老爺放心，妾身會當好這個家的。」周氏帶著恬淡的笑容說道。

這邊依依不捨含情脈脈，另一邊，江氏看著正要上馬車的女兒，心裡忽然感到不安。她心裡總是覺得不踏實，彷彿女兒這一去，就要有大事發生了。

「娘親勿念，不過三、五日錦兒就回來了。」看到江氏那不安的神色，司徒錦笑著安慰道。

江氏含淚點了點頭，心中極為不捨。

司徒長風將目光又從周氏身上轉移到江氏身上，語氣中也滿是關心。「妳有了身子，要多注意，切莫太過操勞。」

他話裡的意思很明顯，那就是不用太惦記著錦兒，照顧好肚子裡的孩子比較重要。

江氏點了點頭，也少不了叮囑幾句。「錦兒此番出去，要煩勞大小姐多多照拂了。」

司徒芸漾出一朵美麗的笑顏，道：「二娘放心，芸兒一定會好好照顧錦兒妹妹的！」

好一個「照顧」！

那話語還在耳旁迴蕩，到了獵場之後又是另一回事了。

因為很多世家小姐都去了，所以司徒芸只顧著跟交好的手帕交閒聊，根本沒空理會司徒錦。不過司徒錦也樂得自在，如果司徒芸真的時時刻刻盯著自己，那她才受不了呢！

「咦，她怎麼也來了？還真是稀奇啊！」一道戲謔的嗓音響起。

渾身散發著生人勿近氣息的男子順著他的目光望去，一個嬌小的身影便落入了他的視線裡。端坐在高頭大馬上的男子在見到那個朝思暮想的人兒時，臉上的線條漸漸變得柔和。

「喂喂喂，你又開始犯傻了，是不是？」花弄影見到他這副癡情的模樣，有些受不了地撇開頭去，生怕掉一地的雞皮疙瘩。

自從皇上賜婚之後，這位仁兄就變得很不正常了。而讓花弄影感觸最深的就是，這個冷得像冰塊的男子，居然會笑了！真是讓人有些毛骨悚然！

他寧願他一直板著一張臉，至少這樣看起來很酷很有型。比起那噁心的笑容，還是冰塊臉看起來比較舒服。

「唉呀，不好，有人捷足先登了！」等到花弄影反應過來的時候，龍隱已經夾著馬腹，朝司徒錦的方向奔去。

真是重色輕友的傢伙！

他心裡嘀咕著，但是為了看熱鬧，還是屁顛兒屁顛兒地跟了上去。

「司徒小姐怎麼一個人單獨在此，是在等在下嗎？」

司徒錦從自己的思緒中回過神來，望了一眼這個偉岸的男子，敷衍地行了個禮，道：「國舅爺放著那麼多美人不陪，來找我做什麼？」

「司徒小姐似乎很排斥在下？在下不記得哪裡得罪過小姐。」楚羽宸以瀟灑的姿態翻身下馬，引來一眾閨秀的驚聲尖叫。

司徒錦還沒有開口，一道冷冷的聲音已經替她作了回答。「楚公子沒有得罪她，倒是礙我的眼了！」

第四十一章　大小姐出糗

「我當是誰，原來是隱世子。」楚羽宸撫了撫微縐的衣袍，一臉笑意地說道。龍隱沈著臉，對這個喜歡四處招搖的男人很是敵視。雖然他是皇后的親弟弟，是國舅爺，在皇上面前威望甚高，但他龍隱卻不畏他。敢在光天化日之下對錦兒意圖不軌，他如何能夠容忍？

「楚公子請自重！」他冷冷地警告著。

楚羽宸摸了摸鼻子，對這個冷酷的世子爺的行為感到好笑。「世子爺這是在警告在下？」

「隨你怎麼想，總之離她遠一點！」龍隱忍著怒氣說道。

楚羽宸來回在二人身上打量了一番，道：「世子這醋勁兒還真是大呢！司徒小姐還未過門，就已經看得這麼嚴了，想必以後的日子更是難過。」

死死地瞪著楚羽宸，龍隱心中的怒氣反倒是在他說出這一番話之後消弭無蹤了。因為他的錦兒在聽到「醋勁兒」這三個字的時候，居然難得的臉紅了。「既然楚公子知道錦兒是本世子未過門的妻子，就該注意自己的言行，莫要給她惹煩惱。」

司徒錦低垂著眼簾，沒敢抬頭。

雖然她是他們爭論的主角，但是在這種場合，一個大家閨秀不可以隨便與外男攀談，否則就有不守婦德的嫌疑了。

「兩位慢慢聊，司徒錦失陪！」說完，她趁著謠言還沒有滿天飛的時候遠離了這兩個危險人物。

龍隱世子自不用說，這楚公子可是京城中不少名門貴女心目中的佳婿，她可不想跟他有任何瓜葛。還是躲得愈遠愈好，免得遭受無妄之災。

看著她就這樣離去，兩個大男人的話題便戛然而止。

花弄影剛湊上來，想要看一齣好戲，但沒想到好戲就這麼收場了，頓時讓他惆悵萬分，恨不得學那深閨怨婦，拿著帕子絞啊絞，再滴幾滴眼淚。

「繼續繼續啊，我還沒有看夠呢！」他一臉期盼地說道。

龍隱卻冷哼一聲，騎著馬去了另一個方向。而楚大公子則微微一笑，灑脫地飛身上馬，朝著皇帝和皇后的轎輦而去。

龍國當今聖上聖武帝一到，剛才還閒散在各處的大小官員和名門千金，都迅速聚攏到聖駕前，三呼萬歲跪倒在地。

「吾皇萬歲，萬歲，萬萬歲！」

「都起吧，又不是在皇宮，各位卿家不必多禮。」聖武帝是個看起來很隨和的君王，但是了解他的人，絕對不會將他的這份仁慈看作是理所當然而有所怠慢，反而更加謹慎小心，生怕觸怒了聖顏。

司徒錦站在司徒長風和司徒芸身後，她個子本就嬌小，在人群中就更顯得不起眼。當遠遠地看見那個傳說中的帝王之時，她忍不住打量了他兩眼。

只見那個正值壯年的帝王，坐於那高臺之上，睥睨著下面的眾臣子，臉上略帶笑容，無形中卻顯現出一股威嚴。這樣看似溫和的君王，其實是最難以揣測的吧？司徒錦這樣想著。

「二妹妹，在想什麼呢，這麼出神？」司徒芸不知道何時回過頭來，嫵媚的眼兒盯著她直瞧。

司徒錦收斂心神，道：「錦兒從未見過如此大的陣仗，一時好奇罷了。」

司徒芸暗暗鄙視了她一番，心想還是高估了她，於是臉上的笑容更盛。「二妹妹既然沒見過這等場面，切莫隨意亂說話，以免給太師府招黑，知道嗎？」

司徒錦以沈默代替回答，心思早就不知道飛去了哪裡。

司徒芸對她這般態度很是惱火，但是在外人面前，她卻還要裝作一副姊妹情深的模樣，保持著高貴嫡女的溫婉形象，一腔怒火只能隱忍不發。

「待會兒皇后娘娘會召見所有女眷，妹妹可要注意自己的言行。」為了不被她拖累，司徒芸事先還是要做些交代。

司徒錦抬眼看了這個嫡姊一眼，道：「知道了。」

司徒芸握了握拳，轉過身又是一副燦爛的笑容，與別家小姐有說有笑去了。

「司徒小姐真是好脾氣，要是我那庶妹如此態度，我早就發火了！」

「就是就是，居然給嫡姊擺臉色，真是不知死活！」

「這司徒二小姐也太過分了，這樣的品行如何能配得上世子爺？」

那些千金小姐，出於自己的目的，一個個爭先恐後地數落著司徒錦的不是，好像她做了什麼見不得人的事情似的。

不過，司徒錦的涵養好，對她們的誹謗充耳不聞。

正當大夥兒討論得熱烈之時，一個尖嗓子的公公忽然走過來宣旨。「皇后娘娘有旨，請各位小姐移駕行宮！」

司徒錦抬起頭來，朝著周圍望了望，最後跟上了閨秀們的隊伍。

雖然在宮外，但是皇后娘娘的儀容仍舊完美精緻。一身紅色的袘地長裙，金線繡製的牡丹圖案華麗非凡；雲鬢綰出美麗的弧度，九尾鳳釵在頭上熠熠生輝，既莊嚴又大氣，讓人不由得生出一股敬意來。

「臣女見過皇后娘娘，皇后娘娘千歲！」

司徒錦跪倒在眾佳麗之中，素色的服飾毫不顯眼，不過這樣正合她的心意，不被注意到才是最安全的。抱著這樣的想法，司徒錦打從一開始，就決定遠離這些是非。

「平身吧！」皇后今日看起來氣色不錯，也沒有苛待這些臣子的家眷，沒讓她們跪多大一會兒就讓起來了。

司徒錦尋了個安靜的角落，默默地低著頭，偶爾掃一眼四周。沈寂的氣氛還沒過多久，一道巧笑倩兮的嗓音便打破了沈默，說道：「皇后姊姊，這男人們都去打獵了，咱們女人也得找點兒樂子不是？妳看這些名門千金，一個個都出落得亭亭玉立，其中還不乏一些才女。不如讓她們比試一番，也好讓這外邦的公主見識見識咱們大龍女子的風采。」

開口說話的是一個三十歲左右的美貌妃子，一雙勾魂的大眼，白皙如玉的肌膚，還有那窈窕的身段，怎麼看都是個尤物。

她嘴裡提到外邦的公主，司徒錦這才留意到那高臺上除了皇上的妃嬪之外，還有一個身著異族服飾的少女。那少女穿著類似胡服的服飾，肩上的部位有一個鈎狀裝飾，上面掛著一個鈴鐺。一頭烏黑的長髮隨意披散著，頭上不見任何金銀首飾，只有一塊雪白狐狸皮做的髮帶，乾淨清爽。

那公主大概十五、六歲的年紀，面貌生得極好。尤其是那高聳的鼻梁，特別引人注意，隱約間透露出她高傲的心性。

被點到名的時候，這位異國公主還微微向皇后娘娘點了點頭，以示禮貌。

耳邊議論聲紛紛，但司徒錦更感興趣的卻是剛才那個開口說話的人，從身旁的那些八卦女子口中，她才知道這位快人快語的娘娘，便是三皇子的生母，莫妃娘娘。上次在皇后宮中匆匆見過一面，卻沒來得及仔細打量。如今細細觀察後才發現，這個女人在攝人心魄的美貌之下，掩藏著一個充滿了算計的靈魂。

前世，她曾聽聞過這位莫妃娘娘。那時候太子的勢力如日中天，太師府也終於下定決心站到太子這一邊。這莫妃娘娘為了向太子示好，還將自己的遠方侄女嫁到太子府，做了側妃。當時司徒錦還很納悶，她身為三皇子的生母，為何甘心替別人做嫁衣，而不為自己的兒子爭取？

現在看來，這個女人實在是太有手段了。

果然，皇后娘娘聽了她的建議，沒有表示異議。「莫妃妹妹的提議不錯。妳們也不要拘束，儘管將自己的本事使出來，表現出色的，本宮重重有賞。」

皇后娘娘這一番話下來，不少千金小姐都躍躍欲試。

司徒錦打量了一下身旁的司徒芸，見她眼中閃爍著無比的自信光芒，嘴角忍不住勾了起來。

司徒芸，妳想出人頭地大放光彩，我不會讓妳如願！

一門心思在比賽上的司徒芸哪裡會注意到司徒錦的一舉一動，自然也沒有看到她眼中的那抹狡黠。

「皇后娘娘，不知道本公主是否可以參加比試？」那位異邦公主見下面的女子都摩拳擦掌，好勝的心性也被勾起，繼而起身稟奏道。

皇后娘娘波瀾不驚地看著這位公主，笑著說道：「哦？慧玉公主也有興趣？」

「是的，皇后娘娘。本公主也想跟大龍國的女子比試一番，看看到底是大龍國的女子厲害，還是我大夏國的女子優秀！」這帶著濃濃挑釁意味的話傳到旁人耳中，立刻引起了軒然大波。

「好一個傲慢的公主！竟然不把咱們大龍的閨秀放在眼裡，實在是夜郎自大，不自量力！」

「雖然是高高在上的公主，但也不至於如此貶低咱們吧？」

「太過自負了吧，我倒想領教領教……」

有氣憤不平的，有躍躍欲試的，也有嗤之以鼻的，但司徒錦卻開始重視起這位公主來。能夠放出這樣一番話來的女子，絕對不是妄自尊大，可能有些真本事。

司徒芸也握緊了拳頭，從鼻子裡哼出一聲。「自不量力！」

莞爾一笑，司徒錦心想，倒是有好戲看了。只要不牽扯到她身上，隨便她們怎麼折騰，都不關她的事。

皇后娘娘將所有人的反應看在眼裡，輕咳一聲道：「既然公主有這個雅興，不妨與她們切磋切磋。」

慧玉公主昂著高傲的小頭顱，掃了一眼殿下的眾女子，不屑地撇嘴道：「皇后娘娘剛才說，贏了就有獎賞，是嗎？」

「不錯，本宮的確是這麼說的。」皇后娘娘淡淡笑著。

「那若是本公主贏了，娘娘可要答應本公主一個條件。」慧玉公主大言不慚道。

皇后娘娘眸子微微瞇了一下，繼而恢復鎮定道：「公主可否先告知條件為何？」

慧玉公主挑了挑秀眉，並沒有隱瞞的意思。「本公主是來和親的不假，但是夫婿我要自己挑，如何？」

「這……」皇后有些猶豫了。

這可不是她能作主的。

這慧玉公主看起來並不是魯莽之人，想必是有一定本事的，否則大夏也不會派她來大龍和親了。若是答應了她的條件，就是與陛下為難；但若不答應，在這麼多人面前，又有失體面。

就在這騎虎難下的時候，一個看起來柔柔弱弱的妃子開口說話了。「皇后娘娘，不若先比試如何？大龍有眾多優秀的名門閨秀，難道還會輸給一個戰敗國的公主不成？」

如此輕描淡寫卻極具分量的話，讓在場的每一個人都被震撼了。

司徒錦終於抬起眼簾，朝著剛才說話的那人看去。

那是一張略微有些蒼白的容顏，雖說年紀已經不輕，但是依稀可以看得出當年的容貌是如何出色。相較起皇后娘娘的大氣、莫妃娘娘的嬌媚，這位看起來端莊賢淑的妃嬪，卻是別具一格，絲毫不遜於那些年輕貌美的妃子。

「這位娘娘貌似很陌生，不知道是哪個宮裡的娘娘？」

「這妳就不知道了吧？這位，可是六公主的生母，五皇子的養母齊妃娘娘。」

「啊？這位就是有著『病西施』之稱的齊妃娘娘啊？」

司徒錦並不愛聽這些無聊的閒言碎語，但是身在其中，她不想聽也得聽。不過聽她們提起這位齊妃娘娘時表現出來的敬意，令司徒錦也對這位齊妃娘娘生出一絲好感來。

不以色侍君，完全靠賢良淑德讓皇帝的寵愛綿延至今，這位齊妃娘娘可謂是後宮中的一朵奇葩！據說自她生下六公主之後，身子一直就不見好，大半時間都在床榻上度過。但即使是這樣的病容之下，皇帝只要有時間，還是會抽空去她宮裡坐坐。

「齊妃姊姊說得倒是輕巧，這萬一要是輸了呢？皇后娘娘要如何自處？」一個不合時宜的聲音也插起話來，言語間的冷嘲熱諷讓人不敢恭維。

後宮之中，總有那麼一、兩個恃寵而驕的妃嬪。這個說話從來都不經過腦子的妃嬪，就是皇帝最近的新寵——寧貴嬪。

她本是一個商戶的女兒，因為長得嬌俏可愛，又會唱曲兒，所以很得皇上喜歡。從進宮時候的答應，短短的半年時間，就已經榮升到了嬪位，可見其受寵的程度。

皇后娘娘狠狠地瞪了這寧貴嬪一眼，道：「不會說話就不要隨便亂開口，也不怕閃了自己的舌頭。」

被皇后娘娘這麼一訓斥，那寧貴嬪就有些不高興了。「臣妾這是在為皇后娘娘擔憂呢，娘娘倒斥責起臣妾來了~」

那委屈的模樣，似乎訴說這一切都是皇后的錯。

皇后深吸一口氣，不打算在這種場合與她爭辯。她側過身去，對慧玉公主說道：「公主覺得如何？贏的人重重有賞，本宮絕不會食言。」

那慧玉公主不知道是太過心急沒聽清楚她的話，還是故意忽略她話裡的一語雙關，逕自走下高臺。「娘娘安心欣賞吧，慧玉去會一會她們。」

眾閨秀見那公主倨傲地走下臺階，一個個都打起精神來，不想在氣勢上輸給對方。

「妳們誰先來？」慧玉公主抬著下巴，以眼睛的餘光掃視著眾人。

稍微有點兒骨氣的，被這公主這麼一輕視，就有些忍不住想要強出頭了。

「公主想要比什麼？」一個膽子稍微大些的年輕女子站出來，回以顏色道。

司徒錦打量了一下那女子，覺得有些面熟，又看到莫妃娘娘嘴角隱含笑意，便想起來了。那閨秀不正是莫妃娘娘的侄女——杜雨薇嗎？

光聽這個名字——雨中薔薇，還算不錯。只是真正知道她有幾斤幾兩重的人，可不認為她這麼做是勇敢了，才疏學淺，還敢跟異國公主叫囂，實在夠魯莽。

「比騎射，如何？」慧玉公主一句話，就讓事件陷入了僵局。

北方蠻族才喜歡騎射，大龍作為中原富饒土地上的強國，自然比較斯文一些。擅騎射的大都是男子，只有極少數的女子會些騎術，至於射箭，涉足之人就更少了。

見沒有人敢應戰，那公主更得意了。「怎麼，堂堂大龍王朝，竟然找不出一個會騎射的女子？」

眾閨秀聽到如此侮辱的言語，一個個氣憤地握著粉拳，恨不得群起攻之。只是礙於大家閨秀的風範，不得不克制著。

司徒錦怔怔地望著某處出神，卻沒想到她力圖置身事外，還是沒能躲過這一劫。

「咦？太師府的二小姐不是擅長騎術嗎？不妨站出來，與公主比試比試，也好給咱們大龍長長臉。」不知道是哪家的閨秀說出這麼一段話，將眾人的視線拉到了儘量減少存在感的少女身上。

司徒錦抬起頭，見所有人都看著自己，頓時有些無語。

「妳們說的，可是司徒府的二小姐，司徒錦？」這時候，皇后娘娘也發話了。

司徒錦見躲不過，只得站出來，恭敬地行禮。「臣女司徒錦，給娘娘請安！」

看著眼前這個個子嬌小、弱不禁風的女子，皇后的眉頭皺得更緊了。這丫頭，她是有些印象的，這就是隱世子自個兒挑選的世子妃，太師府那個以頑劣出名的庶出二小姐。

「司徒小姐可能夠一戰？」皇后的話帶著一絲威嚴，有種說不出的壓迫感。

司徒錦不卑不亢的抬起頭，淺聲道：「回皇后娘娘的話，司徒錦願意一試。」

司徒錦的回答，在很多人的意料當中，只是她那不帶任何情緒的臉，卻讓不少人吃驚。那個刁蠻任性的司徒二小姐，何時變得如此沈靜了？她既然答應比試，不應該是趾高氣揚嗎，怎麼會這麼平靜呢？

慧玉公主聽到這個名字的時候，眼睛不禁瞇了起來。看向司徒錦的眼神，帶著一絲考究和蔑視。

這樣的人居然也敢跟她爭，實在不知好歹！

「妳就是司徒錦？」

司徒錦微微一愣，她可不認為自己名聲那麼響亮，就連異國的人也知道她的存在。於是不鹹不淡地行了個禮，道：「小女子司徒錦，見過公主殿下。」

「妳要跟本公主比試騎射？」她的眼裡滿是不屑。

就她這樣的小身板兒，在家繡繡花還可以，若是能騎在馬上逛一圈，就算很不錯了，可她那淡然的神情，卻讓慧玉公主莫名氣惱。她一個不起眼的低賤女子，憑什麼用這樣的態度跟她交鋒！

「公主想要怎麼個比試法？」司徒錦忽略她眼中那抹厭惡，平靜地問道。

慧玉公主冷哼一聲，諒她也沒什麼真本事！於是將大夏最簡單的騎射術規則講了一遍，想要不費吹灰之力就打敗這個女人。

「很簡單，每個人射三箭，環數高者勝！」

司徒錦點了點頭，然後轉身對皇后娘娘說道：「臣女並未帶弓箭前來，可否請娘娘借一副弓箭給臣女？」

皇后起先是不太相信她會騎射，但是看到她如此鎮定的模樣，便開始對她生出了一些信任來。畢竟，在面對危機的時候，還能保持冷靜的女子，實屬不多。

「來人，去取本宮的弓箭來！」

為了多一些致勝的籌碼，皇后娘娘竟然不惜出借自己最珍愛的弓箭給司徒錦，這一舉動，讓不少人為之動容。

「皇后姊姊，那可是妳的心愛之物，怎麼能隨便借給一個……」後面的話莫妃娘娘沒有明說，但言語間的輕視已不言而喻。

皇后瞥了莫妃一眼，繼而對司徒錦說道：「本宮如此信任妳，莫要讓本宮失望才好！」

「謝過皇后娘娘！」司徒錦從宮女手中接過那金燦燦的弓箭，試了試手感，然後便朝著慧玉公主走去。

「公主，請！」

那慧玉公主倒也不客氣，率先走了出去。

司徒錦緊跟其後，來到圍場之上。

此刻，圍場上的男人們都去狩獵了，偌大的空地除了侍衛，再無其他閒雜人等。慧玉公主飛身躍上侍衛早已準備妥當的馬匹，居高臨下地看著司徒錦。「妳知道怎麼上馬嗎？」

司徒錦面對她的挑釁，只是笑了笑。除了琴棋書畫，她連騎射也下了不少功夫，為的就是向爹爹證明她不輸男子，想不到今日竟派得上用場。

來到一匹棗紅色的馬跟前，司徒錦拉了拉韁繩，然後以嫻熟的姿勢躍了上去。

看著她那純熟的技巧，不少的閨秀都感到驚訝。莫非這個司徒二小姐當真有點兒本事？否則怎麼不見她慌張呢？

慧玉公主只當她這是雕蟲小技，沒放在心上，於是騎著馬往前踱了幾步。「以面前這條線為準，目標是百丈開外的那幾個靶子。本公主先射！」

話音剛落，一枝箭羽便破空而出，朝著目標射去。

「叮」的一聲，箭頭準確無誤地射中紅心，引來一陣喝采。

司徒錦嘴角掛著淡淡的笑容，看到慧玉公主那得意的模樣，絲毫不受影響。她緩緩地抬起雙臂，貌似不經意地瞄了一下，便匆匆將箭射了出去。就在大夥兒大吸一口冷氣的同時，那箭好死不死地就奔著紅心去了。

很漂亮的，正中紅心。

「算妳運氣好！」慧玉公主不服氣地再次搭起弓箭，道：「本公主是絕對不會輸給妳的！」

說完，第二枝箭已經射了出去。

不愧是在馬背上長大的女子，騎射功夫實在一流。在短暫的時間之內，竟然能夠如此精準地射中目標，這慧玉公主也不是浪得虛名，的確有幾分本事。

在場的所有人，不免為司徒錦擔憂起來。

剛才司徒錦那一箭，彷彿都還沒有準備好就射了。好在她運氣不錯，竟然讓她歪打正著的射中了。可是現在那公主較起真兒來，可就不一樣了。萬一她搞砸了，那大龍的面子可就丟大了。

「二妹妹，妳一定要好好表現啊！千萬別慌！」就在這個緊要時刻，司徒大小姐居然不顧形象，扯起嗓子對著司徒錦喊道。

微微有些分神，司徒錦故意停頓了一下，這才收回自己的注意力。

那慧玉公主見她有些猶豫，那股子驕傲又膨脹起來。「怎麼，不敢射了嗎？不敢射的話，直接認輸好了，本公主又不會把妳怎麼樣。」

司徒錦沒有理會她的示威，集中精力將手裡的箭給射了出去。

帶著大家的期待，箭再一次射中紅心。

「好樣兒的！」皇后娘娘激動之餘，第一個站起來鼓掌。

大夥兒見皇后娘娘都這樣了，也都跟著鼓掌叫好起來。

司徒芸咬著下唇，她沒想到剛才她故意讓司徒錦分神，她竟然還那麼好運的射中了，心裡實在是憤恨不已。

慧玉公主見她再一次射中了目標，便不敢再小瞧了她。「這樣射，也分不出個高下來，不如咱們換一種方式，如何？」

「公主想要怎麼玩？」司徒錦放下弓箭，淺笑著問道。
「射死靶太無趣了，要不咱們用活物來射！」慧玉公主突發奇想地說道。
「公主請明示。」司徒錦受了皇后娘娘所託，自然不能輕易認輸，只好奉陪到底了。
「這樣吧，咱們各挑選一人站在百丈之外，頭上頂一個香爐。如果能將香爐蓋子給射掉，而不撒出香灰來，就算贏。」
司徒錦沈思了一會兒，道：「那如果又不分上下呢？」
「如果打成平手，那就算本公主輸！」慧玉公主自信地宣告。
司徒錦回頭望了望大殿之上，道：「大姊姊，是否能夠助小妹一臂之力？」
司徒芸被點名，心臟撲通撲通跳個不停。她不知道司徒錦叫她是何用意，但她直覺沒啥好事，便有些不情願。「二妹妹平時疏於練習，這刀劍無眼的，大姊姊實在是怕得緊。」
皇后娘娘自然知道她們想幹麼，當聽到司徒芸說出這樣一番話來時就有些不快了。「司徒府的嫡出大小姐，難道不如一個庶出的嗎？如此沒有魄力，難怪太子妃甄選會敗下陣來。」
司徒芸心裡一驚，沒料到皇后娘娘竟然將這件事與太子妃甄選連繫起來，頓時察覺到一絲不尋常的意味。
按照皇后娘娘的意思，是不是只要贏了這比賽，就有可能入主太子府呢？雖然她依舊痛恨司徒錦，但是若能夠僥倖取勝，那麼她就有機會成為太子的側妃。到時候就算司徒錦嫁入沐王府，她也不用懼她了。因為太子比起世子來，實在是要高貴太多了！她若是能夠進入太子府，憑她的手段，弄到正妃的位置也不是不可能。想到這裡，司徒芸似乎不排斥給司徒錦打下手了。

「二妹妹有何吩咐就直說，姊姊斷不會推辭的。」想明白了這一層，司徒芸便踏著優雅的步子，朝著司徒錦走去。

那慧玉公主見司徒錦已經有了人選，便招了招手，將自己身邊服侍的宮女叫了過來。按照剛才的約定，宮人們又送上了兩個香爐，分別給了那宮女和司徒芸。直到看到手上的香爐，司徒芸才反應過來。「二妹妹，這……這是要做什麼？」

該不會是她想的那樣，當個活靶子吧？

慧玉公主見這個長得比自己還要好看的女子，居然嚇得白了臉，神色頗為得意。「怎麼，妳害怕了？」

司徒芸很想退出，畢竟性命最重要。可是一邊有異國公主的挑釁，另一邊又有皇后娘娘的威逼利誘，她此刻也是進退維谷。

求饒？太不符合她的個性了。

繼續當靶子？她生怕司徒錦來個公報私仇，一箭將她射死。在這種場合下，死個把人很正常，就算她是太師府的嫡女千金，皇后娘娘也不會降旨懲罰司徒錦的。想著周氏的叮囑，司徒芸反而覺得她說的那些話，應驗在自己身上了。

看著她猶豫不決的樣子，司徒錦只好說道：「大姊姊如果不願意，就讓皇后娘娘另外再派人吧？反正這裡多得是願意表現的，只是到時候……」

「誰說我不願意，我這就去！」司徒芸是個要強的，最禁不起激將法，加上皇后娘娘剛才的一番話，讓她起了貪念，所以司徒錦輕易地就將她給拿下了。

「姊姊真的不再考慮了？」司徒錦故意拖延道。

那慧玉公主可沒有耐心，見她們姊妹倆拖拖拉拉的，便忍不住開口了。「還要磨磨唧唧到什麼時候？不想比的話就認輸，本公主可沒這個閒工夫陪妳們耗。」

司徒芸被逼到了死角，不出馬都不行了。

看著那宮女站定的位置，司徒芸咬著牙，朝百丈外走去。

司徒錦看著她那大姊，明明怕得要死，卻要裝作一副無所謂的樣子，實在是夠滑稽的！就為了一個好名聲，這麼做值得嗎？

慧玉公主見她們都站定了，便對司徒錦說道：「司徒小姐請吧！」

這一次，她讓司徒錦先射。她倒要看看，這貌和神離的姊妹倆要如何合作。

看著慧玉公主嘴角那抹笑意，司徒錦依舊波瀾不驚，拿起皇后娘娘的金弓開始瞄準。

司徒芸看著司徒錦舉起了弓箭，一張臉頓時嚇得慘白，她堂堂千金大小姐，哪裡經過這般羞辱？更何況，那個要射箭的人，還是她的死對頭司徒錦那個賤丫頭！在撕破臉之後，她便公然與她對抗，其心昭然若揭。

看到她那張令人厭惡的臉，還有那雙讓人過目不忘的眼睛，司徒芸就恨得牙癢癢。司徒錦，妳最好不要傷到我，否則就算是做鬼，我也不會放過妳！

看著司徒芸那怨毒的眸子，司徒錦的眼睛瞇了瞇。

如果能不計較後果，她真的很想藉此機會殺了她！回想著前世她對她說過的那些話，她的深仇大恨，她就恨不得將她千刀萬剮。可是殺了她又如何？死，對於她來說，太便宜她了！她要的是她萬劫不復，永世不得翻身。

收斂了些心神，司徒錦屏氣凝神，打算做個最後的了斷。

誰知道此時，司徒芸居然嚇得雙腿發抖，身子劇烈地顫抖起來，根本不讓她有機會瞄準。

「喂，司徒錦，妳到底射不射啊！」慧玉公主等得不耐煩了，不斷地催促著。

司徒芸原本想堅持到最後一刻的，只是看到司徒錦那雙含恨的眸子，她就突然改變了想法。她知道司徒錦是真的恨她，而且那種恨，像是與生俱來的。在這一刻，她怕死，真的很怕死！

「呀，司徒小姐暈倒了！」不知道是誰先叫了出來。

皇后娘娘的眼神一黯，心想：真不中用！徒有其表，真讓人大失所望。原本還打算將她賜給太子做個良娣，可是看這副德行，還是算了吧。

「啊……這是什麼？」

「哇！好大的一股騷味兒……」

圍上去的閨秀們忽然聞到一股異味，紛紛退了回去。

「該不是……該不是尿褲子了吧？」有一個人小聲地猜測道。

一個大家閨秀，在大庭廣眾之下，居然嚇得暈倒，還尿了褲子，這要是傳出去，恐怕無人會再多看她一眼了吧？

美名在外如何，出身太師府又如何？這名聲一壞，那就是個廢人了。京城裡的大家士族，誰願意娶一個如此膽小怕事、丟人現眼的女子回去呢？

司徒錦嘴角泛起冷笑，從馬上下來。「公主，舍姊身子太過嬌弱，可否換人再比試？」

慧玉公主鄙視地看了一眼那倒地不起的嬌嬌女，鼻孔朝天地說道：「罷了，本公主沒興趣再比了。這一場比試，就作罷吧。」

「真是掃興！」臨走之時，她還抱怨了一句。

司徒錦鬆了口氣。這樣也好，沒有分出勝負，總算不負皇后娘娘所託。

就在眾人不願意接近司徒芸，避而遠之的時候，司徒錦面無表情地走了過去，將司徒芸給扶了起來。「大姊姊？大姊姊……」

皇后娘娘看到這個還未及笄的丫頭，在眾人都不屑接近司徒芸的情況下，居然能夠放下平日裡的成見，過去將她的嫡姊扶起來，心中頓時有了一番計較。

這隱世子的眼光還是不錯，起碼這女子的心性不壞。除了長相普通了些，也算是有幾分長處。難怪當時隱世子肯放下身段，跟皇上談條件呢！

如此看來，這個司徒錦還算是不錯的世子妃人選。

「皇后娘娘，今天實在是太掃興了！真不知道你們大龍國是怎麼想的，這樣嬌滴滴的女子，實在是一無是處！」慧玉公主有些嫌棄地說道。

皇后娘娘乾咳一聲，笑道：「也不全是這樣的，妳瞧那個司徒錦，不也很厲害嗎？」

慧玉公主眼睛瞇了瞇，心裡十分矛盾。

照理說，她應該很恨司徒錦的。因為她認識龍隱世子在先，並且早就心儀於他。可是偏偏半路殺出個程咬金，生生從她手裡奪走了她看上的男人，這口氣她實在很難嚥下去。可是經過今日一番較量，她忽然又欣賞起這個波瀾不驚的女子來。那樣嬌小的身軀，貌不驚人，卻有著不俗的實力，讓她這個對手都生出幾分敬畏來。這樣的矛盾，她還是第一次遇到。

遠處，不少閨秀已經慢慢地走回大殿了。只有司徒錦還在那裡照顧昏迷不醒的司徒芸，不知情的人，還以為她們真的姊妹情深呢！

「皇后娘娘，那司徒大小姐也太丟人現眼了吧？居然在大夏公主的面前失態，實在是大龍之恥！」寧貴嬪就是喜歡挑事，好像不鬧點兒事情出來，就渾身不舒服。

「貴嬪妹妹，有些話還是放在心裡的好，何必說出來呢？」一旁靜坐著，精神有些萎靡的齊妃忽然開口道。

寧貴嬪原本沒將任何人放在眼裡，可是在這位齊妃娘娘面前，她卻不敢太過放肆。被她這麼一說，便只好閉了嘴，不吭聲了。

皇后娘娘看了一眼她們之間的互動，眉頭忍不住皺了皺。

第四十二章　世子反常

眾女眷聽聞皇上鑾駕駕到，全都規矩了起來。

皇后也領著一群妃嬪步下高臺，迎了上去。

「臣妾恭迎皇上！」

千姿百媚的美人們跪了一地，聖武帝面帶笑容地上前親手扶起皇后。「平身！」

「謝皇上！」

此時，司徒芸被外界的聲響吵醒，總算是清醒了過來。當看到皇上和諸位大臣們都已經回來了，司徒芸便飛快地從地上爬起來，整理著裝，生怕失了體面。只是她之前那無狀的行為，早已深入人心，此時再怎麼裝賢淑優雅，都晚了。

司徒錦淡淡瞥了一眼她的裙子，沒有吭聲，默默地退回到眾閨秀當中，繼續做她的隱形人。

周圍的目光，讓司徒芸感到非常窘迫。

她就那樣嚇得暈倒，實在是太過丟人了。可是這也不能怪她不是？她可是嬌滴滴的千金大小姐，哪裡見過那種陣仗，暈過去也是正常的。只是為何大家的目光都那麼的不屑，還處處充滿著鄙夷？

走了兩步，司徒芸忽然發現裙角處有些不妥，低頭一看，只見那裙襬都黏在一起，還隱約有水漬的痕跡，讓她很是懊惱。

她不記得剛才摔倒的地方有積水啊？這到底是怎麼回事？

一個早就看不慣她作風的閨秀滿是鄙夷地嘲諷道：「唉唷，司徒大小姐總算是醒了！還真是弱不禁風啊，這箭都還沒有射出去呢，就已經嚇得暈倒了，真是沒用！」

「妳……」司徒芸為了保持良好的教養，一肚子的氣只能憋在心裡。

「好了，慕雲妹妹，妳也別笑話她了。畢竟人家是太師府的大小姐，書香門第的大家閨秀，膽子小點兒也是情有可原的。」另一位閨秀也陰陽怪氣地說道，表面上像是在勸說，但那話裡夾雜的嘲諷卻是任何人都聽得出來。

司徒芸狠狠地瞪著她們，卻不能反駁，那種憋屈的感覺實在是難受。

顯然，這兩人是故意在別人面前說這番話的。如果她被她們激怒，繼而做出一些不可理喻的事情，那麼她就中計了。

見司徒芸竟然沒有還擊，那兩個閨秀有些悻悻了。

回過頭去看了某個方向一眼，剛才最先出口的女子又繼續挑釁道：「唉呀，司徒大小姐，妳這裙子是怎麼了？」

「不過是沾了些水罷了，不勞妳們費心。」司徒芸冷冷地回敬，想要離開卻被二人給攔了下來。

「哈哈……司徒大小姐可能還不知道吧？難道妳沒有聞到一股很特別的味道？」那個叫向慕雲的千金假裝好心地提醒道。

司徒芸本來沒太在意，但是被她這麼一提醒，忽然就覺得不對勁了。雖然已經開春了，但是天氣依舊陰冷，她自然穿了不少衣物，但腿間那涼颼颼的感覺卻絲毫不減，隱約還有一股騷味傳來。這究竟是怎麼回事？

「司徒大小姐似乎是忘記了？」向慕雲陰惻惻地笑著，嫌惡地用帕子堵住了鼻孔。那個與她在一起的閨秀格格笑著，似乎不在意自己的形象。「以為假裝失憶，就可以抹掉這個恥辱了嗎？這可是眾目睽睽之下發生的事情，多少雙眼睛看著吶！」

司徒芸秀眉輕蹙，不耐煩地說道：「兩位小姐取笑夠了沒？如果沒什麼事，恕我不奉陪了。」

說著，她就要往人群裡鑽。此刻，她穿著濕漉漉的衣裙，很是不舒服，想要回到營帳中去換一套乾淨的衣服。

「唉，怎麼就這麼走了呢？」向慕雲捂著嘴笑道。

「看起來，她是真的不記得了。哈哈……不過這裡有那麼多人證，相信不久之後，整個京城都知道這司徒大小姐的醜事了吧？哈哈……」

司徒錦聽著她們的談論，神色淡定，不見任何羞愧之色。

「咦，司徒二小姐倒是鎮定。司徒家出了這麼大的洋相，妳居然還沈得住氣。」對於這個大出風頭的太師府庶女，很多人都是嫉妒的。

原本讓她出場，是為了給她難堪。可是沒想到的是，她竟然有那樣出色的表現，還贏得皇后娘娘的誇獎。這大出意料之外的結局，顯然不是她們想要的。

「家姊嬌貴慣了，身子柔弱，自然比不得二位身強體健。待會兒那公主若還要接著比試，錦兒一定會大力推薦二位的。」司徒錦也不是軟弱可欺，別人都送上門來了，她又何必客氣呢。

「好一個牙尖嘴利的司徒二小姐，哼，別以為妳剛才大出風頭，就可以跟我們這些高貴的嫡女叫板了。庶出的就是庶出的，沒半點兒修養！」

「是嗎？」司徒錦抬起眼眸，冷冷掃了二人一眼。「整天只知道挖苦人，還喜歡落井下石，我看這嫡出的教養，也不怎麼樣。」

「司徒錦，妳敢跟我頂嘴？」向慕雲大聲喝道。

司徒錦佯裝害怕，朝著別人身後躲了躲。

果然，聽到這邊有人喧譁，皇上的注意力也給吸引了過來。「誰在一旁喧譁，還不給朕站出來！」

向慕雲聽到那聲呵斥，嚇得一臉慘白。她沒想到司徒錦這個丫頭居然敢頂撞她這個嫡女，而她一時沒有忍住，居然在天子跟前失了禮儀。

「皇……皇上饒命，臣女知罪！」

聖武帝看了一眼那跪在地上、嚇得直哆嗦的女子，眼中露出幾分鄙夷。因為有異國的客人在，所以他沒打算追究。「退下，別讓朕再看見妳！」

一句話，就給她判了刑。

不能再面聖，那就意味著她不可能嫁入皇室，不可能成為封誥夫人。

向慕雲臉上血色褪盡，差點兒站不起來。

剛才還與她親近的那個閨秀，見她被皇上訓斥，這時候也立馬離她遠遠的，生怕自己受到牽連。她這一番舉動，在別人眼裡十分可笑。

這就是姊妹之情啊！

司徒錦眼中飽含冷意，撇過頭去，不再看她。

「朕剛才看到這裡挺熱鬧的，皇后在組織什麼有趣的活動？」見殿上鴉雀無聲，聖武帝輕咳一聲，轉移了話題。

楚皇后立刻泛起溫柔的笑意，將剛才的比試說了一遍。

聖武帝聽後不禁好奇地問道：「哦？太師府的二小姐竟然也有這份能耐？」

司徒長風聽到皇帝點名，臉上滿是驚奇。當看到自己的二女兒鎮定自若地站在不遠處，他忽然發現這個不曾怎麼關注過的女兒，似乎看起來比以前更順眼了。

「陛下，這事千真萬確！這大龍王朝的名門閨秀，也就司徒二小姐的騎射還看得過去。」不待皇后回應，坐在下頭的慧玉公主就忍不住開口了。

這話裡暗含嘲諷之意，聖武帝不是聽不出來。但是有人能夠壓制住這降國公主的氣焰，他倒是挺感興趣的。

「這司徒二小姐可在？」

司徒錦聽到皇上點到自己的名字，於是從人群裡站出來，規矩地行了個大禮。「臣女司徒錦，參見皇上！」

「司徒錦？這個名字好生熟悉……」聖武帝捋著鬍子說道。

楚皇后在一旁小聲提醒道：「皇上您忘記了？這就是隱世子未來的世子妃，還是您親自下的旨意呢。」

日理萬機的皇帝，記不住一個小小的臣女，也是情理之中。

經過皇后這一番提醒，聖武帝頓時想起來了。「妳就是未來的世子妃？」

「臣女正是！」她不卑不亢地說道。

見她面貌普通，卻有一股韌勁和膽識，聖武帝不由得點了點頭。「不錯，的確有些世子妃該有的模樣。」

「微臣多謝皇上誇獎！」司徒長風也跟著跪下，與有榮焉。

「都別跪著了，起來吧！」聖武帝心情似乎不錯地說道。

司徒錦安靜地起身，然後到司徒長風的身後站好。

「妳大姊呢，怎麼不見人影？」等到司徒錦在他身後站定，司徒長風這才問起。

司徒錦抿了抿嘴，道：「大姊姊的衣服不小心弄髒了，回去換了。」

司徒長風不禁蹙了蹙眉，覺得這個大女兒也太沒規矩了。如今皇上在此，她居然還有心情回去換衣服，相較起來，這個庶出的女兒卻大大為他爭了光，還得到陛下的誇獎，也不枉費他將江氏抬為平妻，將她晉升為嫡女，入了族譜。

「皇上，剛才慧玉公主提及和親一事，不知皇上可有人選？」突然，一道嬌滴滴的嗓音在大殿上響起，將眾人的視線拉回了高臺之上。

皇后娘娘狠狠地瞪了寧貴嬪一眼，道：「此乃國家大事，寧貴嬪休得亂說，難道妳不懂後宮不能干政嗎？」

「臣妾知罪，一時口誤，請皇上責罰！」寧貴嬪自覺說錯了話，立刻從桌子後面走了出來，在御前跪下。

聖武帝見是寧貴嬪，不悅的眉頭這才稍稍鬆開。「寧貴嬪起來吧，朕恕妳無罪。」

似乎早料到皇上捨不得罰她，寧貴嬪嬌媚地朝著皇帝送了個秋波，然後挑釁地看著皇后。「謝陛下寬恕！」

楚皇后極力隱忍，半天沒吭聲。

皇上對寧貴嬪的寵愛，已經到了如此地步嗎？當著群臣的面，寧貴嬪如此失儀，皇上居然連一句重話都沒有，坐在下面的人，心思開始運轉起來。

「父皇，今日收穫不小，看來這一年又是大豐收啊！恭喜父皇，賀喜父皇！」

聽到這熟悉的聲音，司徒錦抬起頭來，向對面望去。此人不正是太子殿下嗎？原來他也是這樣喜歡溜鬚拍馬的人，她以前怎麼會看上如此虛偽的人？

「哈哈……皇兒說得好！」聖武帝聽後，哈哈大笑起來。

這的確是個好兆頭！如今大龍國運昌盛，兵力強盛，百姓安居樂業，他這個當皇帝的自然也十分自豪。

太子撩起紫色的袍子，瀟灑地坐下，臉上滿是得意之色。

司徒錦收回鄙夷的目光，不再看這個令人厭惡的男人。這時候，換好衣服，一身清爽的司徒芸回來了。當看到司徒錦霸占了原先屬於她的位置，臉色頓時有些難看。

「二妹妹，妳是不是記錯了？這裡可是我的座位。」不愧是有教養的大小姐，就算生氣，說出來的話也是挑不出刺來。

司徒錦微微抬頭，假裝不知所措地看向司徒長風，嘴巴動了動，卻沒有說出點兒什麼。司徒芸見她沒有立刻起身給她讓出位置，心裡更加窩火。「二妹妹，這長幼有序的道理，妳總該知道吧？看到大姊姊我來了，怎麼還不退讓？」

她不大不小的聲音，立刻引起了別人的注意。

司徒錦低下頭去，看不清臉上的神色。眾人看到這個太師府的嫡女竟然如此蠻橫無理，非要逼得自家姊妹抬不起頭來才肯甘休，都不禁搖了搖頭。

「錦兒就坐這裡，芸兒坐後面吧。」司徒長風有些不耐地說道。

本來就是她來晚了，居然還如此強行要求錦兒讓位置，實在太不像話了。

司徒芸沒想到轉眼間爹爹就向著司徒錦了，自然不服氣。「爹爹，自古以來，以嫡為尊。這個位置本該就是我的，二妹妹卻霸占著不肯起來，這有些說不過去吧？」

周圍都是看好戲的人，司徒長風感到有些不悅。「妳說的是什麼話?!妳是嫡女，難道妳二妹妹就不是了？別忘了，她也是上了族譜的、被宗族承認的嫡女。」

司徒芸氣得哽咽，她沒想到爹爹會為這個她從來都看不起的庶妹正名。

「爹爹，您怎麼能這麼待我？我可是司徒家名正言順的嫡長女，是您明媒正娶的髮妻所生，她算什麼？不過是個妾生的，算哪門子的嫡女？」興許是被氣糊塗了，司徒芸也顧不上什麼場合，就將心裡話說了出來。

司徒錦知道司徒芸一直因此事耿耿於懷，處處針對她。但她可不是個任人欺負的主兒，既然重活一世，她就絕對不會輕易被她這個大姊給糟踐。

「大姊姊莫要生氣，錦兒這就給妳讓座。」說著，司徒錦便像個小媳婦兒似的，戰戰兢兢地起身，身子還一抖一抖的，像極了被欺壓慣了的庶女。

司徒芸見她故意給自己下套子，恨不得上前給她一耳光。可是在司徒長風面前，她卻下不了手。因為她一向表現出來的溫柔嫻雅，是爹爹最欣賞的。她萬萬不會為了這麼點兒小事，破壞她在爹爹心裡的形象。

狠狠地瞪了司徒錦一眼，司徒芸以最優雅的姿態落坐。

司徒長風深吸一口氣，不想當著這麼多人的面發火，尤其皇上還在。只能不認同地瞪了司徒芸一眼，然後打算等無人的時候再訓斥她幾句。但沒想到他屁股還未沾到椅子，就被一個高大的身影給籠罩，冰冷如刀子的嗓音在他頭頂響起。

「真沒想到，本世子的世子妃是如此不受待見！皇上欽定的世子妃，居然還要給他人讓座！」

司徒長風打了個冷顫，差點兒沒嚇得跌坐在地。「世子爺……芸兒，還不站起來，把位置讓給妳妹妹。」

司徒芸極不情願地站起來，還想據理力爭。「錦兒妹妹還沒嫁進王府呢，自然是要長幼有序，世子管得是不是有些多了？」

冰冷的眸子射向這個不知死活的女人，龍隱涼薄的嘴唇輕啟。「這麼說來，妳是不承認錦兒這世子妃了？」

司徒芸啞然，不服氣地回道：「就算錦兒是未來的世子妃，但在府裡，依舊是個庶出的。嫡庶有別的道理，世子爺不會不知道吧？」

很好！龍隱的眼眸漸漸沈了下去。

司徒長風意識到這是世子爺發火的徵兆，立刻將司徒芸給拉到一旁，喝斥道：「休得放肆！還不給世子爺賠禮道歉！」

司徒芸咬著下唇，就是不肯開口。

龍隱見她那倨傲的模樣，也沒有責罵，反而轉過身去，對皇上一抱拳，說道：「皇上，看來您的聖旨似乎沒什麼威信，臣的妻子，可是您親自指的婚，如今她被人輕視到如此地步，臣真替您寒心。」

兒隱世子扯到了皇上，司徒長風額頭上的汗珠就忍不住往下掉了。

「逆女！還不快向皇上磕頭認罪?!」說著，他自個兒先跪了下來，不住磕頭。「都是臣教女無方，請皇上恕罪！」

司徒芸小心翼翼地瞄了一眼那高高在上的帝王，見他臉上的笑容隱去，頓時也嚇到了。她撲通一聲跪倒在地，連連認錯。「臣女知罪，請皇上開恩！」

面對龍隱的怒氣，眾人議論紛紛。這個冷情的世子據說很是嗜血，是個殺人不眨眼的魔頭，就連皇上也對他敬畏三分，不敢輕易得罪。如今為了這麼點兒小事，他居然站出來為那個不起眼的女子鳴不平，這也太不尋常了。

當然，這些感到驚訝的人當中，也包括了諸位皇子和皇妃。

「隱世子言重了，不就是一個座位嘛，何必如此大動肝火？」太子龍炎眼神閃爍了幾下，不知道在打什麼主意。

這隱世子一向是個中立派，既不支持他這個太子，也不跟任何皇子結交，獨來獨往，是個極不好惹的人物。他的身後是沐王府，握有整個大龍一半的軍權，勢力不可小覷。如果能夠將他納入自己這一邊，對他也是極為有利。

所以在這個尷尬的時刻，皇上還沒有發話，他便率先出來，想要替他解圍。

龍隱瞥了他一眼，不理不睬，依舊望著聖武帝，等著他的裁決。

太子被漠視，藏在袖中的手不禁緊握起來，眼中閃過一抹狠戾。

聖武帝瞧了一眼這個膽大妄為，卻深得他喜愛的臣子，不由得在心裡嘆氣。他這個皇帝難道真的那麼沒有威信？

「司徒愛卿，朕記得你曾經上表，說已經抬了二小姐的生母為平妻，還讓二小姐入了族譜，不知可有此事？」

司徒長風擦了擦冷汗，道：「是，臣的確已經抬了錦兒的身分。」

「那剛才司徒大小姐口口聲聲，說司徒二小姐是庶出的，這又是為何？」聖武帝盯著司徒長風，漸生冷意。

看來，他的確是需要好好管教一下這些臣子了，免得他們愈來愈囂張，不把他的旨意放在心上。

「臣惶恐……臣一定好好約束她的言行，不會再犯同樣的錯誤。」

只聽見噗哧一聲，剛才還在看戲的慧玉公主居然笑出聲來。「陛下，這司徒大小姐，是在拿她的妹妹洩憤呢！」

「哦？公主此話何意？」聖武帝有些不解地問道。

慧玉公主笑得十分肆意，說道：「剛才，各位娘娘和千金可是瞧見了的。這司徒大小姐看起來端莊嫻雅，實際上膽小怯懦。在本公主與司徒二小姐比試騎射的時候，居然暈了過去，還嚇得尿褲子。這麼丟臉的事情，她自然是心情不好。」

在場的人聽到公主的言論，一個個都忍不住笑了起來，連帶著看向司徒長風這邊的時候，也充滿了鄙夷。

居然在皇家圍場尿了褲子，這等失禮的事情，實在可恥。

司徒芸的臉色瞬間慘白。那個公主剛才一定是在開玩笑吧？她只是嚇得暈倒了，怎麼可能做出那麼丟人的事情呢？她一定是開玩笑的……

感受到周圍的嘲笑聲，司徒芸簡直要瘋了。

她是高高在上的嫡女，是整個太師府的驕傲，怎麼能這麼丟人現眼?!她忍不住用眼神偷偷地向爹爹求救，希望可以將眾人的視線轉移。

司徒長風也是一臉不敢相信的模樣，半天回不過神來。

他的女兒竟然做出這麼丟人的事情？而且還是那個舉止優雅，端莊高貴的大女兒？這也太荒唐了，他不信！

「錦兒，公主說的，可是真的？」為了求證，司徒長風只好問了當時在場的二女兒。

司徒錦捏著手裡的帕子，不敢吭聲。

「司徒錦，我沒有如此失態，只是暈倒，對不對？」

「妳倒是說啊！」

這父女倆都急了。

司徒錦咬了咬牙，點了點頭。「公主說的，都是事實。」

司徒芸只覺得腦子一嗡，如被雷劈了一般。「妳……妳說謊，一定是妳栽贓我的，對不對?!妳怎麼能如此狠毒！」

慧玉公主見她不承認，便繼續說道：「司徒大小姐敢做不敢認嗎？當時在場的，可不止本公主一人，或者，妳想誣衊本公主說謊不成？」

司徒芸瞪大眼睛，望著那嬌蠻的公主。她為何要當眾揭穿她的醜事？她是何居心？

「公主息怒，臣女不是這個意思。」司徒長風不想把事情鬧大了，只好替司徒芸道歉。人家雖然是降國的公主，但身分畢竟擺在那裡，不是他能夠得罪得起的。一想到自己的女兒居然如此失態，他的老臉就掛不住了。

「妳這個逆女，居然還有臉出現在皇上面前，還不給我回府去好好反省?!」現在最重要的就是先把這件事給掩蓋過去，等風聲散去。

周圍的指指點點，讓司徒芸都要喘不過氣來了。她的閨譽就這麼毀了，她真的很不甘心，她來這裡的目的還沒有達到，怎麼能這麼輕易離開？唯一能夠留下來的辦法，就是讓司徒錦幫她求情了。

可是一想到要向這個處處不如自己的女人乞求，她的心就好恨好恨。「二妹妹，妳幫幫大姊姊吧？姊姊不能就這麼回去，否則，姊姊以後要怎麼做人？」

她一定要一雪前恥！

晚上行宮有晚宴，正是各家千金表現的大好機會。只要她表現出色，這些微不足道的小錯，別人一定能夠忘記的！司徒芸這樣想著。

司徒錦微微抬起頭，有些惶恐。「大姊姊，這是爹爹的決定，錦兒如何能夠作主？」

「二妹妹最是菩薩心腸，妳就幫大姊姊求求爹爹，讓我留下來吧？」司徒芸知道她不想幫自己，但是她相信這麼多人看著，司徒錦也不好拒絕她。

作為未來的世子妃，這點兒度量都沒有，是會被人恥笑的。

果然，司徒錦猶豫了一會兒，便向司徒長風開口了。「爹爹，姊姊也不是故意的，您就原諒她這一次吧！」

司徒錦自然不會讓司徒芸這麼輕鬆地離開，她還沒有徹底遭受打擊，她怎麼會放她走呢？所以司徒芸低下頭放下架子懇求她的時候，她就來了個順水推舟，假裝好姊妹，替她說了話。

司徒長風長嘆一聲，不得已轉過身去，不再說話。

司徒芸知道他這是默許的意思，臉上頓時喜笑顏開。看來，在爹爹心裡，她還是最受疼愛的女兒，不然也不會答應她留下來。

這樣想著，司徒芸那虛榮心又膨脹了起來。

聖武帝看著這一幕，若有所思，心中有了定奪。「眾位愛卿，今日獵得了不少野物，不妨就讓御廚做一頓野味，也好犒勞犒勞自己，如何？」

「皇上聖明！」眾人這才把注意力轉移，恭敬地拜倒在地。

「吩咐下去，申時大擺筵席，分享這些美味。」皇帝難得心情好，又不用處理政務，自然要歌舞娛樂一番。

隨侍的太監立刻將皇上諭令傳達了下去，只等著傍晚時分開宴。

「陛下，慧玉聽聞隱世子文武雙全，琴藝更是一流。不知道本公主有沒有這個耳福，可以聽到隱世子親自演奏的妙曲？」

龍隱在聽到這個提議的時候，恨不得將這個公主給一掌拍死。要聽他彈奏，簡直癡人說夢！

「哦？朕不知道隱世子還會彈奏古琴。」聖武帝望了龍隱一眼，沒有直接下令，而是給了他選擇的權利。

龍隱沒有否認，但是也沒大方到任人差遣，逕自走回他的坐席。

司徒錦聞聲抬起頭，望向那個一身黑衣裝扮的男子，心裡充滿了好奇。他居然還會彈琴？這慧玉公主又是從何得知？

慧玉公主見他拒絕了自己的提議，心裡有些鬱結。她到底哪裡比不上那個不起眼的丫頭，為何他總是對她這般冷漠？

「隱世子為何要拒人於千里之外呢？」

「本世子不記得與公主有任何交情。」

一個人熱情似火，另一個卻冷如寒冰，一來二去那慧玉公主就有些沈不住氣了。「龍隱，你不要太過放肆，再怎麼說我也是大夏的公主，是陛下的客人。」

「公主也別太張狂，這裡是大龍，而非妳的大夏，本世子也不是無名之輩。」龍隱重重放下酒杯，冷冷說道。

慧玉公主氣得雙頰通紅，眼中隱含淚意。

「隱世子，你也真是的。如此佳人，你也捨得讓她難過？」說話的，是皇帝的第三個兒子，莫妃之子龍駿。

這是一個溫文爾雅翩翩貴公子般的皇子，身材頎長，相貌更是無可挑剔的俊美，與他那母親同樣屬於魅惑人心的禍水一類。

「三皇子如此憐香惜玉，不如就由三皇子演奏一曲，為公主助興吧！」龍隱不冷不熱地說著，將這個燙手山芋丟給他。

龍駿神色變得飛快，快得讓人捉不住。但是即使再快，司徒錦還是注意到了。原來，他並不像表面上看到的那般儒雅呢！

果真是皇室子弟，善於偽裝。

司徒錦撇開目光，繼續神遊。

「本皇子也想好好表現一番，奈何技不如人，就不在隱世子面前班門弄斧了。」說完，他便安靜地坐了下來，不再開口。

太子看向這個三弟，不明白他為何突然站出來為那公主說話，但是他這個舉動，卻讓他產生了懷疑。該不會這個一向唯他是從的三弟，也開始有異心了吧？

龍駿接收到龍炎警告的眼神，不著痕跡地低下頭去，也不知道在想什麼。

此時，一個十三、四歲的少年卻站了起來，對著聖武帝鞠了一躬，道：「父皇，既然公主如此有興致，不若就由兒臣來開個頭好了。這裡有不少才子佳人，個個都是出自名門，相信兒臣拋磚引玉之後，他們會有更好的表現。」

聖武帝見到這個突然冒出來的少年，臉上滿是笑意。「老五你又坐不住了是吧？也好，那你就做個表率，也好讓眾人給評評你那所謂的才藝。」

皇帝的話音剛落，不少人便笑了起來。這龍夜的確是個很會活絡氣氛的人，他總是有無數的奇怪想法，總能逗得大家歡樂開懷。

五皇子龍夜也不客氣，走到大殿中間，然後從衣袖裡拿出一塊帕子來。「今日，本皇子就為大夥兒表演一個奇幻術好了！這可是我遊歷的時候學到的新奇玩意兒。」

說著，他將那塊普通的帕子在眾人面前展示了一番，然後將它輕輕地蓋在自己握成拳的手上。「大家可看好了，剛才我的手裡可是什麼都沒有！」

臉上帶著得意的笑容，他轉了一圈，然後猛地將手裡的帕子給扯了下來。令人驚奇的是，一隻鴿子出現在了他的手上。

「哇……這是怎麼做到的？剛才明明什麼都沒有！」

「真是太神奇了！」

當所有人驚嘆的時候，司徒錦卻彎起唇角笑了。就這樣的市井把戲，居然將他們唬得一愣一愣的。這不過是個障眼法罷了！那鴿子早就在他的袖子裡藏著了，他不過是手法快，沒有被人看到而已。

「好好好，真是精彩！」聖武帝被逗得哈哈大笑。

皇后也慈愛地說道：「夜兒，你不好好跟著師傅學武功，這些民間雜耍倒是學得有模有樣。」

「母后，您也知道兒臣不是學武的料，與其浪費時間在那枯燥的事情上，還不如多學一些小把戲，也好讓父皇母后開心。」龍夜嬉皮笑臉地走上前，說笑著。

「你呀……」聖武帝看著這個小兒子，真是又愛又氣。

夜兒是他最小，也是最疼的兒子。他從小就沒有了母親，是由齊妃一手帶大的。他天資聰穎、個性開朗，原本是個很不錯的皇位繼承人，可惜他從小到大都比較貪玩，對帝王之術根本不感興趣，久而久之聖武帝也就對他不再抱有希望，而是將他當成開心果，看著他快樂就好了。

「父皇，兒臣還會很多戲法哦。」龍夜笑著，又將那白色的帕子蓋在手上。

這一次他會變出什麼樣的東西來呢？大家都好奇地等著。

龍夜吊足了大家的胃口，才將手上的帕子掀開。但在那一刻，帕子下寒光一閃，一柄匕首赫然出現在了他的手上。等到眾人驚訝出聲的時候，龍夜已經撲向了聖武帝。
「來人啊，護駕！」一旁伺候的公公見龍夜居然行刺皇上，頓時嚇得尖叫起來。
侍衛們半天才反應過來，此時趕來救駕已經來不及。眼看著那匕首就要刺到聖武帝身上，一股有力的罡風撲來，將匕首偏移了幾寸，讓聖武帝躲過了一劫。
「混帳！你竟然大逆不道，行刺朕！」不知道是不是太過驚訝，聖武帝居然坐在原處動彈不得。
「皇上小心！」周圍前來救駕的，大聲喊道。
司徒錦看到這一幕，心也是跳個不停。
這行刺之人，絕對不會是真的龍夜！據外界傳聞，這五皇子是個極為孝順之人，品格高尚，怎麼會做出這般大逆不道的事情來？想必此人一定是易容成五皇子的模樣，精心策劃這一起刺殺事件吧！
因為有刺客，大殿之上亂成一團。
膽子小的人慌亂地四處奔跑，生怕跟著遭殃。司徒錦也謹慎地盯著那高臺之上的搏鬥，不敢輕易涉險。
此時，從外面又湧進來一批黑衣人，個個都拿著大刀，看起來十分凶狠。
「殺了狗皇帝！」
「殺呀！」
不少來不及躲開的，全都成了刀下亡魂，死狀可怖。

司徒錦心跳個不停，努力尋找避難處，她不想就這麼不明不白地做了替死鬼。她還有大仇未報，還有娘親、弟弟在等著她看護，怎麼能這麼輕易死去呢？

跟隨在她身側的司徒芸此時卻異常的鎮定，她一雙如水的眸子死死地盯著司徒錦，一刻都沒有放鬆。

從剛才刺客被發現的那一刻，她異常冷靜了。

原本她與周氏精心安排的，是讓修羅殿的人進來製造紛亂，好正大光明除去司徒錦這個賤丫頭，誰知道今日竟然正好有刺客進來行刺皇上，看來連老天都在幫她們！這麼混亂的場面，死個把人也很正常。只要她抓住時機出手，司徒錦必死無疑。

到時候，把這些過錯往那些刺客身上一推，她就可以置身事外了，想必皇上也不會追查到她與周氏身上。

想到這裡，司徒芸的嘴角慢慢翹了起來，看向司徒錦的眼神更加怨毒。這一次，她一定可以成功除去司徒錦。

——未完，待續，請看文創風110《庶女出頭天》2

匠心獨具、妙筆生花／七星盟主

重生／宅門／言情／婚姻經營之雋永佳作！

庶女出頭天

全套五冊

人善可欺，天真與單純必須留在過去；
重生一回，計謀及陷阱都是為了自保。
這次，她要昂首闊步，走出屬於自己的另一片天！

文創風 109 **1**

若說她司徒錦真有什麼不可饒恕之處，就是身為庶女，
不僅不得父親喜愛，嫡母、姊妹更以欺負她為樂，
最後甚至落得遭砍頭處刑，連母親都因心碎而死在自己身邊！
她含冤受辱，走得不明不白，如何能甘心？!
幸而老天垂憐，給了她一次重生的機會，讓她能再返人間……

文創風 110 **2**

她司徒錦是招誰惹誰，為何重生了一回，命運依舊如此多舛？!
好在她頭腦冷靜、聰慧過人，不但逃出重重陷阱，
更將計就計、反將一軍，不但給足了教訓，
還讓那些惡人一個個啞巴吃黃連，有苦說不出，只能自認倒楣！
只不過，她的十八般武藝，在他面前全成了空氣，
他非但無視她的抗拒跟退縮，甚至得寸進尺，藉機吻了她！

文創風 111 **3**

原以為成親後能稍微喘口氣，享受片刻寧靜，
沒想到這王府裡除了有瞧不起自己的王妃婆婆，
還有備受王爺公公寵愛的勢利眼側妃、專門找碴的小姑跟大伯，
更過分的是，竟然住了個對夫君用情專一的小師妹！
天啊，難道她的考驗現在才正式開始？!

文創風 112 **4**

好不容易處理完這一團爛帳，也坐穩了當家的位置，
皇位爭奪之戰卻一觸即發，不僅王爺失蹤，世子也不知去向。
就在全府上下人心浮動之際，皇后竟下了道懿旨宣她進宮，
太子甚至親自來迎接她——這葫蘆裡賣的是什麼藥，
著實讓人丈二金剛摸不著頭腦……

文創風 113 **5** 完

當司徒錦準備迎接新生命到來時，卻傳來太師爹爹暴斃的消息，
母親也忽然病重，弟弟則是身體有恙。
看樣子，那些幕後黑手還不死心！這群傻瓜怎麼就是不懂，
跟她作對，就是跟她親愛的相公為敵，
膽敢打擾他們幸福過日子，挑戰冷情閻王隱世子的底限，
後果請自行負責！

文創風
109

庶女出頭天 1

國家圖書館出版品預行編目資料

庶女出頭天 / 七星盟主著. --
初版. -- 臺北市 : 狗屋, 民102.08-
冊 ; 公分. --（文創風）
ISBN 978-986-328-120-7（第1冊 : 平裝）. --

857.7　　102013493

著作者	七星盟主
編輯	連宓均
校對	黃亭蓁　黃薇霓
發行所	狗屋出版社有限公司
地址	台北市104中山區龍江路71巷15號1樓
電話	02-2776-5889～0
發行字號	局版台業字845號
法律顧問	蕭雄淋律師
總經銷	知遠文化事業有限公司
電話	02-2664-8800
初版	102年8月
國際書碼	ISBN-13　978-986-328-120-7
原著書名	《重生之千金庶女》，由瀟湘書院（www.xxsy.net）授權出版

定價250元

狗屋劃撥帳號：19001626

網址：love.doghouse.com.tw　E-mail：love@doghouse.com.tw